U0090302

民國文化與文學_{研究文叢}

民國文化與文學 研究文叢

十六編

李 怡 主編

第 11 冊

橫看成嶺側成峰
——胡風論（第一冊）

吳永平 著

國家圖書館出版品預行編目資料

橫看成嶺側成峰——胡風論（第一冊）／吳永平 著 -- 初版
-- 新北市：花木蘭文化事業有限公司，2023〔民 112〕
序 2+ 目 4+156 面；19×26 公分
（民國文化與文學研究文叢 十六編；第 11 冊）
ISBN 978-626-344-533-8（精裝）
1.CST：胡風 2.CST：學術思想 3.CST：文集
820.9   112010654

特邀編委（以姓氏筆畫為序）：

丁　帆　　　王德威　　　宋如珊
岩佐昌暲　　奚　密　　　張中良
張堂錡　　　張福貴　　　須文蔚
馮　鐵　　　劉秀美

ISBN-978-626-344-533-8

9 786263 445338

民國文化與文學研究文叢
十六編　第十一冊　　　　　　　ISBN：978-626-344-533-8

橫看成嶺側成峰
——胡風論（第一冊）

作　　者　吳永平
主　　編　李　怡
企　　劃　四川大學中國詩歌研究院
總 編 輯　杜潔祥
副總編輯　楊嘉樂
編輯主任　許郁翎
編　　輯　張雅淋、潘玟靜　美術編輯　陳逸婷
出　　版　花木蘭文化事業有限公司
發 行 人　高小娟
聯絡地址　235 新北市中和區中安街七二號十三樓
　　　　　電話：02-2923-1455／傳真：02-2923-1452
網　　址　http://www.huamulan.tw 信箱 service@huamulans.com
印　　刷　普羅文化出版廣告事業
初　　版　2023 年 9 月
定　　價　十六編 18 冊（精裝）台幣 45,000 元　　
版權所有・請勿翻印

橫看成嶺側成峰
——胡風論（第一冊）

吳永平　著

作者簡介

吳永平，男，1951 年生，湖北武漢人。1984 年獲文學碩士學位，曾兩度赴法國進修文化人類學。現任湖北省社會科學院研究員，兼任湖北省文藝評論家協會顧問。長期從事中國現當代文學研究，撰寫論文二百餘篇，出版著作《李蕤評傳》、《小說家老舍》（譯著）、《隔膜與猜忌：姚雪垠與胡風的世紀紛爭》、《〈胡風家書〉疏證》、《舒蕪胡風關係史證》、《我和舒蕪先生的網聊記錄》、《姚雪垠抗戰時期小說創作研究》等多部。

提　　要

　　本著為論文集，收錄了筆者十餘年間（2000 年～ 2014 年）撰寫的「胡風研究」論文、述評、隨筆、雜感和考證文章，共計五十餘篇，約四十餘萬字。

　　筆者秉承「文本細讀和文化社會學分析」方法，注重研究資料的「原始性」（原刊、原報、原檔、初版、尺牘等），努力還原研究對象所曾身處的社會文化環境，進行貼近的實證性研究。

　　本論文集所收錄的文章，其論題呈「發散型」：或專注於追溯「胡風集團案」成因之某一端倪，如《胡風「三十萬言書」的另類解讀》；或專注於展示胡風文學道路的某一階段，如《胡風與第一次文代會》；或聚焦於胡風文藝思想的某一枝葉，如《胡風如何「呼應」舒蕪的〈論主觀〉》；或聚焦於胡風社會交往中的某一波瀾，如《胡風、馮雪峰交往史實辯正》；或致力於剖析胡風文學批評實踐中的某一個案，如《胡風為何要批評路翎的小說〈泡沫〉》；或致力於發掘胡風的某種政治訴求，如《胡風與「高爾基待遇」及其他》……筆者的用力處大都放在史實的梳理、辨析和考證過程中，而不在結論。

　　本論文集所收錄的文章，大部分是已經發表過的，小部分是未刊稿。文章收集前都未曾作過修訂，保持原貌。

　　本論文集所收錄的文章，以寫作時間為順序進行編排。

鬱結、盤桓與頓挫：中國現代文學中的
國家—民族敘述──《民國文化與
文學研究文叢・十六編》引言

李　怡

　　1921 年 10 月，「新文學運動以來的第一部小說集」由上海泰東圖書局推出〔註1〕，這就是郁達夫的《沉淪》。從 1921 年至 1923 年，這部小說集被連續印刷十餘次，銷量累計至 20000 餘冊，在新文學初創期堪稱奇觀。「對於他的熱烈的同情與感佩，真像《少年維特之煩惱》出版後德國青年之『維特熱』一樣」〔註2〕，因為，「人人皆可從他作品中，發現自己的模樣。……多數的讀者，由郁達夫作品，認識了自己的臉色與環境」〔註3〕。當然，小說中能夠引起讀者共鳴的應該有好幾處，包括性愛的暴露、求索的屈辱等等，但足以令讀者產生一種普遍的情緒激昂的還是其中那種個人屈辱與家國命運的相互激蕩和糾纏，這樣的段落已經成為了中國現代文學史引證的經典：

　　　　他向西面一看，那燈檯的光，一霎變了紅一霎變了綠的，在那裡盡它的本職。那綠的光射到海面上的時候，海面就現出一條淡青的路來。再向西天一看，他只見西方青蒼蒼的天底下，有一顆明星，在那裡搖動。

　　　　「那一顆搖搖不定的明星的底下，就是我的故國，也就是我的

〔註 1〕成仿吾：《〈沉淪〉的評論》，《創造》季刊 1923 年 2 月第 1 卷第 4 期。
〔註 2〕匡亞明：《郁達夫印象記》，載《郁達夫研究資料》，北京：知識產權出版社，2010 年，第 52 頁。
〔註 3〕賀玉波編：《郁達夫論》，上海：光華書局，1932 年，第 84 頁。

生地。我在那一顆星的底下，也曾送過十八個秋冬。我的鄉土嚇，我如今再不能見你的面了。」

　　他一邊走著，一邊盡在那裡自傷自悼的想這些傷心的哀話。走了一會，再向那西方的明星看了一眼，他的眼淚便同驟雨似的落下來。他覺得四邊的景物，都模糊起來。把眼淚揩了一下，立住了腳，長歎了一聲，他便斷斷續續的說：

　　「祖國呀祖國！我的死是你害我的！」

　　「你快富起來，強起來吧！」

　　「你還有許多兒女在那裡受苦呢！」〔註4〕

在這裡，一位在異質文明中深陷焦慮泥淖的中國青年將個人的悲劇置放在了國家與民族的普遍命運之中，並且在自己生命的絕境中發出了如此石破天驚般的吶喊，一瞬間，個人的生存苦難轉化為對國家與民族的整體控訴，鬱積已久的酸楚在這一心理方式中被最大劑量地釋放。這也就是作者自述的，「眼看到的故國的陸沉，身受到的異鄉的屈辱」〔註5〕，「我的消沉也是對國家，對社會的。現在世上的國家是什麼？社會是什麼？尤其是我們中國？」〔註6〕所以，在文學史家看來，這部作品的顯著特點就在於「性、種族主義、愛國主義在他心底裏全部纏結在一起」〔註7〕。

　　《沉淪》主人公于質夫投海之前的這一段激情道白擊中的是近代以來中國人的普遍心理與情緒，1921 年的「《沉淪》熱」、百年來現代中國文學與現實人生的不解之緣從根本上都與這樣的體驗和情緒緊密相關：在中國現代文學的普遍主題中，國家觀念和民族意識的凸顯格外引人注目，或者說，個人命運感受與國家、民族宏大問題的深刻聯繫就是我們文學的最基本構型。

　　在很大的程度上，我們的中國現代文學研究自始至終都沒有否認過這一基本事實。1922 年，胡適寫下新文學的第一部小史《五十年來中國之文學》，就是以「國」定文學，是為「國語的文學」。1923 年，瞿秋白署名陶畏巨發表新文學概觀，也是以「西歐和俄國都曾有民族文學的先聲」為參照，將新文學

〔註4〕郁達夫：《沉淪》，《郁達夫文集》第一卷，廣州：花城出版社，1982 年，第 52 ～53 頁。

〔註5〕郁達夫：《懺餘獨白》，《郁達夫文集》第七卷，廣州：花城出版社，1982 年，第 250 頁。

〔註6〕郁達夫：《北國的微音》，《郁達夫文集》第三卷，廣州：花城出版社，1982 年，第 91 頁。

〔註7〕李歐梵：《李歐梵自選集》，上海：上海教育出版社，2002 年，第 38 頁。

視作「民族國家運動」的一部分，宣布「他是民族統一的精神所寄」〔註8〕。
王瑤的《中國新文學史稿》奠定了新中國現代文學的學科基礎，在以「新民主
主義革命」為核心話語的歷史陳述中，「外爭國權，內除國賊」、「民族解放」
的政治背景十分清晰。唐弢主編《中國現代文學史》繼續依託「新民主主義革
命時期」的階級狀況展開，反對帝國主義對中華民族的侵略、挽救民族危機也
是這一歷史過程的重要組成部分。新時期以降，被稱作代表「新啟蒙」思潮的
二十世紀中國文學觀更是將國家民族的現代化進程作為文學探索的基本背
景，明確指出：「爭取民族的獨立解放，民族政治、經濟、文化，民族意識的
全面現代化，實現民族的崛起與騰飛，是本世紀全民族的中心任務，構成了時
代的基本內容，社會歷史的中心，民族意識的中心，對於這一時期包括文學在
內的整個意識形態起著一種制約作用，決定著這一時期文學的性質、任務、歷
史內容，以及歷史特徵，等等。」〔註9〕新時期影響中國現代文學研究的思想，
在內有李澤厚《中國現代思想史論》的「啟蒙／救亡雙重變奏」說，在外則有
夏志清《中國現代小說史》的「感時憂國」說，它們的思想基礎並不相同，但
卻在現代文學的國家民族意識上有著高度的共識。直到新世紀以後，儘管意識
形態和藝術旨趣的分歧日益加大，但是平心而論，卻尚未發現有誰試圖根本否
認這一基本特徵的存在。

　　在我看來，《沉淪》主人公于質夫將個人的悲劇追溯到國家民族的宏大命
運之中，於生存背景的揭示而言似乎勢所必然，不過，其中的心理邏輯卻依然
存在許多的耐人尋味之處：于質夫，一個多愁善感而身心屢弱的青年在遭遇了
一系列純粹個人的生活挫折之後，如何情緒爆發，在蹈海自盡之際將這一切的
不幸通通歸咎於國家的弱小？這是贏弱者在百般無奈之下的洗垢求瘢、故入
人罪，還是被人生的苦澀長久浸泡之後的思想的覺悟？一方面，我不能認同徐
志摩當年的苛刻之論：「故意在自己身上造些血膿糜爛的創傷來吸引過路的人
的同情」〔註10〕，那是生活優渥的人的高論，顯然不夠厚道，但是，另一方面，
從 1920 年代的爭論開始，至今也有讀者無不疑惑：「『零餘人』不僅逃避承擔
時代的重任，而且自身生活能力低下，在個人情慾的小圈子裏執迷不悟，一旦

〔註 8〕陶晷巨：《荒漠裏》，《新青年》季刊 1923 年 12 月 20 日第 2 期。
〔註 9〕陳平原、黃子平、錢理群：《二十世紀中國文學三人談——民族意識》，《讀書》
　　　　1985 年第 12 期。
〔註 10〕見郭沫若：《論郁達夫》，載《回憶郁達夫》，長沙：湖南文藝出版社，1986 年，
　　　　第 3 頁。

得不到滿足，連生命也毫不猶豫地捨棄。這樣的人物是時代的主旋律上不和諧的音符，他的死是一種歷史的必然。郁達夫在作品主人公自殺前加上這麼一條勉強的『尾巴』，並不能讓主人公的思想高尚起來。」〔註11〕郁達夫恐怕不會如此的膚淺，但是《沉淪》所呈現的心理邏輯確有微妙隱晦之處，至少還不曾被小說清晰地展開，這就如同現代文學史上的二重組合──個人悲劇／國家民族命運的複雜的鏈接過程一樣，其理昭昭，其情深深，在這些現象已經被我們視作理所當然的歷史事實之後，我們是不是進一步仔細觀察過其中的細節？究竟這些「國家觀念」和「民族意識」有著怎樣具體的內涵，有沒有發生過值得注意的重要變化，它們彼此的結構和存在是怎樣的，是不是總是被奉為時代精神的「共主」而享有所向披靡的能量，在它們之間，內在關聯究竟如何，是不容置辯的相互支撐，一如我們習以為常的「國家民族」的關聯陳述，還是暗含齟齬和衝突？

這就是我們不得不加以辨析和再勘的理由。

一

中國現代文學在表達個人體驗與命運的時候，總是和國家與民族的重大關切緊密相連，然而，「國家」與「民族」這兩個基本語彙及其現代意涵卻又是近代「西學東漸」的一部分，作為西方思想文化的複雜構成，其本身也有一個曲折繁蕪的流變演化歷史。所以，同一個「國家觀念」與「民族情懷」的能指，卻很可能存在著千差萬別的所指。

大約是從晚清以降，中國知識界開始出現了越來越多的「國家」與「民族」的表述，以致到後來形成了大家耳熟能詳的名詞、概念、主義和系統的思想。自 1960 年代開始，當作為學科知識的「民族學」等需要進一步理性建設的時候，人們再一次回過頭來，試圖深入追溯「民族」理念的來源，以便繪製出清晰的知識譜系，這樣的追溯在極左年代一度中斷，但在新時期以後持續推進；新時期至今，隨著政治學、社會學、文化學領域對中外文明史、國家制度史的理論思考的展開，「國家」的概念史、意義史也得到了比較充分的總結。

百餘年來中國知識分子對「民族」的理解來源複雜，過程曲折，我們試著將目前學界的考證以圖表示之：

〔註11〕 吳文權：《感性縱情與理性斂情──從〈沉淪〉和〈遲桂花〉看郁達夫前後期的創作風格》，《重慶工學院學報》2005 年第 7 期。

考證人	時間結論	來源結論	最早證據	學界反應
林耀華《關於「民族」一詞的使用和譯名問題》（《歷史研究》1963年第2期）	不晚於1900年	可能從日文轉借過來	章太炎《序種姓上》	1980年代以後不斷更新中國學者的引進、使用時間
金天明、王慶仁《「民族」一詞在我國的出現及其使用問題》（《社會科學輯刊》1981年第4期）	1899年	從日文轉借過來	梁啟超的《東籍月旦》	韓錦春、李毅夫等考證《東籍月旦》作於1902年；此前梁啟超已經使用該詞
彭英明《中國近代誰先用「民族」一詞？》（《社會科學輯刊》1984年第2期）	1898年6月	近代中國開始使用	康有為的《請君民合治滿漢不分摺》	經過多人考證，最終確認康有為此摺乃是其1910年前後所偽造
韓錦春、李毅夫《漢文「民族」一詞的出現及其初期使用情況》（《民族研究》1984年第2期）	1895年	從日文引入	《論回部諸國何以削弱》（《強學報》第2號）	新世紀以後開始被人質疑
韓錦春、李毅夫編《漢文「民族」一詞考源資料》，（中國社會科學院民族研究所民族理論研究室1985年印）	近代中國人開始使用	在中國古代典籍中未曾出現，近代以前「民」、「族」是分開使用的		新世紀以後開始被人質疑
彭英明《關於我國民族概念歷史的初步考察》（《民族研究》1985年第2期）	1874年前後使用	可能來自英語	王韜《洋務在用其所長》	
臺灣學者沈松僑《我以我血薦軒轅——皇帝神話與晚清的國族建構》（《臺灣社會研究季刊》第二十八期，1997年12月）	20世紀中國知識分子	從日文引入		新世紀以後開始被人質疑

【英】馮客《近代中國之種族觀念》（楊立華譯），江蘇人民出版社 1999 年	1903 年，晚清維新派，梁啟超首次使用		
茹瑩《漢語「民族」一詞在我國的最早出現》（《世界民族》2001 年第 6 期）	唐代	與「宗社」相對應，但與現代意義有差別	李筌所著兵書《太白陰經》之序言：「傾宗社滅民族」
黃興濤《「民族」一詞究竟何時在中文裏出現？》（《浙江學刊》2002 年第 1 期）類似觀點還有方維規《論近代思想史上的「民族」、「Nation」與中國》（香港《二十一世紀》2002 年 4 月號）	1837 年或之前出現；1872 年已有華人在現代意義上加以使用	很可能是西方來華傳教士的偶然發明	《論約書亞降迦南國》（1837 年 10 月德國籍傳教士郭士臘等編撰《東西洋考每月統記傳》）
邱永君《「民族」一詞見於〈南齊書〉》（《民族研究》2004 年第 3 期）	南齊	中國自身的語彙，意義與當今相同	道士顧歡稱「諸華士女，民族弗革」（《南齊書》卷 54《高逸傳·顧歡傳》）
郝時遠《中文「民族」一詞源流考辨》（《民族研究》2004 年第 6 期）	就詞語而言至少魏晉以降即有；古漢語「民族」一詞在 19 世紀 70 年代或之前傳入日本	古漢語「民族」一詞在中國有早於日本的且直接近現代的含義；國人對「民族」對應的西文 nation、volk 及其含義的理解，無疑主要來自日本翻譯的西學著作；中國現代民族（nation）觀念受到日譯西書的影響	從魏晉以降至清，作為詞語使用不絕，總體傾向於各種具體的族群分類，現代抽象的意義概念屬於近代產物；日文「民族」為中文輸入的結果，與近代中國的西書漢譯有關	

此表列出了新中國成立至今學界所考證的概念史，以考證出現的時間為序。從中，我們大體上可以知道這樣一些基本事實：

1. 在近現代中國的思想之中，雙音節詞彙「民族」指的是經由長期歷史發展而形成的穩定共同體，它在歷史、文化、語言等方面與其他人群有所區別，「血緣、語言、信仰，皆為民族成立之有力條件」〔註12〕。相對而言，在古代中國，「民」與「族」往往作為單音節詞彙分開使用，「族」更多的指涉某一些具體的人群類別，近似於今天所謂的「氏族」、「邦族」、「宗族」、「部族」等等，所以在一個比較長的時間裏，我們從「民族」這個詞語的近現代含義出發，傾向於認定它的基本意義源自國外，是隨著近代域外思潮的引進而加進入中國的外來詞語，大多數學者認為它來自日本，原本是日本明治維新之後對西方術語的漢譯，也有學者認為它可能就是對英文的中譯。

2. 漢語詞彙本身也存在含義豐富、歷史演變複雜的事實，所以中國學者對「民族」的本土溯源從來也沒有停止過。雖然古代文獻浩若煙海，搜索「民族」一詞猶如大海撈針，史籍森森，收穫艱難，然而幾經努力，人們還是終有所得，正如郝時遠所總結的那樣，到新世紀初年，新的考證結論是：在普遍性的「民」、「族」分置的背景上，確實存在少數的「民族」合用的事實，而且古漢語的「民族」一詞，已經出現了近似現代的類別標識含義，在時間上早於日本漢文詞彙。在日本大規模地翻譯西方思想學術之前，其實還出現過借鑒中國語彙譯述西方書籍的選擇，日本漢文中的「民族」一詞很可能就是在這個時候從中國引入的。「『民族』一詞是古漢語固有的名詞。在近代中文文獻中，現代意義的『民族』一詞出現在 19 世紀 30 年代。日文中的『民族』一詞見諸 19 世紀 70 年代翻譯的西方著述之中，係受漢學影響的結果。但是，『民族』一詞在日譯西方著作中明確對應了 volk、ethnos 和 nation 等詞語，這些著作對 nation 等詞語的定義及其相關理論，對清末民初的中國民族主義思潮產生了直接影響。『民族』一詞不屬於『現代漢語的中—日—歐外來詞。』」〔註13〕

3. 「民族」一詞更接近西方近代意義的廣泛使用是在日本，又隨著其他漢文的西方思想一起再次返回到了中國本土，最終形成了近現代中國「民族」概念的基本的含義。

總而言之，「民族」一語，從詞彙到思想，都存在一個複雜的形成過程，這裡有歷史流變中的意義的改變，也有中國／西方／日本思想和語言的多方

〔註12〕梁啟超：《中國歷史上民族之研究》，《飲冰室合集》第 8 冊，北京：中華書局，1989 年，第 860 頁。
〔註13〕郝時遠：《中文「民族」一詞源流考辨》，《民族研究》2004 年第 6 期。

對話與互滲。從總體上看，現代中國的「民族」含義與西方近代思想、日本明治維新後的思想基本相同，與古代中國的類似語彙明顯有別。1902 年，梁啟超在《論中國學術思想變遷之大勢》一文中，第一次提出了「中華民族」的概念，五年後的 1907 年，楊度《金鐵主義說》、章太炎《中華民國解》又再次申述了「中華民族」的觀念，雖然他們各自的含義有所差異，但是從一個大的族群類別的角度提出民族的存在問題卻有著共同的思維。民族、中華民族、民族意識、民族主義、民族復興，串聯起了近代、現代、當代中國思想發展的重要脈絡，儘管其間的認知和選擇上的分歧依然存在。

與「民族」類似，中國人對「國家」意義的理解也有一個複雜的演變過程，所不同的在於，如果說在民族生存，特別是中華民族共同命運等問題上現代知識分子常常聲應氣求的話，那麼在「國家」含義的認知和現實評價等方面，卻明顯出現了更多的分歧和衝突。

「國家」一詞在英語裏分別有 country、nation 和 state 三個詞彙，它們各有意指。Country 著眼於地理的邊界和範圍，側重領土和疆域；nation 強調的是人口和民族，偏向民族與國民的內涵；state 代表政治和權力，指的是在確定的領土邊界內強制性、暴力性的機構。現代意義上的國家概念就是政治學意義的 state。作為政治學的核心術語，state 的出現是近代的事，在這個意義上說，古代社會並沒有正式的國家概念。這一點，中西皆然。

就如同「民」與「族」一樣，古漢語的「國」與「家」也常常分置而用。早在先秦時期，也出現了「國」與「家」的合用，只是各有含義，諸侯的封地謂之「國」，卿大夫的封地謂之「家」，這是不同等級的治理區域；然而不同等級的治理區域能夠合用為「國家」，則顯示了傳統中國治理秩序的血緣基礎。先秦時代，周天子治轄所在曰「天下」，周天子的京師曰「中國」，「禮崩樂壞」之後，各諸侯國的王畿也稱「中國」，再後，「中國」範圍進一步擴大，成了漢族生存的中原地區具有「德性」和「禮義」的文明區域的總稱，最早的政治等級的標識轉化為文化優越的稱謂，象徵著「華夏」（「以德榮為國華」〔註14〕）之於「夷狄」的文明優勢，是謂「中國有文章光華禮義之大」〔註15〕。「天下」與「中國」相互說明，構成了一種超越於固定疆域、也不止於政治權力的優越

〔註14〕上海師範大學古籍整理組校點：《國語》，上海：上海古籍出版社，1978 年，第 183 頁。
〔註15〕（漢）孔安國傳，（唐）孔穎達等正義：《尚書正義》，上海：上海古籍出版社，1990 年，第 43 頁。

的文明自詡。隨著非漢族統治的蒙元、滿清時代的出現，「中國」的概念也不斷受到衝擊和改變，一方面，蒙古帝國從未被漢人同化，「中國」一度失落，另一方面，在清朝，原來的「四夷」（滿、蒙、回、藏、苗）卻被重新識別而納入「中國」，而夷狄則成了西洋諸國。儘管如此，那種文明的優越感始終存在。到了晚清，在「四夷」越來越強大的威懾下，「中國」優越感和「天下」無限性都深受重創，「近代中國思想史的大部分時期，是一個使『天下』成為『國家』的過程」〔註16〕，這裡的「國家」觀念就不再是以家立國的古代「國家」了，而是邊界疆域明確、彼此獨立平等的國際間的政治實體，也就是近現代主權時代的民族國家。1648 年《威斯特伐利亞和約》的簽訂，標誌著歐洲國家正式進入主權時代。到 19 世紀，一個邊界清晰、民族自覺的民族國家成為了國際外交的主角。國家外交的碰撞，特別是國際軍事衝突的失敗讓被迫捲入這一時代的中國不得不以新的「國家」觀念來自我塑形，並與「天下」瓦解之後的「世界」對話，一個前所未有的民族—國家的時代真正到來了。現代中國的民族學者早就認識到：「民族者，裏也，國家者，表也。民族精神，實賴國家組織以保存而發揚之。民族跨越文化，不復為民族；國家脫離政治，不成其為國家。」〔註17〕

然而，正如韋伯所說「國家」（state）是「到目前為止最複雜、最有趣」的概念〔註18〕，一方面，「非人格化」的現代國家觀念延續了古羅馬的「共和」理想，國家政治被看作超越具體的個人和社會的「中立」的統治主體，一系列嚴謹、公平的社會治理原則成為應有之義，另外一方面，從西方歷史來看，現代意義的國家的出現與十七、十八世紀絕對王權代替封建割據，與路易十四「朕即國家」（L'État, c'est moi）的事實緊密相關，這些原本與中國歷史傳統神離而貌合的取向在有形無形之中進入了現代中國的國家理念，成為我們混沌駁雜的思想構成，那些巨大的、統一的、排他性的權力方式始終潛伏在現代國家的發展過程之中，釋放魅惑，也造成破壞。此外，置身普遍性的現代民族國家的歷史進程，中國的民族—國家的聯結和組合卻分外的複雜，與西方世界主

〔註16〕【美】約瑟夫·列文森著、鄭大華、任菁譯：《儒教中國及其現代命運》，桂林：廣西師範大學出版社，2009 年，第 84 頁。

〔註17〕吳文藻：《民族與國家》，《人類學社會學研究文集》，北京：民族出版社，1990 年，第 35～36 頁。

〔註18〕Max Weber, "'Objectivity' in Social Science and Social Policy," in The Methodology of Social Sciences, trans. & ed., Edward A. Shils & Henry A. Finch, Glencoe: The Free Press, 1949, p. 99.

流的單一民族的國家構成，多民族的聯合已經是中國現代國家的生存基礎，在我們內在結構之中，不同民族的相互關係以及各自與國家政權的依存方式都各有特點，當然從「排滿革命」到「五族共和」，也有過齟齬與和解，民族主義作為國家政治的基礎，既行之有效，又並非總能堅如磐石。

二

西方馬克思主義的重要代表弗雷德里克・詹姆森有一個論斷被廣泛引用：「所有第三世界的本文均帶有寓言性和特殊性：我們應該把這些本文當作民族寓言來閱讀，特別當它們的形式是從占主導地位的西方表達形式的機制——例如小說——上發展起來的。」「第三世界的本文，甚至那些看起來好像是關於個人和利比多趨力的本文，總是以民族寓言的形式來投射一種政治：關於個人命運的故事包含著第三世界的大眾文化和社會受到衝擊的寓言。」〔註 19〕魯迅的小說就是這一論斷的主要論據。拋開詹姆森作為西方學者對魯迅小說細節的某些誤讀，他關於中國現代文學與國家民族深度關聯的判斷還是基本準確的。中國現代文學史上的幾乎每一場運動都與民族救亡的目標有關，而幾乎每一個有影響的作家都有過魯迅「我以我血薦軒轅」式的人生經歷和創作衝動，包括抗戰時期的淪陷區文學也曾經以隱晦婉曲的方式傳達著精神深處的興亡之歎。即便文學的書寫工具——語言文字也早就被視作國家民族利益的捍衛方式，一如近代小學大家章太炎所說：「小學」「這愛國保種的力量，不由你不偉大。」〔註 20〕晚清語言改革的倡導者、切音新字的發明人盧戇章表示：「倘吾國欲得威振環球，必須語言文字合一。務使男女老幼皆能讀書愛國。除認真頒行一種中國切音簡便字母不為功。」〔註 21〕

只是，詹姆森的「民族寓言」判斷對於千差萬別的「第三世界」來說，顯然還是過於籠統了。對於這一位相對單純的現代民族國家的學者而言，他恐怕很難想像現代的中國，既然有過各自不同的「國家」概念和紛然雜陳的「民族」意識，在真正深入文學的世界加以辨析之時，我們就不得不追問，這些興亡之

〔註 19〕 【美】弗雷德里克・詹姆森：《處於跨國資本主義時代中的第三世界文學》，見張京媛主編《新歷史主義與文學批評》，北京：北京大學出版社，1993 年，第 234、235 頁。

〔註 20〕 章太炎：《我的生平與辦事方法》，《章太炎的白話文》，瀋陽：遼寧教育出版社，2003 年，第 74 頁。

〔註 21〕 盧戇章：《中國第一快切音新字》原序，《清末文字改革文集》，北京：文字改革出版社，1958 年，第 2 頁。

慨究竟意指哪一個國家認同，這民族情懷又懷抱著怎樣的內容？現代中國知
識分子所經歷的複雜的國家—民族的知識轉型，因為情感性的文學的介入而
愈發顯得盤根錯節、撲朔迷離了。

在中國新文學史的敘述邏輯中，近現代中國的歷史進程就是一個義無反
顧的棄舊圖新的過程。

王瑤《中國新文學史稿》一開篇就認定了五四新文學的「徹底性」與「不
妥協性」：「反帝反封建是由『五四』開始的中國現代文學的基本特徵，這裡
『徹底地』、『不妥協地』兩個形容詞非常重要，這是關係到對敵鬥爭的重大
課題。」〔註 22〕

唐弢主編《中國現代文學史》這樣立論：「清嘉慶以後，中國封建社會已
由衰微而處於崩潰前夕。國內各種矛盾空前尖銳，社會危機四伏。清朝政府極
端昏庸腐朽。」「為了挽救民族危亡的命運，從太平天國到辛亥革命，中國人
民進行了一次又一次的革命鬥爭。」「在這一歷史時期內，雖然封建文學仍然
大量存在，但也產生了以反抗列強侵略和要求掙脫封建束縛為主要內容的進
步文學，並且在較長的一段時間裏，不止一次地作了種種改革封建舊文學的努
力。」「『五四』文學革命運動的興起，乃是近代中國社會與文學諸方面條件長
期孕育的必然結果。」〔註 23〕

嚴家炎主編《二十世紀中國文學史》的最新表述：「歷史悠久的中國文學，
到清王朝晚期，發生了前所未有的重大轉折：開始與西方文學、西方文化迎面
相遇，經過碰撞、交匯而在自身基礎上逐漸形成具有現代性的文學新質，至五
四文學革命興起達到高潮。從此，中國文學史進入一個明顯區別於古代文學的
嶄新階段。」〔註 24〕

這都是中國現代文學研究的經典性論述，它們都以不同的方式告訴我們，
自晚清以後，中國的社會文化始終持續進步，五四新文學展開了現代國家—民
族的嶄新的表述。從歷史演變的根本方向來說，這樣的定位清晰而準確，這就
如同新文化運動領袖陳獨秀在當時的感受：「我生長二十多歲，才知道有個國

〔註 22〕王瑤：《中國新文學史稿》上冊，《王瑤文集》第 3 卷，太原：北嶽文藝出版
社，1995 年，第 7 頁。
〔註 23〕唐弢主編：《中國現代文學史》，北京：人民文學出版社，1979 年，第 1～2 頁、
6 頁。
〔註 24〕嚴家炎主編：《二十世紀中國文學史》，北京：高等教育出版社，2010 年，第
1 頁。

家，才知道國家乃是全國人的大家，才知道人人有應當盡力於這大家的大義。」〔註25〕換句話說，是在歷史的進步中我們生成了全新的國家—民族意識，而新的國家—民族憂患（「盡力於這大家的大義」）則產生了新的現代的文學。

但是，這樣的棄舊圖新就真的那麼斬釘截鐵、一往無前嗎？今天，在掀開新文學主流敘述的遮蔽之後，我們已經發現了歷史場域的更多豐富的存在，在中國現代文學（而不僅僅是現代的「新文學」）的廣袤的土地上，歷史並非由不斷進化的潮流所書寫，期間多有盤旋、折返、對流、纏繞……現代的民族國家——中華民國雖然結束了君主專制，代表了歷史前進的方向，但卻遠遠沒有達到「全民認同」的程度，在各種形式的理想主義的知識分子那裡，更是不斷遭遇了質疑、批評甚至反叛，而「民族」所激發的感情在普遍性的真誠之中也隱含著一些各自族群的遭遇和體驗，何況在中國，民族意識與國家觀念的組合還有著多種多樣的形式，彼此之間並非理所當然的融合無隙。這也為現代文學中民族情感的轉化和發展留下了豐富的空間。

1933 年 8 月，上海世界書局出版了錢基博的《現代中國文學史》。這部早期的中國現代文學史著也是最早標舉「現代」之名的文學論著。然而，有意思的是，與當下學者在「現代性」框架中大談「民族國家」不同，錢基博的用意恰恰是借「現代」之名表達對彼時國家的拒絕和疏離：「吾書之所為題現代，詳於民國以來而略推跡往古者，此物此志也。然不題民國而曰現代，何也？曰『維我民國，肇造日淺，而一時所推文學家者，皆早嶄然露頭角於讓清之末年；甚者遺老自居，不願奉民國之正朔；寧可以民國概之！』」〔註26〕「不願奉民國之正朔」就必須以「現代」命名？錢基博的這個邏輯未必說得通，不過他倒是別有意味地揭示了一個重要的事實：「一時所推文學家者」成長於前朝，甚至以前朝遺民自居，缺乏對這個新興的民族國家——中華民國的認同。近年來，隨著現代文學研究空間的日益擴大，一些為「新文化新文學」價值標準所不能完全概括的文學現象越來越多地進入了文學史家的視野，所謂奉「民國乃敵國」的文學群體也成了「出土文物」，他們的獨特的感受和情感得以逐漸揭示，中國現代作家的精神世界的多樣性更充分地昭示於世。正如史學家王汎森所說：「受過舊文化薰陶的讀書人在面對時代變局時，有種種異於新派人物的

〔註25〕陳獨秀：《說國家》，《陳獨秀著作選》第一卷，上海：上海人民出版社，1993年，第 44 頁。

〔註26〕錢基博：《現代中國文學史》，上海：上海世界書局，1933 年，第 8～9 頁。

回應方式，包括與現代截然迥異的價值觀和看法。以往我們把焦點集中在新派人物身上，模糊或忽略了舊派人物。」「儘管我們無須同意其政治認同，可是的確值得重新檢視他們的行為與動機，以豐富我們對近代中國思想文化脈絡的瞭解。」〔註27〕這樣一些拒絕認同現實國家的知識分子還不能簡單等同於傳統意義上的「遺民」，因為他們的焦慮不僅僅是對政權歸屬的迷茫，更包含了對現代社會變遷的不適，和對中西文化衝突的錯愕，這都可以說是現代文化進程中的精神危機，是不應該被繼續忽視的現代文學主流精神的反面，它包含了歷史文化複雜性的幽深的奧秘。「清遺民議題呈現豐富的意涵，除了歷史上種族與政治問題外，也跟文化層面有著密切的關聯。他們反對的不單來自政治變革，更感歎社會良風善俗因而消逝，訴諸近代中國遭受西力衝擊和影響。」「充分顯現了忠清遺民的遭遇及面對的問題，固然和過去有所不同，非但超乎宋元、明清易代之際士人，而且在心理與處境上勢將愈形複雜。」〔註28〕在「現代文學」的格局中，他們或以詩結社，相互唱酬追思故國，「劇憐臣甫飄零甚，日日低頭拜杜鵑」〔註29〕；或埋首著述，書寫「主辱臣死」之志，吟詠「辛亥濺淚」之痛〔註30〕，試圖「託文字以立教」；或與其他文學群體論爭駁詰，一如林紓以「清室舉人」自居，對陣「民國宣力」蔡元培，反對新文化運動，增添了現代文壇的斑斕。在這一歷史過程中，一些重要代表如王國維的文學評論，陳三立、沈曾植、趙熙、鄭孝胥等人的舊體詩，辜鴻銘的文化論述，都是別有一番「意味」的存在。

中華民國是推翻君主專制而建立起來的「民族國家」，然而，眾所周知的史實是，這個國家長期未能達成各方國民的一致認同，先是為創立民國而流血犧牲的國民黨人無法接受各路軍閥對國家的把持，最後是抗戰時代的分裂勢力（偽滿、汪偽）對國民政府國家的肢解，貫穿始終的則是左翼知識分子對一切軍閥勢力及國民黨獨裁的抨擊和反抗，雖然來自左翼文學的批判否定還

〔註27〕 王汎森：《序》，林誌宏著《民國乃敵國也：政治文化轉型下的清遺民》，北京：中華書局，2013年，第2頁。

〔註28〕 王汎森：《序》，林誌宏著《民國乃敵國也：政治文化轉型下的清遺民》，北京：中華書局，2013年，第3、4頁。

〔註29〕 丁仁長：《為杜鵑庵主題春心圖》，《丁潛客先生遺詩》，第32頁，廣州九曜坊翰元樓刊行1929年刻本（轉引自110頁）。

〔註30〕 「主辱臣死」語出清末湖北存古學堂經學總教習曹元弼，晚清經學家蘇輿著有《辛亥濺淚集》（長沙龍雲印刷局石印本），作於辛亥年間，凡四卷，收錄七言絕句33首。

不能說他們就是「民國的敵人」，因為在推翻專制、走向共和、反抗侵略等國家大勢上，他們也多次攜手合作，並肩作戰，但是，關於現代國家的理想形態，左翼知識分子顯然與國家的執政者長期衝突，形成了現代史上最為深刻的無法彌合的信仰分裂。另外，數量龐大的自由主義知識分子群體，其思想基礎融合了近代以來的西方啟蒙思想和中國傳統士人精神，作為現代社會的公民，民主、自由、科學的理念是他們基本的立世原則，雖然其中不乏溫和的政治主張者，甚至也有對社會政治的相對疏離者，但都莫不以「天下大任」為己任，他們不可能成為現實國家秩序的順從者，常常表達出對國家制度和現狀的不滿和批評，並以此為自我精神的常態。在民國時代，真正不斷抒發對現實國家「忠誠無二」的只有三民主義、民族主義文學運動的參與者以及國家主義的信奉者。但是，問題在於，與國民黨關聯深厚的三民主義、民族主義文學運動卻始終未能成為文學的主導力量，至於各種國家主義，本身卻又與國民黨意識形態矛盾重重，在文學上影響有限，更不用說其中的覺悟者如聞一多等反戈一擊，在抗戰結束以後以「人民」為旗，質疑「國家」的威權。

總而言之，在現代中國的主流作家那裡，國家觀念不是籠統的一個存在，而是包含著內部的分層，對家國世界的無條件的憂患主要是在族群感情的層面上，一旦進入現實的政治領域，就可能引出諸多的歧見和質疑，而且這些自我思想的層次之間，本身也不無糾纏和矛盾，于質夫蹈海之際，激情吶喊：「祖國呀祖國！我的死是你害我的！」在這裡，生死關頭的情感依託是「祖國」，說明「國家」依舊是我們精神的襁褓，寄寓著我們真誠的愛，然而個人的現實發展又分明受制於國家社會的束縛，這種清醒的現實體驗和篤定的權利意識也激發了另外一種不甘，於是，對「國家」的深愛和怨憤同時存在，彼此糾結，令人無以適從。

關於民國，魯迅也道出過類似的矛盾性體驗：

> 我覺得彷彿久沒有所謂中華民國。
>
> 我覺得革命以前，我是做奴隸；革命以後不多久，就受了奴隸的騙，變成他們的奴隸了。
>
> 我覺得有許多民國國民而是民國的敵人。
>
> 我覺得有許多民國國民很像住在德法等國裏的猶太人，他們的意中別有一個國度。
>
> 我覺得許多烈士的血都被人們踏滅了，然而又不是故意的。

我覺得什麼都要從新做過。〔註31〕

在這裡，魯迅對「民國」的失望是顯而易見的：它玷污了「革命」的理想，令真誠的追隨者上當受騙。然而，當魯迅幾乎是一字一頓地寫下「中華民國」這四個漢字的時候，卻也刻繪了對這一現代國家形態的多少的顧惜和愛護，猶如他在《中山先生逝世後一週年》中滿懷感情地說：「中山先生逝世後無論幾週年，本用不著什麼紀念的文章。只要這先前未曾有的中華民國存在，就是他的豐碑，就是他的紀念。」〔註32〕從君主專制的「家天下」邁入現代國家，民國本身就是這樣一個「先前未曾有」的時代進步的符號，也凝聚著像魯迅這樣「血薦中華」的知識人的思想和情感認同，所以在強烈的現實失望之餘，他依然將批判的刀鋒指向了那些踏滅烈士鮮血的奴役他人的當權者，那些污損了民國創立者的理想的人們，就是在「從新做過」的無奈中，也沒有遺棄這珍貴的國家認同本身。在這裡，一位現代作家於家國理想深深的挫折和不屈不撓的擔當都躍然紙上。

民族認同通常情況下都是與國家觀念緊緊聯繫的。但是，近現代中國，卻又經歷了「民族」意識的一系列複雜的重建過程，而這一過程又並不都是與國家觀念的塑造相同步的，這也決定了現代中國文學民族意識表達的複雜性。在晚清近代，結束帝制、創立民國的「革命」首先舉起的是「排滿」的旌旗，雖然後來終於為「五族共和」的大民族意識所取代，實現了道義上的多民族和解。但是，民族意識的整合、中華民族整體意識的形成並沒有取消每一個具體族群具體的歷史境遇，尤其是在一些特殊的歷史時期，這些細微的民族心理就會滲透在一些或自然或扭曲的文學形態中傳達出來。例如從穆儒丐到老舍，我們可以讀到那種時代變遷所導致的滿人的衰落，以及他們對自己民族所受屈辱的不同形式的同情。老舍是極力縫合民族的裂隙，在民族團結的嚮往中重塑自身的尊嚴，「老舍民族觀之核心理念，便是主張和宣揚不同民族的平等和友好。他的全部涉及國內、國際民族問題的著述，都在訴說這一理念。他一生中所有關乎民族問題的社會活動，也都體現著這一理念。」〔註33〕穆儒丐則先是書寫著族人命運的感傷，在對滿族歷史命運的深切同情中批判軍閥與國民黨

〔註31〕魯迅：《忽然想到》，《魯迅全集》3卷，北京：人民文學出版社，2005年，第16～17頁。

〔註32〕魯迅：《中山先生逝世後一週年》，《魯迅全集》7卷，北京：人民文學出版社，2005年，第305頁。

〔註33〕關紀新：《老舍民族觀探賾》，《中國現代文學研究叢刊》2015年第4期。

政治，曲曲折折地修正「愛國」的含義：「我常說愛國是人人所應當做的事，愛國心也是人人所同有的，但是愛國要使國家有益處，萬不能因為愛國反使國家受了無窮的損害。國民黨是由哄鬧成的功，所以雖然是愛國行為，也以哄鬧式出之。他們不能很沉著的埋頭用內功，只不過在表面上瞎哄嚷，結局是自己殺了自己。」〔註34〕到東北淪陷時期，他卻落入了日本殖民者的政治羅網，在意識形態的扭曲中傳遞著被利用的民族意識。同為旗人作家，老舍與穆儒丐雖然境界有別，政治立場更是差異甚巨，但都提示了現代民族情感發展中的一些不可忽略的複雜的存在。

除此之外，我們會發現，作為一種總體性的民族意識和本族群在具體歷史文化語境中形成的人生態度與生命態度還不能劃上等號。例如作為「中華民族」一員的少數民族例如苗族、回族、蒙古族等等，也有自己在特定生存環境和特定歷史傳統中形成的精神氣質，在普遍的中華民族認同之外，他們也試圖提煉和表達自己獨特的民族感受，作為現代中國精神取向的重要資源，其中，影響最大的可能就是沈從文對苗文化的挖掘、凸顯。在湘西這個「被歷史所遺忘」的苗鄉，沈從文體驗了種種「行為背後所隱伏的生命意識」，後來，「這一分經驗在我心上有了一個分量，使我活下來永遠不能同城市中人愛憎感覺一致了」〔註35〕。沈從文的創作就是對苗鄉「鄉下人」生命態度與人生形式的萃取和昇華，為他所抱憾的恰恰是這一民族傳統的淪喪：「地方的好習慣是消滅了，民族的熱情是下降了，女人也慢慢的像中國女人，把愛情移到牛羊金銀虛名虛事上來了，愛情的地位顯然是已經墮落，美的歌聲與美的身體同樣被其他物質戰勝成為無用的東西了」〔註36〕。

三

國家觀念與民族意識的多層次結合與纏繞為中國現代文學相關主題的表達帶來了層巒疊嶂的景象，當然也大大拓展了這一思想情感的表現空間。從總體上看，最有價值也最具藝術魅力的國家—民族表現，最終也造成了中國現代作家最獨特的個人風格。

〔註34〕穆儒丐：《運命質疑》（6），《盛京時報‧神臬雜俎》1935 年 11 月 21、22 日。
〔註35〕沈從文：《從文自傳》，《沈從文全集》第十三卷，太原：北嶽文藝出版社，2002 年，第 306 頁。
〔註36〕沈從文：《媚金、豹子與那羊》，《沈從文全集》第五卷，太原：北嶽文藝出版社，2002 年，第 356 頁。

在中國現代文學中，雖然對國家、民族的激情剖白也曾經出現在種種時代危機的爆發時刻，但是真正富有深度的國家—民族情懷都不止於意氣風發、高歌猛進，而是纏繞著個人、家庭、地域、族群、時代的種種經歷、體驗與鬱結，在亢奮中糾結，在熱忱裏沉吟，在焦灼中思索，歷史的頓挫、自我的反詰，都盡在其中。從總體上看，作為思想—情感的國家民族書寫伴隨著整個中國現代文學跌宕起伏的歷史過程，在不同的歷史關節處激蕩起意緒多樣的聲浪，或昂揚或悲切，或鏗鏘或溫軟，或是合唱般的壯闊，或是獨行人的自遣，或是千軍萬馬呼嘯而過的酣暢，或是千迴百轉淺吟低唱的婉曲，或者是理想的激情，或者是理性的思考，可以這樣說，現代中國的國家—民族書寫，絕不是同一個簡單主題的不斷重複，而是因應不同的語境而多次生成的各種各樣的新問題、新形式，本身就值得撰寫為一部曲折的文學主題流變史。在這條奔流不息的主題表現史的長河沿岸，更有一座座令人目不暇給的精神的雕像，傲岸的、溫厚的、孤獨的、內省的……

從晚清到新中國建立的「現代」時期，中國文學的國家—民族意識的演化至少可以分作五大階段。

晚清民初是第一階段。在國際壓迫與國內革命的激流中，國家—民族意識以激越的宣言式抒懷普遍存在，改良派、革命派及更廣大的知識分子莫不如此。正如梁啟超所概括的，這就是當時歷史的「中心點」：「近四百年來，民族主義，日漸發生，日漸發達，遂至磅礴鬱積，為近世史之中心點。」〔註37〕從革命人于右任的「地球戰場耳，物競微乎微。嗟嗟老祖國，孤軍入重圍。」（《雜感》）「中華之魂死不死？中華之危竟至此！」（《從軍樂》）到排滿興漢的汗血、愁予之「振吾族之疲風，拔社會之積弱」〔註38〕，從魯迅的《斯巴達之魂》、《自題小像》到晚清民初的翻譯文學乃至通俗文學都不斷傳響著保衛民族國家的豪情壯志。亦如《黑奴傳演義》篇首語所說：「恐怕民智難開，不知感發愛國的思想，輕舉妄動，糊塗一世，可又從哪裏強起呢？作報的因發了一個志願，要想個法子，把大清國的傻百姓，人人喚醒。」〔註39〕近現代中國關於民族復興的表述就是始於此時，只是，雖然有近代西方的民族—國家概念的傳入，作為

〔註37〕 梁啟超：《論民族競爭之大勢》，《飲冰室文集》之十第 10 頁，中華書局 1989年版。

〔註38〕 《崖山哀》，《民報》1906 年第二號。

〔註39〕 彭翼仲：《黑奴傳演義》篇首語，1903 年（光緒二十九年）3 月 18 日北京《啟蒙畫報》第八冊。

文學情緒的宣言式表達有時難免混雜有中國士人傳統的家國憂患語調。

五四是第二階段。思想啟蒙在這時進入到人的自我認識的層面，因而此前激情式宣言式的抒懷轉為堅實的國家—民族文化的建設。這裡既有作為民族文化認同根基的白話文—國語統一運動，又有貌似國家民族意識「反題」的個人權力與自由的倡導。白話文運動、白話新文學本身就是為了國家的新文化建設，傅斯年說得很清楚：「我以為未來的真正中華民國，還須借著文學革命的力量造成。」〔註40〕胡適說：「我的『建設新文學論』的唯一宗旨只有十個大字：『國語的文學，文學的國語』。我們所提倡的文學革命，只是要替中國創造一種國語的文學。」〔註41〕這裡所包含的是這樣一種深刻的語言—民族認識：「事實上，因為一個民族必須講一種原有的語言，因此，其語言必須清除外來的增加物和借用語，因為語言越純潔，它就越自然，這個民族認識它自身和提高其自由度就越容易。……因此，一個民族能否被承認存在的檢驗標準是語言的標準。一個操有同一種語言的群體可以被視為一個民族，一個民族應該組成一個國家。一個操有某種語言的人的群體不僅可以要求保護其語言的權利；確切而言，這種作為一個民族的群體如果不構成一個國家的話，便不稱其為民族。」〔註42〕後來國語運動吸引了各種思想流派的參與，國家主義者也趕緊表態：「近來有兩種大的運動，遍於全國，一種是國家主義，一種是國語。從事這兩種運動的人不完全相同，因此有人疑心主張國家主義者對於國語運動漠不關心，甚至反對，這就未免神經過敏，或不明了國家主義的目的了。國家主義的目的是什麼，不外『內求統一外求獨立』八個大字，現在我要借著這次國語運動的機會，依著國家主義的目的，說明他與國語運動的密切關係，並表示我們國家主義者對於國語運動的態度。」〔註43〕而在近代中國，對「國家主義」的理解有時也具有某些模糊性，有時候也成為對普泛的國家民族意識的表述，例如梁啟超胞弟、詞學家梁啟勳就認為：「國家主義與個人主義，似對待而實相乘，蓋國家者實世界之個人而已。」〔註44〕陳獨秀則說：「吾人非崇拜國家主義，而作絕對之主張。」「吾國國情，國民猶在散沙時代，因時制宜，

〔註40〕傅斯年：《白話文學與心理的改革》，《新潮》1919 年 5 月第 1 卷第 5 期。
〔註41〕胡適：《建設的文學革命論》，胡適選編《中國新文學大系·建設理論集》，上海：上海良友圖書印刷公司，1935 年，第 128 頁。
〔註42〕【英】埃里·凱杜里著、張明明譯：《民族主義》，北京：中央編譯出版社，2002年，第 61～62 頁。
〔註43〕陳啟天：《國家主義與國語運動》，《申報》1926 年 1 月 3 日。
〔註44〕梁啟勳：《個人主義與國家主義》，《大中華雜誌》1915 年 1 月第 1 卷第 1 期。

國家主義，實為吾人目前自救之良方。」「近世國家主義，乃民主的國家，非民奴的國家。」〔註45〕五四的思想啟蒙雖然一度對個人／國家的關係提出檢討和重構，誕生了如胡適《你莫忘記》一類號稱「只指望快快亡國」的激憤表達，表面上看去更像是對國家—民族價值的一種「反題」，但是在更為寬闊的視野下，重建個人的權力與自由本身就是現代民族國家制度構建的有機組成，我們也可以這樣認為，在五四時期更為宏大而深刻的文化建設中，個人意識的成長其實是開闢了一種寬闊而新異的國家—民族意識。劉納指出：「陳獨秀既將文學變革與民族命運相聯繫，又十分重視文學的『自身獨立存在之價值』，他的文學胸懷比前輩啟蒙者寬廣得多。」〔註46〕

1920中後期至1930後期是第三階段。伴隨著現代國家民族的現代發展，中國文學所傳達的國家—民族意識也在多個方向上延伸，不同的文學思潮在相互的辯駁中自我展示，三民主義、民族主義、國家主義、自由主義、左翼無產階級、無政府主義對國家、民族的文學表達各不相同，矛盾衝突，論爭不斷。其中，值得我們深究的現象十分豐富。三民主義、民族主義對國家、民族的重要性作出了最強勢的表達，看似不容置疑：「我們在革命以後，種種創造工作之中，要創造一種新文藝，要創造出中華民族的文藝，三民主義的文藝。因為文藝創造，是一切創造根本之根本，而為立國的基礎所在。」〔註47〕然而，國家—民族情懷一旦被納入到政治獨裁的道路上卻也是自我窄化的危險之舉，三民主義、民族主義文學的強勢在本質上是以國民黨的專制獨裁為依靠，以對其他文學追求特別是左翼文藝的打壓甚至清剿為指向的，在他們眼中，「民族文藝最大的敵人，是普羅毒物，與頹廢的殘骸，負有民族文化運動的人，當然向他們掃射。」〔註48〕這恣意「掃射」的底氣來自國家的政治權威，例如委員長的宣判：「要確定，總理三民主義為中國唯一的思想，再不好有第二個思想，來擾亂中國」〔註49〕。這種唯我獨尊的文學在本質上正如胡秋原當年所批評的那樣，是「法西斯蒂的文學（？），是特權者文化上的『前鋒』，是最醜陋的警犬，他巡邏思想上的異端，摧殘思想的自由，阻礙文藝之

〔註45〕陳獨秀：《今日之教育方針》，《青年雜誌》1915年1月15日第1卷第2號。
〔註46〕劉納：《壇變》修訂版，北京：中國人民大學出版社，2010年，第19～20頁。
〔註47〕葉楚傖：《三民主義的文藝底創造》，《中央週報》1930年1月1日。
〔註48〕劉百川：《開張詞》，《民族文藝月刊》創刊號，1937年1月15日。
〔註49〕蔣介石：《中國建設之途徑》，《先總統蔣公全集》第1冊，臺北：中國文化大學出版社，1984年，第557頁。

自由創造」〔註50〕。國家主義在思維方式上與三民主義、民族主義如出一轍，只不過他們對國民黨的文藝政策尚有不滿，一度試圖獨樹旗幟，因而也曾受到政府的打壓；在文學史的長河中，國家主義最終缺少自己獨立的特色，不得不匯入官方主導的思潮之中。在這一時期，內涵豐富、最有挖掘價值的文學恰恰是深受官方壓迫的左翼無產階級文學、自由主義文學，甚至某些包含了無政府主義思想的文學。左翼文學因為其國際共產主義背景而被官方置於國家—民族的對立面，受到的壓迫最多；自由主義、無政府主義因為對個人權力與自由的鼓吹也被官方意識形態視作危險的異端。但是，平心而論，在現代中國，共產主義、自由主義和無政府主義本身就是思想啟蒙的有機組成，而思想啟蒙的根源和指向卻又都是國家和民族的發展，因此，在這些個人與自由的號召的背後，依然是深切的國家—民族情懷，正如自由主義的領袖胡適所指出的那樣：「民國十四五年的遠東局勢又逼我們中國人不得不走上民族主義的路」，「十四年到十六年的國民革命的大勝利，不能不說是民族主義的旗幟的大成功」〔註51〕。換句話說，在自由主義等文學思潮的藝術表現中，存在著國際／民族、國家／個人的多重思想結構，它們構織了現代國家—民族意識的更豐富的景觀。

抗戰時期是第四階段。因為抗戰，現代中國的民族復興意識被大大地激發，文學在救亡的主題下完成了百年來最盪氣迴腸的國家—民族表述，不過，我們也應該看到，由於區域的分割，在國統區、解放區和淪陷區，國家—民族意識的表達出現了較大的差異。在國統區，較之於階級矛盾尖銳的 1920～1930年代，國家危亡、同仇敵愾的大勢強化了國家認同，民族意識更多地融合到國家觀念之中，「抗戰建國」成為文學的自然表達，不過，對國家的認同也還沒有消弭知識分子對專制權力的深層的警惕，即便是「戰國策派」這樣自覺的民族主題的表達者，也依然自覺不自覺地顯露著民族情懷與國家觀念的某些齟齬〔註52〕。在解放區，因為跳出了國民黨專制的意識形態束縛，則展開了對「民族形式」問題的全新的探索和建構，其精神遺產一直延續到當代中國，

〔註50〕胡秋原：《阿狗文藝論》，《文化評論》1931 年 12 月 25 日創刊號，參見上海文藝出版社編輯《中國新文學大系 1927～1937 第 2 集文藝理論集 2》，上海：上海文藝出版社，1987 年，第 503 頁。

〔註51〕胡適：《個人自由與社會進步》，《獨立評論》1935 年 5 月 12 日第 150 號。

〔註52〕參見李怡：《國家觀念與民族情懷的齟齬——陳銓的文學追求及其歷史命運》，《文學評論》2018 年第 6 期。

成為了二十世紀下半葉中國國家—民族文學表達的重要內容。在淪陷區，文學
的國家表達和民族表達曖昧而曲折，除了那些明顯「親日媚日」的漢奸文學
外，淪陷區作家的思想複雜性也清晰可見，對中華民族的深層情懷依然留存，
只不過已經與當前的「國家」認同分割開來，因為滿漢矛盾的歷史淵源，對自
我族群的記憶追溯獲得鼓勵，卻也不能斷言這些族群的認同就真的演化成了
中華民族的「敵人」。總之，戰爭以極端的方式拷問著每一個中國作家的靈魂，
逼迫出他們精神深處的情感和思想，最後留給歷史一段段耐人尋味的表達。

　　抗戰勝利至新中國成立是第五階段。抗戰勝利，為國家民族的發展贏來了
新的歷史機遇，如何重拾近代以後的國家—民族發展主題，每一個知識分子都
在面對和思考。然而，歷經歷史的滄桑，所有的主題思考也都有了新的內容：
例如，近代以來的民族復興追求同時還伴隨著一個同樣深厚的文藝復興或曰
文化復興的思潮，兩者分分合合，協同發展，一般來說，在強調國家社會的整
體發展之時，人們傾向以「民族復興」自命，在力圖突出某些思想文化的動態
之時，則轉稱「文藝復興」，相對來說，文藝復興更屬於知識界關於國家民族
思想文化發展的學術性思考。抗戰勝利以後，國家—民族話題開始從官方意識
形態中掙脫出來，民族復興不再是民族主義的獨享的主張，它成為了各界參與
的普遍話題，因為普遍的參與，所以意義和內涵也大大地拓展，不復是國民黨
政治合法性的論證方式，左翼思想對國家—民族的表述產生了更大的影響，
這個時候，作為知識界文化建設理想的「文藝復興」更加凸顯了自己的意義。
這是歷史新階段的「復興」，包含了對大半個世紀以來的國家—民族問題的再
思考、再認識，當然也包含著對知識分子文化的自我反省和自我認識。早在抗
戰進行之時，李長之就開始了對五四新文化運動的反思，試圖從發揚本民族文
化精神的角度再論文藝復興，掀起「新文化運動的第二期」，1944 年 8 月和
1946 年 9 月，《迎中國的文藝復興》一書先後由重慶與上海的商務印書館推出
「初版」，出版的日期彷彿就是對抗戰勝利的一種紀歷。新的民族文化的發展
被描述為一種中西對話、文明互鑒的全新樣式：「近於中體西用，而又超過中
體西用的一種運動」，「其超過之點即在我們是真發現中國文化之體了，在作
徹底全盤地吸收西洋文化之中，終不忘掉自己！」〔註 53〕這樣的中外融通既
不是陳腐守舊，又不是情緒性的激進，既不是政治民族主義的偏狹，又不等同
於一般「西化」論者的膚淺，是對民族文化發展問題的新的歷史層面的剖解。

〔註 53〕李長之：《迎中國的文藝復興》，上海：上海商務印書館，1946 年，第 58 頁。

無獨有偶，也是在抗戰勝利前後，顧毓琇發表了多篇關於「中國的文藝復興」的文章，1948 年 6 月由中華書局結集為《中國的文藝復興》，被視作「戰後『復員』聲中討論中華民族復興問題的比較系統、全面的論著」〔註 54〕。在顧毓琇看來，文藝復興才是民族復興的前提，而「創造精神」則是文藝復興的根本：「中國的文藝復興乃是根據於時代的使命，因此不能不有創造的精神。中國的文藝復興，乃是根據於世界的需要，因此不能違背文化的潮流。以文化的交流培養民族的根源，我們必定會發揮創造的活力，貫徹時代的使命。」〔註 55〕1946 年初，誕生了以《文藝復興》命名的重要文學期刊，「勝利了，人醒了，事業有前途了。」〔註 56〕《文藝復興》的創刊詞用了一連串的「新」，以示自己創造歷史的強烈願望：「中國今日也面臨著一個『文藝復興』的時代。文藝當然也和別的東西一樣，必須有一個新的面貌，新的理想，新的立場，然後方才能夠有新的成就。」「抗戰勝利，我們的『文藝復興』開始了；洗蕩了過去的邪毒，創立著一個新的局勢。我們不僅要承繼了五四運動以來未完的工作，我們還應該更積極的努力於今後的文藝復興的使命；我們不僅為了寫作而寫作，我們還覺得應該配合著整個新的中國的動向，為民主，絕大多數的民眾而寫作。」〔註 57〕創造和新並不僅僅停留於理想，《文藝復興》在 1940 年代後期發表了一系列對個人／國家／民族歷史命運的探索之作：小說《寒夜》、《圍城》、《引力》、《虹橋》、《復仇》，戲劇《青春》、《山河怨》、《拋錨》、《風絮》，以及臧克家、穆旦、辛笛、陳敬容、唐湜、唐祈、袁可嘉等人的詩歌；求新也不僅僅屬於《文藝復興》期刊一家，放眼看去，展開全新的藝術實踐的不只有解放區的「大眾化」，1940 年代後期的中國文學都努力在許多方面煥然一新，中國現代作家的自我超越也大都在這個時期發生，巴金、茅盾、沈從文、李廣田……

此時此刻，思想深化進入到了一個新的歷史階段，一些基於國家、民族現狀的新的命題出現了，成為走向未來的歷史風向標，例如「民主」與「人民」，解放區的政治建設和文化建設是對這兩個概念的最好的詮釋。不過，值得注意

〔註 54〕 《顧毓琇全集》編輯委員會：《顧毓琇全集‧前言》，《顧毓琇全集》第 1 卷，瀋陽：遼寧教育出版社，2000 年，第 3 頁。
〔註 55〕 顧一樵：《中國的文藝復興》，原載《文藝（武昌）》1948 年 3 月 15 日第 6 卷第 2 期。
〔註 56〕 李健吾：《關於〈文藝復興〉》，《新文學史料》1982 年第 3 期。
〔註 57〕 鄭振鐸：《發刊詞》，《文藝復興》1946 年 1 月 10 日創刊號。

的是，這兩大主題也不僅僅出現在解放區的語境中，它們同樣也成為了戰後中國的普遍關切和文學引領。前者被周揚、馮雪峰、胡風多番論述，後者被郭沫若、茅盾、艾青、田漢、阿壠、聞一多熱烈討論，也為穆旦、袁可嘉、朱光潛、沈從文、蕭乾深入辨析，現實思想訴求與藝術的結合從來還沒有在藝術哲學的深處作如此緊密的結合〔註58〕。「人民」則從我們對國家—民族的籠統關懷中凸顯出來，成為一個關乎族群命運卻又拒絕國民黨專制權力壓榨的強有力的概念，身在國統區的郭沫若與聞一多等都對此有過深刻的闡發。左翼戰士郭沫若是一如既往地表達了他對專制強權的不滿，是以「人民」激活他心中的「新中國」：「文藝從它濫觴的一天起本來就是人民的。」「社會有了治者與被治者的分化，文藝才被逐漸為上層所壟斷，廟堂文藝成為文藝的主流，人民的文藝便被萎縮了。」「一部文藝史也就是人民文藝與廟堂文藝的鬥爭史。」「今天是人民的世紀，人民是主人，處理政治事務的人只是人民的公僕。一切價值都要顛倒過來，凡是以前說上的都要說下，以前說大的都要說小，以前說高的都要說低。所以為少數人享受的歌功頌德的所謂文藝，應該封進土瓶裏把它埋進土窖裏去。」〔註59〕曾經身為「文化的國家主義者」的聞一多則可謂是經歷了痛苦的自我反省和蛻變。激於祖國陸沉的現實，聞一多早年大張「中華文化的國家主義」〔註60〕，但是在數十年的風雨如晦之後，他卻幡然警悟，在《大路週刊》創刊號上發表了《人民的世紀》，副標題就是：「今天只有『人民至上』才是正確的口號」。無疑，這是他針對早年「國家至上」口號的自我反駁。這樣的判斷無疑是擲地有聲的：「假如國家不能替人民謀一點利益，便失去了它的意義，老實說，國家有時候是特權階級用以鞏固並擴大他們的特權的機構。」「國家並不等於人民。」〔註61〕倡導「人民至上」，回歸「人民本位」，這是聞一多留在中國文壇的最後的、也是最強勁的聲音，是現代中國國家—民族意識走向思想深度的一次雄壯的傳響。

〔註58〕參見王東東：《1940年代的詩歌與民主》，臺北：政治大學出版社，2016年。
〔註59〕郭沫若：《人民的文藝》，1945年12月5日天津《大公報》。
〔註60〕聞一多：《致梁實秋》（1925年3月），《聞一多全集》第12卷，武漢：湖北人民出版社，1993年，第214頁。
〔註61〕聞一多：《人民的世紀》，原載於1945年5月昆明《大路週刊》創刊號，《聞一多全集》第2卷，武漢：湖北人民出版社，1993年，第407頁。

自　序

　　本著為論文集，收錄了筆者十餘年間（2000 年～2014 年）撰寫的「胡風研究」論文、述評、隨筆、雜感和考證文章，共計五十餘篇，約四十餘萬字。

　　筆者秉承「文本細讀和文化社會學分析」方法，注重研究資料的「原始性」（原刊、原報、原檔、初版、尺牘等），努力還原研究對象所曾身處的社會文化環境，進行貼近的實證性研究。

　　本論文集所收錄的文章，立足點不一，如行山陰道中，步移景換：或從「事件史」的角度看出去，審視文藝當政者與文藝活動家胡風之間的折衝關係，如《胡風書信中對周恩來的稱謂演變考》等篇；或從「心態史」的角度看出去，剖析思想家胡風彼時應對策略的主客觀依據，如《胡風為什麼要寫「三十萬言書」》等篇；或從「關係史」的視角看出去，審視諸多現代作家與文藝理論家胡風之間的恩怨衝突，如《胡風與姚雪垠》等篇；或從「流派史」的視角看出去，審視「胡風派」成員與宗主之間的糾紛合離，如《阿壟「引文」公案的歷史風貌》等篇；或從「研究史」的角度看出去，重新解讀某些疑點問題，如《「羅惠壓稿」說之相關史料發微》等篇……這種寫法，類似於中國古畫《清明上河圖》的「散點透視」法，畫師的觀察點不是固定的，不同視域的所見所得，共同構成一個畫幅。本論文集的題名「橫看成嶺側成峰」，即取義於此。

　　本論文集所收錄的文章，論題呈「發散型」，既見輿薪，亦察秋毫：或專注於追溯「胡風集團案」成因之某一端倪，如《胡風「三十萬言書」的另類解讀》；或專注於展示胡風文學道路的某一階段，如《胡風與第一次文代會》；或聚焦於胡風文藝思想的某一枝葉，如《胡風如何「呼應」舒蕪的〈論主觀〉》；

或聚焦於胡風社會交往中的某一波瀾，如《胡風、馮雪峰交往史實辯正》；或致力於剖析胡風文學批評實踐中的某一個案，如《胡風為何要批評路翎的小說〈泡沫〉》；或致力於發掘胡風的某種政治訴求，如《胡風與「高爾基待遇」及其他》；或致力於詮釋胡風的某種用語習慣，如《胡風書信「隱語」考》……筆者的用力處大都放在史實的梳理、辨析和考證過程中，而不在結論。

　　本論文集所收錄的文章，大部分是已經發表過的，小部分是未刊稿。前者皆注明所載刊物，後者皆標注為「未刊」。文章收集前都未曾作過修訂，保持原貌。

　　本論文集所收錄的文章，以寫作時間為順序進行編排。

目

次

第一冊

自 序

2000～2003 年 ……………………………………………………… 1

　姚雪垠與胡風 …………………………………………………… 3

　胡風「清算」姚雪垠始末 ……………………………………… 63

2004 年 ………………………………………………………………… 77

　胡風與第一次文代會 …………………………………………… 79

　胡風為什麼要寫「三十萬言書」……………………………… 91

　胡風「三十萬言書」的另類解讀──細讀胡風

　　「給黨中央的信」………………………………………… 101

2005 年 ……………………………………………………………… 111

　胡風為什麼提議召開「胡風文藝思想討論會」…… 113

　細讀胡風之「關於舒蕪問題」──兼及「將私人

　　通信用於公共事務」問題……………………………… 125

　再談胡風的「位子」問題──並向楊學武先生

　　請教（未刊）…………………………………………… 133

　從「他若勝利，又會如何」談起（未刊）……… 137

　胡風與第二次文代會（未刊）…………………………… 141

第二冊

　胡風「客觀主義」理論發微（未刊）…………… 157

鍛鍊人罪的胡風（未刊） ……………………………… 171

2006 年 ……………………………………………… 185

　舒蕪撰《論主觀》始末考 ……………………………… 187
　阿壟「引文」公案的歷史風貌——羅飛《為阿壟
　　辯誣》一文讀後 ……………………………………… 203

2007 年 ……………………………………………… 217

　胡風詩《歡樂頌》之考索（未刊） …………………… 219
　第一個歌頌毛澤東的詩人及其他 ……………………… 225
　胡風、馮雪峰交往史實辯正 …………………………… 229
　胡風如何「呼應」舒蕪的《論主觀》 ………………… 239
　聶紺弩與《七月》的終刊及其他 ……………………… 251
　《七月》週刊與《吶喊》（《烽火》）週刊合評 …… 265
　《魯迅全集發刊緣起》的作者不是胡風 ……………… 273
　胡風書信隱語考 ………………………………………… 279
　建國初期胡風工作問題上的波折（未刊） …………… 297

第三冊

　建國初期胡風入黨問題上的波折（未刊） …………… 317

2008 年 ……………………………………………… 335

　樓適夷在「反胡風運動」中 …………………………… 337
　聶紺弩在「反胡風運動」中 …………………………… 349
　巴金在「反胡風運動」中（未刊） …………………… 363
　胡風書信中對周恩來的稱謂演變考——紀念
　　周恩來誕辰 110 週年 ………………………………… 377
　胡風與「高爾基待遇」及其他 ………………………… 395
　《胡風家書》中「師爺」指的是誰 …………………… 405
　綠原《幾次和錢鍾書先生萍水相逢》失記考 ………… 409

2009 年 ……………………………………………… 413

　從《胡風致舒蕪書信全編》中的「梁老爺」
　　說起 ………………………………………………… 415
　牛漢眼中的胡風 ………………………………………… 419
　胡風與《螞蟻小集》的復刊及終刊 …………………… 423
　《胡風家書》中的「范」指的是誰？ ………………… 433

一本幾近被忘卻的胡風同人刊物──《荒雞
　　文叢》………………………………… 437

胡風在「國際宣傳處」任職情況考 ………… 453

試論胡風對老舍的階段性評價 ……………… 461

第四冊

胡風指導阿壟批判李廣田（未刊）………… 477

誰說「胡風不告密」？……………………… 483

2010 年 …………………………………… 489

1948 年，胡風拒納舒蕪讒言 ……………… 491

新發現胡風重要佚文兩篇 …………………… 497

胡風「獨立」意識的覺醒 …………………… 501

胡風與馮雪峰衝突之濫觴 …………………… 509

胡風為何要批評路翎的小說《泡沫》……… 519

2011 年 …………………………………… 525

胡風與《起點》文學月刊 …………………… 527

史料在手，也得細讀，還須考證 …………… 537

《泥土》全目及其他 ………………………… 543

郭沫若勸胡風去西藏還是朝鮮？ ………… 559

所謂「魯門弟子」對巴金的圍攻 ………… 561

胡風從未自稱「魯迅門人」………………… 565

2012 年 …………………………………… 569

張業松編《路翎批評文集》之誤植 ………… 571

聶紺弩的《論申公豹》和《再論申公豹》及其他 ‥ 575

讀耿傳明著《魯迅與魯門弟子》（未刊）……… 585

2013 年 …………………………………… 591

「羅惠壓稿」說之相關史料發微 …………… 593

陳陳相因何時了──周燕芬《因緣際會》讀後感
　　（未刊）………………………………… 603

這不是周揚的錯──與楊學武先生商榷（未刊）‥ 609

2014 年 …………………………………… 615

被遺忘了的交鋒 ……………………………… 617

再談「史實辯正」──覆葉德浴先生（未刊）‥ 625

2000～2003 年

姚雪垠與胡風〔註1〕

一、抗戰文學的代表作家竟無緣第一次文代會

1949 年 8 月，全國第一次文代會在北京隆重召開，來自解放區的革命文藝工作者和在國統區堅持戰鬥的進步作家會師了，代表們無不心潮澎湃，熱淚盈眶。此時，新中國尚未正式宣告成立，黨中央就率先召開這次全國進步文藝工作者的盛會，檢閱進步文藝工作者的隊伍，顯示了新的政權對人民文藝的高度重視，與會的代表都把能參加這次盛會當作畢生的政治榮耀。

參加這次盛會的文藝界代表有近千人之多，不同藝術風格的、在黨與不在黨的，新文藝界與舊文藝界的文藝代表濟濟一堂，可以說，除了極個別的政治上有嚴重問題的作家之外，幾乎所有稍有名氣的作家都被邀請參加了會議。有人注意到，抗戰時期享有盛名的作家姚雪垠卻不在代表之中。當時，他在上海教書和寫作，南方代表團名單上沒有他的名字。

姚雪垠一度被認為是抗戰時期成長起來的青年作家中最為傑出的一個。然而，就是這樣一個為抗戰而寫作，為勝利而謳歌的愛國作家，在全國解放前夕召開的第一次文代會上，竟然沒有得到邀請。顯然，這不是出於一般的原因。

幾十年後，一位與姚雪垠有爭執的作家在回憶錄中提到，當年姚雪垠「有一件公案」，還說：這件公案「三十年代和五十年代的文藝界人士，大半是知道的，總之，在這件事發生後，文藝界輿論譁然，傳聞紛紛，以致上海當時文

〔註1〕該文作於 2000 年，長約六萬字，原題即為《姚雪垠與胡風》。2001 年改題為《是非任人評說——胡風猛批胡風的前因後果》，收入陳浩增主編的姚雪垠紀念集《雪垠世界》，中國青年出版社 2001 年 1 月出版。

藝界的一切公開活動都不邀請他參加。」〔註2〕

什麼了不得的「公案」，竟從政治上宣告了作家姚雪垠的死刑。為什麼事隔這麼多年，就沒有一個人站出來澄清事情的真象，這是現代文學史上的一個謎！

為了解開這個謎，我們鑽進圖書館，鑽進檔案館，在堆積如山的故紙堆中翻撿；我們走訪專家，詢問「知情者」，在茫茫人海中搜尋——我們把重點放在解放前幾年，尋求所有與姚雪垠有關的線索，把所有與姚雪垠有過論爭，有過嫌隙，有過猜疑的人與事都濾了一遍。結果，我們發現了：這椿「公案」與胡風對姚雪垠的「清算」有關！

1944 年 4 月，身任中華文協研究部部長的胡風在第六屆年會上宣讀了一篇論文，題為《文藝工作底發展及其努力方向》，在這篇文章裏，他號召「發動在明確的鬥爭形式上的文藝批評」，以反對各種「反現實主義的傾向」。這篇論文是他發動抗戰文壇「整肅」或「清算」運動的動員令。

1944 年 7 月，胡風組織了一批文藝批評文章，復旦大學學生石懷池批評碧野《風砂之戀》和姚雪垠《戎馬戀》的文章在《新華日報》副刊「批評和介紹」專欄上發表。

1944 年底，胡風在《希望》第 1 期上發表《置身在為民主的鬥爭裏面》和舒蕪的《論主觀》，高揚起反對「客觀主義」的大旗，把「整肅」運動提高到與「機械——教條主義」作鬥爭的哲學的高度。同年，他組織石懷池、路翎等批評姚雪垠剛出版的長篇小說《春暖花開的時候》。在這一輪批判浪潮中，姚雪垠被打成「娼妓作家」和「色情作家」。

1945 年 1 月，胡風致信路翎「趕寫」文章批判姚雪垠的《戎馬戀》。同年 6 月，胡風再次致信路翎批判姚雪垠的《差半車麥秸》等作品。路翎遂在《希望》上發表《市儈主義的路線》，署名未民。文章指斥姚雪垠為「客觀主義」和「投機主義」的典型代表。

1945 年抗戰勝利前後，延安「搶救」運動中有人攀咬姚雪垠為國民黨「特務」的流言傳到重慶，文藝界同人對他避而遠之。

1945 年 12 月，邵荃麟在《新華日報》上發表《略論文藝的政治傾向》，批評胡風的某些文藝理論觀點，但贊同他們對姚雪垠作品「色情」和「抗戰八

〔註2〕李蕤：《對姚雪垠同志〈學習追求五十年〉中的一章的聲明》，載《新文學史料》1984 年第 4 期。

股」的批評。

1946 年 3 月，龔鶯在《中原・希望・文藝雜誌・文哨聯合特刊》第 1 卷第 4 期上發表《騎士的墮馬》，批判姚雪垠的中篇小說《戎馬戀》。這個刊物是重慶左派刊物的大本營。隨後，全國的進步刊物都開始「清算」姚雪垠。

1946 年 3 月，辛冰發表文章《我所知道的姚雪垠》，誹謗姚雪垠人格。

1946 年 5 月前後，姚雪垠路經重慶，找徐冰辯誣「特務」問題。

1947 年 5 月，姚雪垠在北平《雪風》第 3 期上發表《論胡風的宗派主義——〈牛全德與紅蘿蔔序〉》，這是現代文學史上最早系統批評「胡風派」的文章。

1947 年 9 月，胡風組織對姚雪垠的反擊，阿壠在《泥土》第 4 期發表《從「飛碟」說到姚雪垠的歇斯底里》，文章按照胡風指示揭露姚雪垠的「生活關係」，暗示姚雪垠與國民黨的關係。胡風收到阿壠的文章後，又轉給樓適夷主編的《時代日報・文化版》發表，並信告阿壠，「這個公案算是告一段落，由他著慌去。」（注意這裡有「公案」二字，至此事情大半已經水落石出。）

1948 年初，郭沫若在香港大中學生新年團拜會上發表了《一年來中國文藝運動及其趨向》的演說，他呼籲消滅四種「反人民的文藝」，其中「通紅的文藝，托派的文藝」暗指胡風等。

1948 年 3 月，文委委派邵荃麟和馮乃超主持的《大眾文藝叢刊》創刊，展開了對胡風等的理論批評。胡繩發表文章，批評胡風最欣賞的作家路翎，繼而批評茅盾最欣賞的作家姚雪垠。胡風不服，組織同人反擊，他寫了《論現實主義的路》，路翎寫了《論文藝創作底幾個基本問題》，憤怒地指責香港作家把他們與姚雪垠等同等看待。繼而，《大眾文藝叢刊》在批判胡風理論的同時，繼續著對姚雪垠的批評，姚雪垠被捲入這場論爭中，被雙方所拋棄，成了雙方的箭靶。

這就是姚雪垠的這樁「公案」大致的始末。不難看出，姚雪垠遭受的這場不名之冤，小部分歸咎於延安「搶救運動」中別人的攀咬，大部分則歸咎於胡風對他的「清算」。

解放以後，姚雪垠文途坎坷，固然與胡風的杯葛有著直接的關係，當然也與他不時「偏離」主流文藝思潮有關；而對胡風而言，他對姚雪垠及其他進步作家的「清算」充分暴露了他的文藝理論與文藝批評實踐的偏頗。他對姚雪垠等的批判只是他推上山的第一塊「西緒福斯之石」，而他與主流文藝思潮山崩

地裂般訣別的底線就埋在這裡，激化與變質則是在若干年後。50年代初，隨著胡風與主流文藝思潮爭鬥的失敗，40年代末的那場胡姚之爭便沉入海底；數十年後，胡風雪冤復出，更沒有人重提那場早就被人遺忘的「清算」鬥爭；姚雪垠那場「公案」的沉冤至今未白，不能說不是件十分令人遺憾的事情。

本文重新回顧上世紀40年代的那場「整肅」或「清算」運動，無意探討姚雪垠與胡風所持理論的差異與各自人格的優劣，他們都是筆者尊敬的文壇前輩，都曾對中國現代文學有過貢獻。筆者只是企圖在此文中勾勒出一個文壇掌故的歷史過程，僅此而已。

二、「默殺」與「清算」

1946年，中華文協廣州分會會刊《文藝新聞》第4期上發表了一篇署名「辛冰」的文章，《我所知道的姚雪垠》，向南國的讀者透露出著名抗戰小說家姚雪垠已經遭到「清算」的消息。文章是這樣開頭的：

> 姚雪垠的名字，大家諒不會生疏吧，他是一個「作家」，曾經以「進步」的招牌出現，現在終被清算，在近十年中，我親眼看見他成名，但，也看見他沒落，人世浮沉，真不堪想像呵！然而，若從他一貫的生活態度和為人作風上加以認識，對於他今天的被清算，就知道絕不是偶然的。

抗戰時期，有哪一個文學讀者不知道姚雪垠呢？他的短篇小說《「差半車麥秸」》、中篇小說《牛全德與紅蘿蔔》、長篇小說《春暖花開的時候》發表後都曾轟動一時。《「差半車麥秸」》得到文壇巨擘茅盾、郭沫若等的全力推薦，蜚聲海內外；《牛全德與紅蘿蔔》得到共產黨和國民黨評論家的齊聲叫好，《新華日報》發表專論，《文藝先鋒》建議軍委會印刷數十萬冊下發各戰區；《春暖花開的時候》第一卷問世當年即三次再版，銷行數萬冊，至今海外盜版不絕。如今抗戰剛剛「慘勝」，曾創作出被譽為「抗戰文學里程碑」的作家卻遭到了「清算」，還被打成「主觀公式主義」「客觀主義」「娼妓文學」和「色情文學」的代表。這個轉變太突然了，沉浸在「光復」喜悅中的善良的南國讀者被驚呆了，覺得受了嘲弄，他們紛紛投書編輯部，要求解釋所以然。編者被迫在第6期（1946年4月）的《編輯室信箱》上敷衍：

> 被姚雪垠的寫作技巧迷惑的不單是你，很多人都有與你相同的感覺，他作品裏面包含的「毒藥」是什麼？他被清算的主要問題是

什麼？我們正想找一個人把他的幾本主要作品，作一番較有系統的
批評，現在不想在小問題上答覆你。

廣州文協分會不是始作俑者，他們當然不會知道姚雪垠被「清算」的真正
原因。自然，這個刊物直至終刊，也沒有正面回答讀者所提出的質問。

中華文協對姚雪垠的「清算」並不是有組織的行為，而是曾任文協總會的
領導之一的胡風獨立發動的。胡風自抗戰後期就不遺餘力地批評姚雪垠，他認
定姚雪垠的創作傾向是「反現實主義」的，認定姚雪垠是泛濫於抗戰後期文壇
的「主觀公式主義」和「客觀主義」的代表。他發誓要剷除這種傾向以捍衛現
實主義的純潔性。這裡或許有著宗派主義情緒，或許有著一石數鳥的企圖，或
許有著敲山震虎的用意。但，我們敢肯定，「清算」之初，胡風與姚雪垠並沒
有多少文壇「渺小的恩怨」，有的只是對文藝的審美特質、創作哲學等方面一
點歧異的見解。姚雪垠與胡風都是以天下為己任，視文學如生命的「政治——
文學」一元論者，抗戰後期的反目導致了終生的睚眥，他們到死也沒有原諒對
方。這是時代的悲劇，歷史的悲劇，文學的悲劇。

胡風與姚雪垠的反目不是出於他們的「私怨」，而是有著更深刻的歷史原
因，其發展也有一個由隱而顯、由緩而峻的過程。在展開敘述之前，我們回顧
一下抗戰之前及抗戰爆發的第一年他們各自的文學軌跡：

姚雪垠，生於 1910 年，9 歲發蒙，高小畢業後斷續地讀過一年半初中，
1929 年（19 歲）發表處女作《兩個孤墳》，同年考入河南大學預科，1930 年
因參加共產黨領導的學生運動被學校開除，其後輾轉開封、北平等地自學，積
極追隨左翼文化運動，投稿謀生。抗戰爆發後，從北平返回河南，參加開封《風
雨》週刊的創辦和主編工作。

胡風，生於 1902 年，10 歲發蒙，1922 年（20 歲）發表處女作《改進湖
北教育的討論》，1925 年考入北京大學預科，後轉入清華大學英文系，1925 年
接受共產黨的影響，回鄉參加大革命，大革命失敗後，輾轉流離，1929 年赴
日本留學，1931 年獲日本慶應大學英文系本科學籍，1933 年因參加左翼文化
運動被日本軍警驅逐回國，在上海參加左聯工作。抗戰爆發後，主編《七月》
雜誌。

從以上簡略的介紹中可以看出，姚雪垠與胡風姚雪垠與胡風有著相當多
的共同點，他們早年都受過共產黨革命思想的薰陶，都曾投身左翼革命文學運
動，抗戰開始後，他們都積極投入愛國救亡工作。他們的不同處只是在於從事

文學活動的地域不同,姚在北,而胡在南,各自有各自的文學、社會關係圈子。

他們就像是兩顆方向相同而軌跡平行的流星,直到 1943 年以前,沒有過碰撞的機會。1938 年初,他們兩人命運的軌跡發生了交叉,兩人同時都在武漢。胡風是在武漢辦刊物《七月》,姚雪垠則是因工作問題來武漢找中共南方局。為了籌措回去的路費,姚雪垠創作了幾篇小說,一篇給了孫陵主編的《自由中國》,一篇給了《大公報》,一篇投給舒群主編的《戰地》,《戰地》退稿後遠寄香港茅盾主編的《文藝陣地》。

姚雪垠為什麼不把那篇退稿的《「差半車麥秸」》試投給《七月》呢,莫非他們之間已有成見。說起來也真是奇怪,也是在這個時候,和姚雪垠同住在武昌「兩湖書社」的一大群流亡青年作家(他們的名字都是可以上抗戰文學史的,如碧野、田濤、黑丁、曾克、李輝英、張周、吳強、王淑明等),他們天天都在寫文章,因為他們大都來自北方戰場,感受得太多,鬱積的情感不能不發洩;他們到處投稿,因為他們等著稿費買米下鍋。但這些作家的稿子幾乎都沒有上過胡風主編的《七月》。難道他們都與胡風有過齟齬,或者大家有著不向《七月》投稿的默契?臺灣作家陳紀瀅在《記胡風》中作了解釋:他說胡風有個人所共知的怪癖,因為他辦刊的方針與其他人都不同:

> 他編刊物的作風跟茅盾完全相反。茅盾在此以前,已經編過若干期刊,包括一度為商務印書館編《小說月報》。茅盾所採的「包容主義」,只要文章好,合乎需要,不管作者是誰,他一律接納。所以他手下既有左派作家,也有右派作家。而胡風則不然,他的門關得很緊,不是什麼人都能闖入。除了像聶紺弩、艾青等少數幾個人外,多數作家必須是壓根兒出自他門下。這些作家有名無名不關緊要。毋寧越是生面孔、陌生人,他越歡迎。他寧肯捧一個不見經傳、初出茅蘆的青年作者,他絕不願意一個已知名的老作家出現在他的刊物之內。

上述作家「出道」都在抗戰以前,雖然稱不上「老作家」,但也在文壇上有點名氣,他們也許聽說過胡風的這個怪癖,於是避而遠之。好在抗戰初期報刊如林,好的稿件不愁發表。大家各安其所,沒有衝突。

武漢失守前,胡風離開了武漢,西去重慶開闢新的文學天地;姚雪垠早早地來到了地處湖北西北部的第五戰區,投身共產黨人錢俊瑞等領導的抗日救亡運動。直到 1943 年被五戰區的國民黨特務驅逐,他們的命運軌跡才在重慶

又一次交叉，繼而發生碰撞。

　　姚雪垠 1943 年以前的文章中點到胡風名字的，我們只發現了一篇，文章題目叫《談論爭》（1940 年），是探討新文學運動歷次論爭中的「戰略」和「戰術」問題的。在談及「默殺」這一戰術時，他提到了胡風：

> 魯迅在新文化運動中像希臘神話中的海爾枯拉斯，一切論爭中他都是最後的常勝將軍，對於「沉默戰術」他曾經使用過許多次，並且還對這戰術下過注釋道：「最高的輕蔑是無言，而且連眼珠也不轉過去。」胡風在關於文學上兩個口號的論爭中也曾經使用過這樣戰術，在兩年後他才聲明道「因為當時我的主將（指魯迅）下了命令，說沉默有時是最有力的回答」。但使用這戰術必須有一個先決條件，就是問題的是非很顯然，真理和正義絕對站在你自己這方面。胡風當時犯了宗派主義的錯誤他自己不覺得，所以雖然使用了這戰術也並沒有制服敵人。〔註3〕

　　這段文字對胡風沒有什麼惡意，姚雪垠並沒有直接參與過「兩個口號」的論爭。當年「兩個口號」論爭正酣時，姚雪垠正躲在河南杞縣大同中學裏，和一些失去組織關係的共產黨人合辦《群鷗》雜誌，有趣的是，他們全是「國防文學」的擁護者。

　　1942 年 8 月，姚雪垠在另一篇文章中不點名地批評了胡風的文風。這篇文章叫《〈創作論初集〉後記》，是他為自己的理論集子寫的序言。文中談到研究創作理論的動機時，這樣寫道：

> 我讀過許多理論的文章和書籍，有些是翻譯的，有些是我們的理論家自己寫出的，我覺得其中有不少的都是「天書」。我說它們是「天書」，是因為那些作者所用的句子艱深得很，彆扭得很，我硬著頭皮子讀過後不是不能全懂，便是簡直不懂。我覺得很奇怪：我們的理論家們都負著啟蒙運動的偉大任務，都是擁護「大眾化」的人，為什麼還要把「天書」送給青年呢？翻譯的東西固然有的是因為原文高深，不能更改，只好還讓它保存著原來面目；但是我們的理論家們自己手下的文章也寫得叫人讀起來頭疼，這就有點兒不敢贊同了。

　　這些似乎都是針對胡風的文風而發的。

〔註3〕姚雪垠：《談論爭》，原載 1940 年 8 月 15 日《陣中日報》。

姚雪垠是個有理論修養的作家，30 年代初走上文壇，邊寫小說邊研究文藝理論。抗戰初期在河南開封辦《風雨》週刊時，幾乎每期都有他的一篇文藝論文。1938 年在武漢時，也發表過有影響的理論文章，於是就有許多朋友勸他乾脆研究文藝理論算了，也許更有前途。武漢失守後，他來到第五戰區，經常在戰區報紙《陣中日報》上發表整版的理論文章。皖南事變後，李宗仁下令「逐客」，他便輾轉來到大別山立煌（當時安徽省政府所在地，現金寨），繼續投身於救亡文藝運動，寫小說之餘也寫理論文章，幾乎每月都要寫一篇。也就是在這個時期，他開始研究他稱之為「創作哲學」的創作論，而且形成了自己的理論體系，《創作論初集》（後改名為《小說是怎樣寫成的》）就是他這個時期理論成果的結集。姚雪垠在序言裏不滿胡風的「不肯通俗化」，是無可厚非的，他談論的是人所共知的胡風的文風特徵，並沒有夾雜著什麼「私怨」。

胡風在此前的作品中也從來沒有提到過姚雪垠的名字，甚至連他的作品也沒有提到過。但，這並不是說，胡風沒有注意到姚雪垠的作品，沒有自己的看法，尤其是對於頗負盛名的《「差半車麥稭」》。作為抗戰文協的理論部負責人，一個職業的文藝理論家，胡風有責任關注抗戰文壇上的新動向，評價與推薦佳作。他確實這樣在做，但他繞開了姚雪垠的作品，不置一詞，也許是由於茅盾的評論在前的緣故，也許是由於作品並不是發表在他主編的刊物上的緣故，也許是覺得還不到發表意見的時候。

茅盾在《八月的感想》（1938 年）中給予《「差半車麥稭」》很高的評價，認為它塑造了「阿脫拉斯型的人民的雄姿」，是抗戰文學的「新的典型」。其後，抗戰文壇上好評如潮，這篇小說也很快被譯介到國外，被視為中國抗戰文壇的可喜收穫。

胡風當時是否不同意茅盾等的觀點，沒有資料證明。直到 1940 年 1 月，胡風在《今天，我們的中心問題是什麼》裏才閃爍其詞地對姚雪垠的作品和茅盾等的評價提出質疑，文章從批判鄭伯奇認為抗戰文學典型化不夠的意見說開，演繹出頗受非議的「作家對待生活的態度，也就是創作底源泉問題」的著名論題，進而推出「從特定作品或特定作家底創作過程所達到的生活內容和形象的統一里面去探求他和生活的接觸方法，他把握生活真理的真實程度」的批評方式，這種方式的基本特徵是：從正面要求說，推崇作家創作過程中「主觀戰鬥精神的燃燒」；從反面批評說，指責作家對待生活「冷靜」，「賣笑」，「奴從」等等。

胡風這篇文章引用鄭伯奇的某些觀點只是立論的一個由頭。鄭伯奇在文章中責備抗戰文壇沒有塑造出「殺身成仁的官吏、守節不屈的鄉紳、忠勇殺敵的士兵、游擊抗敵的民眾」的典型。胡風嘲笑說：怎麼沒寫，「他們還寫了由厭戰到反戰的士兵，由覺醒到成長的農民，由愚昧到勇敢的婦女」哩！胡風進而指出：

> 批評不應止於提出哪些人物沒有被寫成不滅的典型，重要的是，要分析地說明殺身成仁的官吏、守節不屈的鄉紳、忠勇殺敵的士兵、游擊抗敵的群眾在創作上已經得到了怎樣的表現，那些表現為什麼還不能成為不滅的典型。

很明顯，這裡是對前此兩年茅盾等肯定姚雪垠、張天翼、碧野、駱賓基等抗戰初期作品已經塑造出「新的典型」的結論的否定，對茅盾斷言文壇上「新時代的各種典型已經在我們作家的筆下出現了」的反駁〔註4〕。

這篇文章是胡風決意為「整肅文壇」埋下的伏筆，他寫道：「在現在的中國文壇，雖然一般地說，理論終於不過是紙上的理論，但如果我們想一想在創作態度上的某些傾向，批評家們對於某些作品的大膽推薦，那隱藏在這種理論後面的問題就不難推測了。」四年後，胡風開始「整肅」文壇，借批判姚雪垠等的「市儈主義」、「客觀主義」的創作態度，來打擊那些「大膽」的評論家，目的在於抨擊「隱藏在這種理論後面的」問題——「反現實主義傾向」。

姚雪垠當年並不知道他的短篇小說《「差半車麥秸」》已經牽涉到文壇上的歷史恩怨，也不知道胡風等早就不滿意他的這部小說，更不知道一場風暴將要來臨。他甚至還迷迷糊糊地沉醉在《「差半車麥秸」》不期而至的成功的喜悅之中，企圖沿著這個方向以創造更大的業績，直到聽到了路翎所稱的「熱情的反對者的聲音」，姚雪垠才恍然大悟胡風當年的態度正是他早已熟知的論爭戰術之一——「默殺」。

三、胡風批「天才」

姚雪垠自從《「差半車麥秸」》大獲成功後，基本上沒有再創作短篇小說。其中的原因，據他自己說，一是惟恐不能創作出超過《「差半車麥秸」》的作品，有負讀者的期望；二是已經轉向中長篇小說的寫作，希望在藝術上有新的開拓。

〔註4〕引文出自茅盾《八月的感想》（1938 年）。

　　1938 年底至 1942 年年底，他一直在鄂豫皖戰區體驗生活，潛心於中長篇小說的創作。長篇小說《春暖花開的時候》（1940 年）、中篇小說《牛全德與紅蘿蔔》（1941 年）、《戎馬戀》（1942 年）和《孩子的故事》（1942 年），都創作於這個時期，都取材於這個時期的生活。這些小說作品中所反映的生活層面是大後方讀者們和批評家們所不熟悉的，他們對此往往感到陌生和新鮮。姚雪垠非常珍視他獨具的生活體驗，儘管有著各種缺陷（傳統的觀點認為：國民黨統治區群眾救亡團體的活動，戰區救亡青年的學習、鬥爭和戀愛生活，國民黨中下級官兵的抗戰活動，在抗戰中期，尤其在皖南事變之後，已經具有了與抗戰初期不盡相同的性質，更與革命根據地的生活和鬥爭不能並論），姚雪垠還是感到滿足和自豪。抗戰初期，他甚至不願將未寫成小說的生活素材以戰地故事的形式向後方投稿，擔心作品中的素材會被「像餓魔一樣的住在後方的都市裏」的作家們剽竊，「變一變裝璜再拿到市場上。」他還時常向大後方的作家發出「誘惑」，煽動他們也來戰地體驗生活，「你願意來戰地麼？假如你願意，我就馳馬去接你，三五千里風霜雨雪算得了什麼呢？」（《戰地春訊》1939 年）

　　胡風沒有去過戰區，抗戰初期他曾高度評價戰區的進步文化工作，並把戰區文藝活動、地方文藝活動與游擊根據地文化活動並論，對於響應「文章入伍，文章下鄉」的作家們，儘管在文章中仍習慣地苛責他們「也許在內容上大多數還不免流於概念流於狂叫罷，也許在形式上大多數還不免流於追隨主義罷」，但也比較寬容地讚揚他們是在「努力地用自己的方法向民眾突進」。（《民族革命戰爭與文藝》1939 年）到了抗戰中期，他對「上前線去」的作家們的態度發生了變化，在一次回答讀者「作家為什麼在這樣寶貴的時機不上前線」的提問時，他這樣回答道：

　　　　作家上前線是應該的，但也要看他是抱著怎樣的心情上前線去，在前線做一些什麼。如果以為上前線去更會被人看重，去做個把秘書科長，或者做一些時官長底貴賓，和戰爭隔離著，和兵士隔離著，為了聽到一些材料寫成作品，我看是沒有什麼意義的。戰爭初期，有些作家忽然到了前線，又忽然跑回後方，不幾天又跑上前線，……在前線是一個特殊的身份，回到後方來當然也變成了一個特殊的身份，對於這種情形，我曾說過極挖苦的話：他們是把上前線去當作從前的進咖啡館了。這樣的作家當然不能寫出好的戰爭作品來。〔註5〕

〔註 5〕胡風：《關於創作發展的二三感想》（1942 年 12 月）。

　　胡風的這種輕蔑的態度使那些上過前線的作家寒心，在當時也產生了不良的影響。抗戰勝利後，艾蕪在一次座談會上仍耿耿於懷地指出：「作家到前線或其他地方去搜集材料，批評家就立即嘲笑說：某某到前線去搜集寫作材料去。似乎很可笑的樣子。我以為這是不對的。」（《關於「抗戰八年文藝檢討」》1946 年）

　　姚雪垠並不是「忽然到了前線」的作家，他在抗日前線這座「咖啡館」裏滾了四年之久，似不應成為胡風諷刺的對象。1943 年初，就在胡風的文章發表一個月後，姚雪垠以「傑出的戰區作家」的身份，從戰地來到重慶，受到重慶中共領導人和進步文藝界的禮遇，也受到國民黨文化人的歡迎，他的文章同時在共產黨的報紙《新華日報》和國民黨的刊物《文藝先鋒》上發表，成為當年的一大奇觀。

　　姚雪垠來到大後方時，正值中華文協理事會改選，這一年他被選為理事並兼任理論研究部的副部長，胡風是部長。按一般的理解來說，既為同事，必然會發生工作關係，然而卻沒有，至少我們在他們兩人的回憶文章中找不到關於此段經歷的片言隻語，這確是非常令人納悶的事情。聯想到胡風此期對前線作家的輕蔑態度，姚雪垠受到胡風等的冷遇，也不足為奇。

　　從 1943 年初到 45 年初，姚雪垠在重慶呆了兩年。這兩年裏，姚雪垠修訂改寫了中篇小說《牛全德與紅蘿蔔》，將中篇小說《孩子的故事》擴展為長篇小說《新苗》，把已在《讀書月報》上連載過的《春暖花開的時候》改寫為第一卷的三個分冊，新著中篇小說《三年間》和《重逢》，撰寫了若干散文和文藝理論文章，這時期他創作特別勤奮，特別努力。

　　1943 年姚雪垠過得比較遂意。他的作品，無論是小說、散文或理論文章都受到各報紙刊物的歡迎，中共重慶機關報《新華日報》一連發表了他的幾篇文章，還發了書評，給予了較高的評價。他的一篇雜文《需要批評》，據說，周恩來提議作為大後方整風的學習材料之一。

　　《需要批評》，原載 1943 年 2 月 12 日《新華日報》副刊。下面的一段文字曾得到高度的評價：

　　　　幾年來，我有一個意見，這意見也許會被有些寫作朋友認為是幼稚淺薄。我認為，一部作品，當沒有發表的時候，它屬於作者所有，和社會不發生關係；但發表之後，它便不屬於作者，而屬於社會，起碼是和社會發生密切關係。因此，作品初版之後，作者應虛

心地聽一聽社會上輿論如何，正確的批評如何，不要過於自私，也不要過於自恃。倘若批評家指出來真正毛病，作家應該毫無吝惜地將原作加以修改，好讓這作品對社會發生更好的影響。要知道孩子長大是社會的，做母親的應該賢明，不要溺愛，不要固執。

同日的《新華日報》，友谷在《建立批評風氣》中稱讚道，「他站在一個文藝作者的立場上，所說的話是極其令人感動的。他指出一個作者不要過於自私，也不要過於自恃，要能虛心，同時又要自信，這的確是接受批評的基本態度。」但是，很少有人注意到姚雪垠文章中的另外一段，他對某些批評家的「默殺」態度極其不滿，顯然是有所指的：

目前文壇上只見創作，不見批評，不管作品好也好，歹也好，大家默然。從表面上看，文壇上風平浪靜，一團和氣。但是這種現象的骨子裏卻很壞，它會使這文壇荒蕪起來。好的作品沒人提到，沒人注意，往往使有前程的作者在悠長而艱辛的旅途上感到寂寞，甚至也許會感到疲倦。

《新華日報》黨的文藝工作者彌補了姚雪垠的這個遺憾，安慰了姚雪垠的「寂寞」。這一年裏報社組織了三篇評論姚雪垠創作的文章，兩篇出自友谷之手，《建立批評風氣》和《評〈牛全德與紅蘿蔔〉》（2月8日），一篇出自鄭林曦，題為《姚雪垠的語言文學觀》（8月23日）。友谷是《新副》的文學評論家，他在文章中婉轉地批評姚雪垠的《牛全德與紅蘿蔔》帶有「由知識分子生活中所帶來的思想與感覺方式」，「偏愛」牛全德，沒有寫出牛全德的「艱苦的脫胎換骨的過程」，也沒有寫出「紅蘿蔔」的「懦弱守舊孤獨的性格在游擊隊的生活中起了什麼發展變化」，但對作者的寫作態度是基本肯定的，他熱情地鼓勵道：

能夠瞭解這些人，是不能不有一種對於同伴的戰友的博大深厚的愛不可的。這本一百頁的中篇小說的作者，我們可以看出來，正是像對於兄弟同胞那樣地來寫他的人物——「老牛」和「紅蘿蔔」的。他原諒了他們各自具有的缺點；他同情他們在參加革命隊伍過程中所有的苦痛與煩惱，他稱揚著他們各自在革命隊伍中堅持下來的努力。

假如完全以知識分子的「潔癖」來看周圍的人物，是不能看出像「老牛」和「紅蘿蔔」這樣的人身上，也有極可愛的性格，也有

著值得同情的想法和看法。

鄭林曦是語言學家，他在文章中稱讚姚雪垠為「最肯花費匠心來使用中國大眾語文的作家」，且「在文學語言創造上，有了燦爛的新成就」：

> 人們讀了《「差半車麥稭」》《牛全德與紅蘿蔔》，好像聽到了從來沒聽見過的農民士兵大眾的新聲音，覺得這才保存了《水滸》《金瓶梅》《紅樓夢》《老殘遊記》的用口語的優良傳統。

我們引證這些文章，只是想說明，至少在這一年（1943 年），中共文藝核心對姚雪垠是充分信任和肯定的。再對照參看文中將敘及的姚雪垠命運的轉折，也許更有啟示。

姚雪垠在擔任文協理論研究部的副部長期間，做了些什麼具體工作，我們在他和胡風的回憶錄中都沒有找到記載，他們工作中是否有過衝突，我們不敢臆測。我們目前所能找到的唯一與他的這個職位有關的論文，題目叫《論目前小說的創作》，這是他於 1944 年年初在「陪都文藝界辭年懇談會」上的工作報告。會議是由胡風主持的，會議程序中有一項為「對於一年來文藝工作的觀感」，由文協的幾位負責人分別總結一年來的小說、散文、詩歌和戲劇。姚雪垠負責總結一年來的小說。他在總結中對小說界的現狀給予了高度的評價：

> 隨便將八一三前後的情形作個比較，再將六七年來的發展情形加以回顧，便知道目前小說創作正向著深入提高和普及的大道邁進。

> 抗戰小說曾經被批評為膚淺的「前線主義」或「抗戰八股」，倘若那毛病是由於不深入，公式主義，或某種程度的粗製濫造的產生，那麼，今天的小說界已經肅清了或正肅清著這種毛病。

報告中，他把抗戰小說的進步歸納為幾個方面：第一是「語言的進步」。他認為，抗戰為作家接觸民眾生活創造了條件，「使他們從生活中獲得了有血有肉的大眾語匯。沒有活生生的，有血有肉的大眾語言，就不可能描寫出活生生的，有血有肉的民眾典型，不可能完成現實主義的創作任務，更談不到深入，普及和提高。倘若說美國近代小說的優良傾向是大眾語言的儘量使用；把採用豐富多彩的大眾口語作為現實主義創作方法的重要特色，那麼，在中國抗戰以來的小說創作，語言的進步也應該我們特別重視。」第二，是「人物刻畫被作者和讀者普遍重視」。第三，是描寫手法由粗獷變為細膩。指出「小說家逐漸向細密發展，和著重人物描寫是有著密切關係的。」

姚雪垠在總結末尾回答了「偉大作品何時出現」這個老問題，他自信地說：

「今日要期望早一點有天才出現，就必須給天才以成長條件；要期望早一天有偉大作品，就必須給偉大作品的出現以便利。我相信中國新小說有光輝前途，並堅信會產生天才作品和偉大作品，但認為社會條件如果適季，天才和偉大作品的出現，將必更容易。」

胡風是會議的主持人，在會場上他對姚雪垠的總結不置一詞，但心中不會感到痛快。早在 1942 年底，他就認為抗戰文壇到了「逆流」期，現實主義主潮被「客觀主義」和「主觀主義」等非現實主義和反現實主義所「包圍」，而姚雪垠的評價卻恰恰相反；姚雪垠在報告結尾所呼籲的「給天才以成長條件」，更引起他心中的反感。後來，他寫了一篇題為《天才》（1944 年 9 月 29 日）的雜文，對姚雪垠加以嘲諷：

> 在藝術家底筆下，心裏，常常認自己是天才，也常常認他所喜愛的藝術家同道是天才。天才，也許理論上實有，而且事實上也不必厚非的。
>
> 然而，什麼是天才呢？它應該是最先見地最尖銳地說出了人生底真理，而且是最勇敢地最堅決地保衛了人生底真理。這人生底真理，如果用普通一點的話說，就是戰斗底要求。那麼，它就決不是神秘渺茫的，而是社會意義的東西了。它應該有受到權衡的標准，它也應該有為了戰鬥的心地。
>
> 所以，肯定別人是天才，可以的，但不能只是空空洞洞地說些什麼他底天才是透明的呀一類的昏話。
>
> 自信是天才，也可以的，但不能老是「懷才不遇」地喊著我是天才呀，你們不優待我呀……。因為，對於敵人，這不算是什麼戰法，對於友人呢，恐怕只能算是市儈主義了：我是天才呀，與眾不同呀，你們為什麼不出高一點的價錢呢？

胡風所指的那自命為「天才」的作家是誰，抗戰文壇中人都很清楚。陳紀瀅在《記姚雪垠》中，曾涉筆姚雪垠「天才」綽號的來歷。他提到當年在戰區時，姚雪垠爭強好勝、鋒芒畢露，其他作家便給他起了這個綽號，半是譏諷，半是欽佩。後來，姚雪垠來到大後方，脾性依舊，於是這個綽號便在重慶傳開了，「重慶文藝界一提起『天才』來，無人不知就是雪垠！」姚雪垠得到這個綽號，部分由於他的創作才能，部分確是由於他的狂妄。陳紀瀅曾在回憶錄中描寫到姚雪垠的性格特點，寫得饒有風趣：

　　雪垠有才則唯恐人不知，如後來回到重慶（約三十年底），每逢大小會議，他必發言，發言往往不中肯綮，只賣弄他的能言善道。有一陣子，他往往以《易經》上的幾句話開講「易有大極，是生兩儀，兩儀生四象，四象生八卦，八卦定吉凶，吉凶生大業。」然後再講到寫作的技巧等等。他這樣講法，我不只一次聽他這樣「白話」，至少有五六次之多。聽眾固然有不少讀過易經的，但多數人則莫知所云。講「寫作技巧」又與《易經》何干？但雪垠往往就這樣雲山霧沼，幾乎要從開天闢地、鑽木取火、茹毛飲血講起，你說他不是發瘋嗎？然而，一次這麼講，可以說是偶一為之，兩次就不該了，但至少有五六次之多，都是這麼開頭的。你說這不是神經病嗎？〔註6〕

　　至於胡風在文中所挖苦的「我是天才呀，與眾不同呀，你們為什麼不出高一點的價錢呢」，卻另有一段傳說。這事發生在 1943 年下半年，當時作家生活特別困苦，紛紛要求提高稿費，中華文協開會商議此事時，姚雪垠提議，提高稿費不能一概而論，不同作家應有不同的稿費標準。出版界本來就有按不同標準支付稿酬的慣例，但這次引起了一些人的非議。問題在於，文協決定要求提高稿費，是一次集體鬥爭，而「走紅」的姚雪垠唱反調是否有個人目的。最後，會議還是決定提出「千字斗米」的鬥爭口號，而姚雪垠的「怪論」也傳出去了，越傳越離奇。臺灣作家孫陵記錄了這樣一則傳聞：

　　　　把雪垠捧上天的是新華日報，最初把「娼妓作家」這個雅號送給姚雪垠的，也是新華日報。這個雅號的來源很簡單，重慶文協為了稿費問題曾經開會討論，文協底口號是「千字斗米」，而雪垠則主張應有分別，並且為了加強他的主張，他提出「妓女」為例。在開會時提出這種比較，誠然荒謬，而且不倫不類，他這樣說道：「譬如逛窯子吧，紅姑娘底價格，就要比年老色衰的窯姐兒高幾倍！」〔註7〕

　　這個說法不太可信，《新華日報》副刊與姚雪垠交惡是 1945 年以後的事情，而在此期，姚雪垠的文章仍不時見於「新華副刊」。從另外一個角度而言，

〔註6〕陳紀瀅：《記姚雪垠‧三十年代作家直接印象記之十》，載臺灣《傳記文學》第四十傳第二期。

〔註7〕孫陵：《我熟識的三十年代作家》，收入臺灣成文出版社有限公司印行《中國現代文學研究叢刊》之七。

如果這則傳聞確是事實，胡風等「整肅」的時候決不會不提。抗戰後期，很多文章惡意攻擊姚雪垠，簡直到了「世人皆欲殺」的程度，也沒有提到這件傳聞。看來，姚雪垠當年提出應有區別地提高稿費確有其事，而「逛窯子」的傳聞則不可信。

不過，1943 年年底，確實發生了一件與姚雪垠和新華日報有關的大事，這事當年只在很小的範圍內傳達，只有很少的人知道。當年 11 月 22 日，《中宣部關於〈新華日報〉〈群眾〉雜誌的工作問題致董必武電》發來重慶，電文共四點，其第二點指出：「現在《新華》《群眾》未認真宣傳毛澤東同志思想，而發表許多自作聰明錯誤百出的東西，如××論民族形式，×××論生命力，×××論深刻等，是應該糾正的。」同年 12 月 16 日，董必武《關於檢查〈新華日報〉〈群眾〉〈中原〉刊物錯誤的問題致周恩來和中宣部電》，又點出於潮、項黎等六篇「最近有問題之文」。

這些被中宣部和董必武點名的文章作者都是國統區黨員作家和進步人士，包括所謂「重慶才子集團」的喬冠華、陳家康和胡繩等。《論深刻》是姚雪垠的一篇文藝理論文章，載當年 8 月 2 日《新華日報》副刊（電文是否確指姚雪垠的這篇文章尚待考證）。中共中央為什麼在這個時候特別關注國統區黨的出版物上「未宣傳毛澤東同志思想」的文章呢？過去並沒有這樣的提法。聯繫到當時延安正在整風的背景，就比較容易理解了。1942 年延安開始整風，以糾正「三風」為號召，實質是宣傳和確立毛澤東思想在全黨的領導地位。

1943 年 11 月 7 日，《中共中央宣傳部關於執行黨的文藝政策的決定》明確規定：

> 毛澤東同志在延安文藝座談會的講話，規定了黨對於現階段中國文藝運動的基本方針。全黨都應該研究這個文件，以便對於文藝的理論與實際問題獲得一致的正確的認識，糾正過去各種錯誤的認識。全黨的文藝工作者都應該研究和實行這個文件的指示，克服過去思想中工作中作品中存在的各種偏向，以便把黨的方針貫徹到一切文藝部門中去，使文藝更好地服務於民族與人民的解放事業，並使文藝事業本身得到更好的發展。

毛澤東的《延座講話》雖然還沒有正式傳達到國統區，國統區中共的出版物也必須與黨的文藝政策保持一致，這是理所當然的。

我們想探討的問題只是，姚雪垠的《論深刻》在哪些提法上不符合毛澤東

的文藝思想，儘管當時姚雪垠在寫作這篇文章時並沒有看過《延座講話》，仍是依照他一貫的思想邏輯自由抒發，但從中更可看出姚雪垠與後來成為主流文化的理論觀點的具體差異。

姚雪垠這篇文章是為針砭「前線主義」「公式主義」等弊端而作，他在文章中論及「世界觀」、「傾向性」和「人道主義」及「深入生活」等幾個敏感的文藝理論問題。他寫道：

> 作家的世界觀，作家的傾向，自然是不能夠輕視的。但作品的傾向是次要的，主要的不是傾向的好壞問題，而是作品所表現的現實是否忠實，是否深刻。單只有正確的世界觀，好的傾向，沒有深入現實的生活，你可以寫口號文學，宣傳文學，公式主義的作品，然而你寫不出來真正的藝術作品。反過來看，只要你曾經在現實中深刻的生活過，透徹的認識過，你寫出來的作品自然會內容深刻，豐富，具備著好的傾向。正確的世界觀只是理解現實和生活的鑰匙，而不能代替現實和生活。

> 倘若世界觀不能溶解在生活裏面，世界觀將僅僅是一套空洞的理論，抽象的教條。形象是具體的，決不能從抽象的理論產生；只有活生生的具體的現實經驗，才能產生出文學形象，所以，我們首先重視生活，其次才重視傾向；我們使世界觀服從生活，而不單抱著一個世界觀就覺得了不起，高興得忘記了自己的名字。

> 正確的理論固然可以指導現實的發展，但理論卻是從現實的發展中從人的實踐中，逐漸發展完全起來的。凡是真理都是客觀的，都是存在於客觀社會現實裏邊的。只有忠實於現實的人，才能夠從現實中發現真理。換句話說，不管許多人的立場不同觀點各異，只要都肯忠實的向現實的深處發掘，最後所得的認識一定會大體一致。這大體一致的共同認識就是客觀真理，只有程度的深淺，偏差的大小，而沒有本質的不同。大家愈肯用忠實態度，愈能向深處發掘，而所得的共同認識愈統一，愈客觀，愈接近客觀真理。反過來看，僅只書本上獲得一套理論而不能深入到現實裏邊去生活，去觀察，去研究，則理論也會在你的手裏發霉，起毛，腐化，生蛆。所以想成為一個作家，或想長久保持你的創作生命，你應該七分依靠生活，三分依靠世界觀，你應該為生活和深入現實來學習理論，不必為作

品的傾向、主題而學習理論；你應該把廣大的現實世界看做是創作
知識的中心源泉，可別把空洞的理論，世界觀，當做了你的靠山。

一切偉大的作家都是偉大的人道主義者，都具有悲天憫人的胸
懷，都富於人類的正義感和同情心，這沒有別的原因，唯一的原因
是他們能忠實於現實，深入於現實。忠實於現實，故忠實於真理；
深入於現實，故不能不有真恨、真愛、真的感情，不能不有所擁護，
有所抗議，擁護那合乎真理的，而抗議那違反真理的。這真恨真愛，
真感情，以及這擁護，這抗議，就是人類的正義感，人道主義的基
本精神。有了這，你的作品就充實；沒有這，你的作品就空虛。有
了這，你的作品就深刻；沒有這，你的作品就膚淺。有了這，你的
作品就崇高；沒有這，你的作品就庸俗。有了這，你的作品就富於
人間性；沒有這，你的作品就是鬼畫符。

姚雪垠在文章中強調的是「深入生活」和「人道主義」，沒有強調「階級
性」，更沒有強調「黨性」，連「世界觀」的作用他也只強調「三分」。他的這
些觀點，在當時國統區的進步作家中很有代表性，包括胡風在內。但，顯而易
見，這些論述是不符合毛澤東文藝思想的，是「錯誤百出的東西」。

四、中共整風，胡風「整肅」

1944 年是不平凡的一年，多事的一年。

這一年年初，對中國現代文學運動有著巨大影響的《在延安文藝座談會上
的講話》被介紹到國統區。5 月，何其芳、劉白羽受中共派遣來到重慶，宣傳
延安整風和《延座講話》精神。8 月，重慶《新華日報》轉載《中共中央宣傳
部關於執行黨的文藝政策的決定》。整頓三風運動的實質，正如毛澤東所說，
是整頓革命隊伍中知識分子的非無產階級思想傾向。《決定》寫道：

小資產階級出身並在地主資產階級教養下長成的文藝工作者，
在其走向與人民群眾結合的過程中，發生各種程度的脫離群眾並妨
害群眾鬥爭的偏向是有歷史必然性的，這些偏向，不經過深刻的檢
討反省與長期的實際鬥爭，不可能徹底克服，也是有歷史必然性的。

重慶進步文藝界的整風在小範圍內進行，組織形式模仿延安的成例（中央
成立總學習委員會，簡稱總學委，下級機關稱中心學習組，中級學習組，普通
學習組。見於 1942 年 6 月 12 日《解放日報》《延安學習組織的概略》）。中華

文協秘密地組織了若干個「讀書小組」，每組有若干個作家，由黨的文藝領導召集，不定期地集中學習和討論，學習方式採取批評和自我批評相結合，氣氛是和風細雨的。

姚雪垠參加了文協組織的一個學習小組，與他同在一個小組的臧克家回憶說：「為了研究文藝作品，討論創作問題，文協組織了讀書小組。我們這一組五個人：茅盾，葉以群，姚雪垠，劉盛亞（SY）同志和我。記得只開過兩次會，一次在生活書店的宿舍，一次在張友漁同志家中，研究、討論了什麼作品、什麼問題，已經記不得了。〔註8〕」

讀書小組的討論會究竟開過幾次，當事人各有說法。姚雪垠清楚地記得其中的一次，他在回憶文章中寫道：

> 1944 年的春天，《牛全德與紅蘿蔔》遇到了一次最深刻、最公正、最嚴肅，最使我感激難忘的批評。這次批評是採取討論會的形式，並沒有文章發表，至今我珍貴的保存著當時在幾張紙片上記下的批評要點。參加這次討論會的有茅盾先生，馮乃超先生，以群兄，克家兄，SY 兄，克家兄和 SY 兄因為沒有來得及細讀，為慎重起見很少發言。以群兄，乃超先生，茅盾先生，都發表了許多極其令我心服的寶貴意見。他們說出了這部小說的成功之處，也詳細地指出了它的缺點。特別使我感激的是茅盾先生。他的眼力是那麼不好，這部小說初版本印刷得是那麼一塌糊塗，為了要批評這部書他竟耐心的細讀兩遍，請想一想這態度是多麼認真，對一個後進是多麼誠懇！自從這一次批評之後，我就決心依照他們的意見進行修改。（《這部小說的寫作過程及其他》1947 年 5 月 15 日）。

姚雪垠為了表示「是多麼的甘心去服從公正的批評」，決定等《牛全德與紅蘿蔔》第一版賣完後便「絕版」修改，一個全指望版稅過活的作家，這樣做需要下很大的決心。

我們注意到，這個「讀書小組」的 5 名成員（召集人馮乃超除外）文藝觀點都比較接近，後來他們全是胡風「整肅」的對象。

胡風是否參加過類似的「讀書小組」呢？我們在他的回憶錄中找到了相關的敘述。他在《再返重慶（之二）》中寫道：「似乎也正是在這時候，乃超在鄉下召開了一次小型的座談會，是為了學習毛主席《在延安文藝座談會上的講

〔註8〕臧克家：《少見太陽多見霧》，載《新文學史料》1981 年第 1 期。

話》的。那時，這著作已傳到了重慶，我們很多人都看到了。乃超約了十來個人，除他和我外，記得有蔡儀，其他人就不清楚了。」顯然，這是由黨的文藝領導人馮乃超召集的另一個學習小組。在學習和討論中，胡風的態度頗不合作，他「用『環境和任務的區別』這一條說明了在國統區寫工農兵為工農兵的困難性」，「結果，鄉下的會不再開了，後來城裏的文工會或曾家岩也許為此開過會，也沒邀請我參加。」在整風學習的第一階段，胡風就關上了大門，下一階段的批評和自我批評階段，胡風當然就無緣參加了。胡風在整風期間沒有作過任何自我批評，難怪茅盾曾憤憤不平地寫道：「他所反覆談論的作家要『自我鬥爭』，卻不見體現在他自己的身上。」胡風真是傲慢得可以。

非但如此，在中共組織國統區進步作家整風期間，胡風出於他的責任感，獨力發動和組織了文壇的「整肅」運動，向他所認為的進步文藝戰線內部的「反現實主義逆流」宣戰，這個運動造成了嚴重的後果，若干年以後甚至成為導致他也遭受「整肅」的重要原因之一。「整肅」這個名詞見於胡風所著論文集《逆流的日子》的序言，寫作時間在 1947 年，但集中所收文章均作於 1944 年至 1946 年，序言論及現實主義文學曾受到反現實主義的「重圍」，因此「這就急迫地要求著戰鬥，急迫地要求著首先『整肅』自己的隊伍」云云。據此，我們認為，胡風發起的「整肅」運動應該從 1944 年算起。

1944 年 4 月，身任中華文協研究部部長的胡風在第六屆年會上宣讀了一篇論文，題為《文藝工作底發展及其努力方向》（下簡稱《努力方向》），在這篇影響很大的文協總會的文件裏，他總結了 6 年來抗戰文藝的歷史和現狀，並對文協未來的工作提出設想。後來，這篇論文被認為是他號召抗戰文壇內部開展「整肅」運動的動員令。

胡風在《努力方向》中，第一次以「主觀精神」與「客觀精神」結合程度作為評價各階段抗戰文學運動的標準（注：過去他習慣把主觀和客觀分述，如1942 年 12 月《關於創作發展的二三感想》），以「主觀戰鬥精神」、「人格力量」和「戰鬥要求」作為立論的根據。他認為，抗戰初期（七七事變至武漢撤退）的創作特徵「主要地表現在主觀精神底高揚和客觀精神底泛濫分離地同時發展這一點上」，由於作家過於興奮，「在主觀精神底這樣的高揚裏面，現實生活底具體內容就不容易走進，甚至連影子都無從找到。」由於環境過於「蠢動」，「在客觀精神底這樣的泛濫裏面，很難看到作家自己，很難看到文藝自己的精神力量」。抗戰中期的文學（武漢撤退之後），出現了「主觀精神和客觀精神的

彼此融合，彼此滲透」的歷史要求，但由於「思想限制和物質生活底困苦這雙重的壓迫」，造成某些作家「主觀戰鬥精神底衰落」，這便導致了「對於客觀現實的把捉力、擁抱力、突擊力底衰落」。他認定，各種「反現實主義的傾向」從「兩三年前開始了強烈的生長，現在正達到了繁盛的時期」，他肯定地說，「現在正處在這個混亂期裏面。〔註9〕」

同文中，胡風把「反現實主義的傾向」按照作家的「創作態度」（有時也稱生活態度）歸納為三類：其一，「對於生活的追隨的態度」；其二，「對於生活的作假的態度」；其三，「對於生活的賣笑的態度」。上述現象，他後來更概括為「泛濫著的，沒有思想力底光芒」的「客觀主義」或「機械——教條主義」。他認為，這三種態度，「一般也承認它是為著民族要求和人民要求服務的創作裏面的傾向」，這些傾向與另外的傾向——「復活封建意識的復古傾向，提倡對於權力的盲目信仰的法西斯傾向」——具有完全不同的性質。

如何克服這些傾向呢？胡風認為，「要勝利就得發動鬥爭，發動在明確的鬥爭形式上的文藝批評」。他說，「只有通過批評，才有可能追索到生活世界和藝術世界的深的聯繫，只有通過批評，才有可能揭開而且解剖一切病態傾向底真相，保衛而且培養一切健康力量底生機。」他寄希望於年青的作家們，「新的作家，因為對於生活鬥爭的執著，也因為沒有受到文壇風氣底腐蝕，能夠帶來思想力的真樸和感應力的新鮮，給文藝傳統輸入新的血素。」

他開始組織力量抗擊「逆流」。他寫信約稿，通過路翎聯繫北碚的青年學子，其中包括石懷池及後來被稱為「胡風派」的其他學生；他在信中指示要清算的作家及作品，有時還指示清算的方法和要點。在他與路翎等人的來往信件中，被點名清算的作家有郭沫若、茅盾、巴金、曹禺、沙汀、姚雪垠、臧克家、碧野、嚴文井等，後來這名單上又增加了朱光潛、馬凡陀、陳白塵、許傑……等。

年青學生血氣方剛，對國統區的黑暗現實充滿憤怒，渴求著戰鬥的機會，現在有文協負責人的鼓勵，以筆為槍，熱情便十分高漲。稿件一批批地送到，無不暢所欲言，無所顧忌。胡風選擇著向外推薦，尋找著擊破「頹風」的突破口，碧野和姚雪垠是最早受到「清算」的作家，其後便是嚴文井和沙汀等。

1944 年 7 月 24 日，石懷池批評碧野的《風砂之戀》和姚雪垠的《戎馬戀》

〔註9〕所謂「混亂期」，參看胡風 1942 年 12 月為新華日報副刊所作的《希望一個理論批評工作底成年》。

的文章在《新華日報》副刊「批評和介紹」專欄上發表。石文的顯著特點便是大量引用胡風《文藝工作者底發展及其努力方向》中的原話，以「客觀環境的壓迫」和「主觀戰鬥精神的衰落」立論，把碧野和姚雪垠的作品圈定為胡風所指的第三類，即「對生活的賣笑的態度」，批評他們「有意把各種新舊小市民底時好湊進『抗戰的』或革命的主題裏面」，指責他們的作品描寫了「帶有抒情意味的知識分子的緋色戀愛故事」。

石懷池的文章儘管脫胎於胡風的理論，但還不失為一篇有分析、有說理的文藝批評，他並沒有因一部作品的缺陷而否定作家的全人或全部作品，文章中還坦然地承認「他們兩位都曾經在文藝創作上有過輝煌的貢獻」，承認姚雪垠的《「差半車麥秸」》「是人民大眾的詩篇，曾經而且應該被譽為抗戰里程碑式的作品」。

然而，從後來論爭的發展來看，這篇文章意義並不在此，它只是一個信號，宣布抗戰文壇內部「清算」或「整肅」的開始。其後，眾多蜂湧而至的批評便把胡風文章中所謂「對生活的賣笑態度」和石文中所稱「帶有抒情意味的知識分子的緋色戀愛故事」，乾脆地詮釋為「娼妓文學」或「色情文學」了。從此，姚雪垠便被某些人輕蔑地稱為「娼妓作家」或「色情作家」。

由於胡風鼓動的抗戰內部文壇的「清算」或「整肅」，所針對的基本上都是頗有影響的優秀的進步的作家作品，文壇上議論紛紛、謠諑四起，有人把姚雪垠的《春暖花開的時候》稱作「抗戰紅樓夢」，把沙汀的《困獸記》稱作「禽獸記」，把臧克家的《感情的野馬》說成「色情的瘦馬」等等。當然，這些無原則的批評和近乎謾罵的謠諑引發了其他作家激烈的反批評。茅盾也感到突然捲入被批判的漩渦之中，「也在那時候，有好幾位朋友告訴我，胡風罵的『客觀主義』，就是指的我和沙汀。如此說來，我和沙汀竟是造成那『墮落的和反動的文藝傾向』的罪魁禍首了！」當時受到胡風派批判最烈的碧野和姚雪垠，是茅盾十分欣賞的青年作家，抗戰初期，他們的成名作品都與茅盾的大力推薦不無關係，其後，茅盾也十分關注他們的創作情況。胡風等的肆意批評使茅盾極為不滿。

茅盾是文壇上較早對胡風等的理論公開表示不滿的作家之一，他不滿胡風對抗戰文壇歷史與現狀的評價，更不滿胡風「規律和原則滿紙」的評論風格。他讀了胡風等的批評文章後，「覺得那樣的批評未免失之偏頗」，便作《讀書雜記》，有意對胡風等的批評唱唱「反調」：

　　我將我的讀書筆記整理在一篇文章中發表在《文哨》上，我認為姚雪垠這部小說是有缺點，寫得比較潦草，但毛病主要不在內容而在結構上。第一分冊的確太多了小兒女的私情蜜意，「有點像春暖花開的時候一群小鳥在枝頭跳躍，啾唧不歇」，雖也惹人喜愛，但有落入「抗戰不忘戀愛」的俗套的危險。但在第二、三分冊中，作者把它挽救過來了，兒女私情漸漸退居次要地位，一些問題被提出來了：羅氏兄妹對於家庭的反抗，「父與子的鬥爭」，地方封建勢力對於抗戰青年的進攻，戰教團的被壓迫，民眾動員問題，政治民主問題，等等。雖然，「在題材的處理上，表現的手法上，可斟酌之處尚多，然而，由於這樣大開大闔的企圖，至少使得第二、三分冊——特別第三分冊——在小鳥啾唧之中有金戈鐵馬之聲，甚至不妨說金戈鐵馬之聲終於成為基本的音調了」

　　胡風「整肅」文壇的決心很大，儘管第一輪攻勢受挫，但他並不灰心，仍頻繁組稿，推薦到各個刊物發表。1944 年底，胡風在《希望》第 1 期上發表《置身在為民主的鬥爭裏面》和舒蕪的《論主觀》，高揚起反對「客觀主義」的大旗，把「整肅」運動提高到與「機械——教條主義」作鬥爭的哲學的高度。他在《希望》第 1 期的「編後記」中故作驚人之語，特別強調《論主觀》是再提出了一個問題，一個使中華民族求新生的鬥爭會受到影響的問題」。

　　胡風鄭重其事的態度引起了進步文壇的惶惑。黃藥眠發表「質疑」文章，認為胡風的文章對抗戰文壇的估計是錯誤的，「不是從現實的生活裏得出來的結論，而是觀念地預先想好，加在現實運動上的公式」，是以深奧的名詞掩飾著理論上的空虛。茅盾也認為，「他對廣大進步作家精神狀態的估價是偏激的，不公正的，結論也是錯誤的」。

　　正在領導國統區整風運動的中共文藝領導也有所警覺，1945 年 1 月 25 日，馮乃超召集茅盾、胡風、以群等開會討論《論主觀》，茅盾和以群相繼發言。胡風對此極不滿意，「我認為他批評《論主觀》不過是藉口，實際上是不滿意有的文章批評了他所賞識的姚雪垠，並且以為我批評客觀主義是針對他的」，會議不歡而散。過了幾天，馮乃超請來哲學家侯外廬，與胡風等探討《論主觀》，胡風「仍然沒有被說服」。問題不得不提到重慶中共最高領導周恩來那裡，周恩來親自召集黨的理論、文藝領導幹部及各方代表參加的文藝工作會議，討論胡風關於「客觀主義」及舒蕪《論主觀》的問題，會後還與胡風單獨

談話，婉轉勸告他應與毛主席的理論保持一致，應改變對黨的態度等等。

胡風對來自「文壇」或「官方」的批評和勸告均不理會。晚年，他在回憶錄中寫道，當時決定「自行其是」，是由於上述會議使他產生了「錯覺」，以為上面既如此重視，「等於對我的工作做了肯定」。他當年的感覺是否錯到了這種地步呢？且讓我們讀一下 1945 年 1 月 17 日他給路翎的信：

> 書評，好的。應該這樣，也非這樣不可。但我在躊躇，至少第二期暫不能出現，我不願意說，不管他們口頭上的恭維，在文壇上，我們是絕對孤立的。到今天為止，官方保持著沉默。而近半年來，官方是以爭取巴、曹為最大的事。這一發表，就大有陷於許褚戰法的可能，讓金聖歎之流做眉批冷笑當然無所謂，怕還會弄出別的問題。——恐怕管兄又已引起一些官僚在切齒了。所以，暫找別的典型的東西罷。《戎馬戀》、《幼年》都可以，可能時，望趕寫一兩則來。
> ——我專忙雜事，什麼也不能寫了。

請注意此信的寫作時間，正處在馮乃超召集的會議與周恩來召集的會議之間。幾次會議，對胡風並不是無所觸動，一貫自行其是的胡風此刻也有點「躊躇」了，他可以無懼於文壇上「絕對孤立」的處境，但不能不顧忌黨的文藝領導者的態度。經過深思熟慮，胡風決定堅持既定的「首先『整肅』自己的隊伍」才能「執行血肉的鬥爭」的戰略目標，但對戰術目標作了一些微小的調整。

姚雪垠等作家不幸成為胡風「整肅」的主要對象。旅臺作家孫陵在回憶文章中十分驚詫地寫道：「全面抗戰次一年，民國二十七年春天，姚雪垠以『農民作家』的頭銜，被共產黨人捧到九天之上。全面勝利前一年，民國三十三年冬天，他忽然又以『娼妓作家』，『色情作家』等等罪名，被共產黨人踩入九淵之下。」

事情是胡風做下的，卻讓「共產黨人」背了罵名，這是不公平的。

五、「色情文學」

就這樣，在胡風發動的「整肅」運動的第二個階段（1945 年），姚雪垠被確定為重點打擊的對象，在胡風的授意下，打擊的範圍從《戎馬戀》、《春暖花開的時候》逐漸擴大到《「差半車麥秸」》。

1943 年，胡風通過路翎向復旦大學學生石懷池等約稿，由他推薦到《新華日報》副刊發表，批評了姚雪垠的《戎馬戀》，前文已有敘述。1944 年，他

還組織了石懷池、路翎等批評《春暖花開的時候》，石懷池的文章題為《評〈春暖花開的時候〉》，路翎文章的題目叫《意在急就》，這兩篇文章我們還沒有找到。但從路翎與胡風的通信中得知，路翎的這篇文章寫得十分草率，文中把姚雪垠「致讀者」信中的幾個字都復述錯了。文章寄出後，路翎惴惴不安地給胡風寫信解釋，信中說（1944 年 12 月 17 日）：

　　　　前寄的《意在急就》，原來是「病在急就」的字樣，我寫錯了。如果讓他「病」，似乎他的求饒的理由要多些的。我想，如不恰當，這篇東西就不要罷。他是「病」，我卻弄成「意」，是我的錯了。順便想到：有一些人，對於這樣的東西，是也要放在「學問」的秤上來秤的。他們的思想，如他們的生活一樣地飄浮著，令人很不耐煩。

　　「致讀者」是在《春暖花開的時候》第一卷出齊後，姚雪垠寫的一紙短簡，附在作品扉頁中發售，記錄了他在校讀時發現的若干需要改動的地方，並為未能及時糾正向讀者致歉。原文如下：

　　　　本書第一部現已出齊。第二部人物多，頭緒繁，須至明年方能與讀者見面。

　　　　第一二兩分冊，出版後發現不少毛病，計第一冊第三版添寫第六二頁，原第六二頁移作第六三頁，原第六三頁刪去；第六八、第一一四和第一一五頁，均改寫。第二分冊第二版改寫者為第一七二和第一五四頁。第三分冊大體上較前兩冊稍覺進步，但校樣看完時發現第三八五和三八六頁的場面處理失敗，要改正時那一部分的紙型已打好了，只好等再版時想辦法吧。如有機會，二十四章中還可以添寫一節。

　　　　且寫且排，病在急就；每書一出，愧悔隨之。為補救計，惟有接受批評，坦白認錯，切實自責。本書既承愛護，至盼不吝指教，助我修正。或直接寫信給我，或將發表之批評文章剪寄給我，我都非常感激。

　　姚雪垠的長篇小說《春暖花開的時候》第一卷共三分冊於 1944 年年中出齊，極受讀者歡迎，可以說轟動一時，年內竟三版，發行數萬冊。這部小說取材於抗戰初期豫鄂皖一帶救亡青年的生活，1940 年曾在胡繩主編的《讀書月報》上連載一年，約 10 萬餘字，深受讀者好評。姚雪垠於 1943 年初來到重慶後，將原稿擴充改寫為三分冊，約 30 萬字，由現代出版社出版。1944 年 2 月，

開始在各大雜誌上作廣告：

> 本書為姚雪垠先生代表作，寫活躍在大別山中的一群青年男女，尤以對於三種不同典型的女性，刻畫入微；有的粗獷豪爽，有的熱情奔放，有的溫文爾雅。一顰一笑，一舉一動，均活躍紙上。前曾於某雜誌刊載一部分，傳誦遐邇。現經作者精心改寫，計劃分三部共九分冊出版，現第一部第一二分冊已分別發排，第三分冊在趕寫中……（《當代文藝》1 卷 2 期「徵求預約」）

1944 年，可以稱為「姚雪垠年」，這一年裏，他出版了很有影響的長篇小說《春暖花開的時候》，也是在這一年裏，他遭受了生平最為猛烈的批判，抗戰文壇上還因為他和他的這部作品打了一場不大不小的筆仗。

路翎的《意在急就》抓住姚雪垠在「致讀者」中的自我批評大作文章，姿態不算太高。但他既對姚雪垠作品所反映的生活完全陌生，就應該細讀作品，而他又覺得「很不耐煩」，認為不值得「放在『學問』的秤上來秤」，這樣的批評態度怎麼能把握住批評對象的創作心態和創作思路，怎麼能寫出令人折服的好文章。當年的讀者從路翎的文章中定難理解為什麼他把姚雪垠的作品指責為「市儈」的傾向，倒是很容易嗅出宗派主義的氣味。

茅盾對胡風等的文品文風非常反感，他曾這樣批評道：「跳在半空中盡說海話的批評方式有一種好處，就是它能夠博得苦悶中的青年喊一聲痛快。同時，它卻有很大的一個毛病，此即完全不顧到——甚至於抹煞了一個作品在此時此地所能發生的影響和意義……如果僅僅是顧不到而貿然下筆，這還可以說是見不及此，如果竟是抹煞，那就簡直不可為訓。批評而至於此，那就成為了謾罵了。」

胡風也覺察到前一階段的批評不夠有力，於是，他在給路翎的信（1945 年 6 月 12 日）中提出新的意見和建議：

> 信、稿都收到。能弄兩三則書評麼？或者把春暖花開先生追擊一下，賞給他一點分析。但這得追到什麼《半車》去，那是穿著客觀主義的投機主義，而且是從《八月的鄉村》偷來的。可惜找不到《八月的鄉村》。

路翎收到胡風的信後，深受啟發，決定馬上動筆，趕在《希望》第三期上發表。這篇頗有分量的批評文章題為《市儈主義的路線》，署名未民，文中基本論點完全是胡風意見的演繹。他在文章中劈頭寫道：

姚雪垠先生的《「差半車麥秸」》是抗戰初期的有名作品之一。
但在現在看來，這是客觀主義的，技巧的東西。它只是現象和印象
的冷淡的羅列。在抗戰初期的那個普遍地熱情蓬勃，充滿著主觀的
欲望而無法深入現實的時期，這篇東西，和其他的兩篇這一類的東
西，就以它們的冷靜而被注意了。

雖然實際上那個時期的新生的熱情，和這熱情的發展，是耐不
住，並且厭惡它們的，然而，因了文學界的姻緣，人們聽不到熱情
的反對者的聲音，它們就獲得了它們的成功了。

這一段文字為全文定了基調，與胡風的指示別無二致。作為文學批評來
說，最起碼的一條是對批評對象的尊重，其次才談得上對批評文本的尊重，
而路翎的這篇「奉命」作文恰恰缺乏這兩個基本點。由於對所「奉」的「命」
的無條件服從，由於對批評對象的蔑視，他在行文時根本不顧及文本內容。
僅就這開頭的一段文字而言，值得商榷的地方就有很多：第一，作者的創作
心態是「冷靜」還是「熱情」，批評家如何得知，又怎能拿來作為權衡作品
優劣的標準。第二，《「差半車麥秸」》的風格恰恰是不「冷靜」，當年就有評
論者認為這篇小說過於「興高采烈」，凡讀過這部作品的人都能感受得到。
第三，《「差半車麥秸」》的發表與成名與路翎猜測的正好相反，不是靠「姻
緣」而是憑實力。讓我們引證一篇署名為辛冰的文章《我所知道的姚雪垠》
中的有關敘述〔註10〕：

誰都知道，他是以《「差半車麥秸」》成名的，這篇東西是民國
二十七年春天寫成，起初是在武漢交給舒群的《戰地》，過了很長時
間，《戰地》仍沒發表，他託朋友問舒群，舒群說是「嚕嗦的東西」
退還他。然後，就交給茅盾先生，終於在《文藝陣地》上發表了。

辛冰的文章對姚雪垠充滿惡意，文中多渲染和不實之辭，我們將在後面論
及。去掉其中的「髒水」，這一段的敘述還算完整。當年，姚雪垠這部作品寫
成後，由於作品中的人物語言與文壇風氣不合，確實不太為人看好。黑丁是最
早看過小說原稿的，他邊看邊笑，還勸姚雪垠不要用這種語言寫小說。姚雪垠
把稿子給了朋友舒群，舒群不用，姚雪垠接到退稿後，要急著趕回家鄉籌備河
南青年救亡協會成立大會，便匆匆離開了武漢。離漢前夕聽說茅盾在香港主編
《文藝陣地》，便寄了去。那時他和茅盾並不相識，也沒有在茅盾主編的刊物

<hr>

〔註10〕載中華文協廣州分會《文藝新聞》1946 年 3 月第 4 期。

上發表過文章，兩人可說是素昧平生。《「差半車麥秸」》的發表及茅盾的評價，姚雪垠都是後來才知道的。路翎出於宗派情緒，以己度人，想當然地以為茅盾發表姚雪垠的小說一定與他有什麼「姻緣」，把姚雪垠想像成攀龍附鳳之徒，實在有欠公正。許多熟知姚雪垠的人告訴我們，姚雪垠為人為文固然有許多可議之處，但他最大的特點恰恰是特立獨行，他從來不拜謁名人，偶而談起名家往往頗多酷評，他的個性就這一點而言恰與胡風類似。

路翎在文章中用了很大的氣力演繹胡風信中所指出的要點，其論證之荒謬幾乎到了完全不顧及作品文本實際的地步。為了證明《「差半車麥秸」》是從蕭軍的《八月的鄉村》「偷」來的，他找到蕭軍作品中的一個次要人物農民出身的游擊隊戰士「小紅臉」，小紅臉喜歡「吸著煙袋」，而《「差半車麥秸」》的主人公也「吸著煙袋」，這便是「偷」的證據了。不僅如此，路翎還論證道，小紅臉吸煙袋，「差半車麥秸」也吸煙袋，《牛全德與紅蘿蔔》中的主角「仍然是不停地吸著煙袋」，這不是「偷」是什麼？姚雪垠在路翎的筆下，簡直成了抄襲大師了。其實，蕭軍的《八月的鄉村》與姚雪垠的《「差半車麥秸」》中的這兩個人物除了喜歡「吸煙袋」這個共同點外，不同點太多了。僅就人物生活的地理環境而言，一在東北，一在河南，由於生活環境不同而造成生活、性格、習慣的差異在作品中有很多表現；再就作品反映的時代環境來看，小紅臉所在的游擊隊與紅蘿蔔所在的游擊隊，其組織形式、鬥爭形式、生活內容，區別也相當大。

胡風和路翎妄言「抄襲」，這個草率的推斷沒有得到讀者的認同，後來便不再重提。為了證明姚雪垠的作品是「穿著客觀主義的投機主義」，路翎更費了心機。按胡風一貫的表述，這個術語是指根據某種觀念或概念作文，是公式主義的一種表現。路翎對胡風的理論頗有心得，文中處處挖苦姚雪垠「向革命理論不斷地鞠著躬」，《差》是在向「描寫農民的轉變」的政治號召鞠躬，而《牛全德與紅蘿蔔》是在向「寫出典型」來的文藝號召鞠躬，《重逢》《戎馬戀》和《春暖花開的時候》則是在向「抗戰和進步」的政治觀念鞠躬。路翎企圖以此證實姚雪垠具有「看市場製造貨色」的「機會主義──市儈主義的本色」。

這個結論同樣是草率的。《差》是抗戰文學中描寫農民參加抗戰隊伍後「轉變」的第一篇作品，評論家倡導描寫農民「轉變」是在這部作品成功之後，正如姚雪垠當年抗辯文章中所說，「他們忘掉了一個事實，就是《「差半車麥秸」》這小說發表於抗戰開始後的次年春天，也可以說是最早地寫出了從落後

到新生的農民典型。這之前沒有公式，這之後漸漸地成了公式。」(《〈長夜〉後記》)至於茅盾提出的「寫出典型」的號召，與胡風提倡的「寫活人」論並無實質性的區別，不能由於惡其為人便禍及其理論。而姚雪垠努力表現抗日軍民的「抗戰與進步」，則並不是一個觀念或心造的幻影，而是進步作家生活於其中的抗戰現實的賜與，是當年每個戰鬥的中國人都親身體會得到的。

令人費解的是，在這篇數千字的論文裏　竟連胡風要求的「賞給他一點分析」的雅量也沒有，路翎在文章中竟然根本沒有進行藝術分析，他為此辯解道：

　　這裡面並未涉及我們的現實主義的理論問題，同樣的沒有涉及文學的形式，內容的結構及語言的問題，因為，在我們的對象不是什麼痛苦的錯誤，而反而是市儈主義的時候，這些，都是距離得十萬八千里的。

這不能成為理由。不用文藝理論的尺子度量作品，便不成其為文藝批評。這種批評，正是茅盾所指出的「跳在半空中盡說海話的批評方式」，即「謾罵」。遺憾的是，胡風當時和以後所組織的批評文章基本風格大都如此，於是引起了抗戰文壇中人極大的反感，以致他們的理論和批評中某些合理的因素也被人們認為是宗派主義情緒在作怪。

路翎批評姚雪垠的這篇文章，其中的基本論點，只有一點被繼續發揮，而且在當時得到一定限度的社會承認，那就是指責《春暖花開的時候》中有「色情描寫」。作品中的下面一段文字是後來所有指責《春》的評論者樂於引用的：

　　假如把羅蘭比做李商隱的詩，把小林比做達文西的畫，從王淑芬的身上就不容易使我們感覺到藝術趣味。不過當少女們剛剛發育成熟，縱然生得不美，只要不過分醜，對青年男性都有一種神秘的誘惑力量。何況王淑芬同人說話時兩隻眼睛懶洋洋的，半睜不睜，帶著三分睡意，二分媚態，自然也相當的能招人愛。

王淑芬是《春暖花開的時候》中的又一個女性典型，她對愛情的態度是不太嚴肅的，作者在描寫她時帶有貶抑和諷刺的意味，作為小說家的路翎不會看不出來。這段文字究竟有什麼色情成分，我們百思不得其解。也許，抗戰時期的批評家「精神奴役的創傷」太深了，身在二十世紀，靈魂還處在「禁慾主義」的中世紀，「神經過敏」得連男女相悅都不敢涉及吧？然而，只要翻閱一下抗戰時期的小說作品，包括路翎自己的小說作品，其中描寫病態戀愛的情節很多，為什麼就不容許姚雪垠在作品中表現救亡青年男女之間正常的愉悅之情

呢？這恐怕只有用宗派主義情緒作祟來解釋。

六、啃不動的「硬骨頭」

1944 年底，姚雪垠撰寫了一篇隨感，題目叫《硬骨頭》〔註11〕，算是對關心他的讀者朋友的一個答覆，也算是對胡風等的攻擊的一個回應。文章很短，抄錄如下：

> 想做一個文學家，必須有一把硬骨頭，吃得苦，耐得窮，受得種種打擊，還必須有一腔熱情，隨時為苦難中的人們灑一灑同情淚；有骨頭便有正義感，有熱情和崇高的眼淚，方可成一個偉大的人道主義者；但必須有了科學的思想，而且使生活和思想一致，方可談到骨頭，談到熱情，方可灑出來崇高的眼淚，科學思想是從讀書和實踐中得來的，所以必須不斷地讀好書，並且重視自己的生活。

姚雪垠的確有一把「硬骨頭」，胡風等對他的攻擊與他一生中所遭受的艱難困扼比起來，算不了什麼。少年時代他曾被土匪綁票，關押了一百天，每天都在刀刃上討生活，他沒有害怕過；1930 年，他因參加自由大同盟的活動被國民黨逮捕，當被軍警押解經過開封鼓樓的時候，他看到東方透露出的「白光」，心中油然洋溢起慷慨就死的浪漫情感；1936 年，他患了肺病絕症，大口大口地吐血，卻在文章中豪邁地寫道：「一切生命都免不掉隨著時間消失去，要想一部分生命暫時保存住，就得靠各自留下的足跡了」；1937 年「七七」事變後，他上了日寇和漢奸的黑名單，易服蓄須逃出北平，火車經過沿途小站停靠時，他下車走到月臺上，故意地在站崗的日本兵身邊晃來晃去，以顯示英雄主義氣概；1939 年初，他隨軍參加隨棗會戰，陷入日寇重圍，繞山攀嶺七日方脫險，數日後拿出作品《四月交響曲》。一個連死都不怕的豫西漢子，文學事業上已有相當成就，遭受一些非議又算得了什麼，也許他真如胡風經常引用來批評「客觀主義」者的那樣，每到緊要關頭就抱著「已經這樣了——將要這樣罷」的宿命思想。

1945 年，胡風等在《希望》和其他報刊上再次對他展開猛烈的攻擊時，姚雪垠已離開重慶，應聘去成都三臺東北大學任教，擔任中文系副教授。也許是由於《春暖花開的時候》正在爭議之中，也許是他還沒有考慮成熟人物、情節的下一步發展，也許他在思索如何創作一部更有力的作品以回擊胡風等的

〔註11〕 載 1944 年 11 月 1 日西安《高原》月刊創刊號。

攻擊，他沒有動手寫作計劃中的《春暖》第二卷和第三卷。在葉聖陶、董每戡、
王曉薇的鼓勵下，他開始構思《長夜》。在這部作品中，他將把 20 年代的豫西
社會生活描畫出來，他將塑造出一大群鐵骨錚錚的豫西漢子。他自信，這部作
品裏的生活、人物和情境都是新文學史上從未有過的，他將再塑造一批典型人
物以證實自己的創作實力。這部作品可以說是他遭受胡風等攻擊後的「發憤之
作」。他曾寫下過他的創作動機：

> 一年前，胡風派的朋友們曾經對我的作品展開了熱烈的批評，
> 不管他們的批評態度使我多麼地不能同意，我一直把他們當做我的
> 畏友，感激他們對我的鞭策。他們說我的《「差半車麥秸」》是革命
> 的公式主義，《牛全德與紅蘿蔔》自然也是，而且他們從後一部作品
> 中斷定我創作人物的本領已經完了。他們忘掉了一個事實，就是《「差
> 半車麥秸」》這小說發表於抗戰開始後的次年春天，也可以說是最早
> 地寫出了從落後到新生的農民典型。這之前沒有公式，這之後漸漸
> 地成了公式。胡風派的朋友們一面在批判著這種公式，卻一面在這
> 一種公式裏打跟頭，創造著公式的工農英雄。至於他們說我不能夠
> 再創造出新的人物，那不是一向目空一切地小看慣圈外朋友，便像
> 人們在憤恨時所發的咒語一樣。咒語照例只代表主觀願望，要是咒
> 語都靈驗，這世界上還有什麼客觀的真理可講？我當然不相信「一
> 咒十年旺」這句俗話，但我相信至少在十年內我的人物不會有枯竭
> 的時候。在這部小說中我又寫出了幾個人物，在下一部小說中可能
> 會寫出更大更多的典型性格。我不是故意要唱一齣「三氣周瑜」，只
> 是因為我既然從事於小說寫作，寫性格是我的份內之事。（《長夜後
> 記》，寫於 1947 年 3 月 14 日夜）

姚雪垠確是個「硬骨頭」，愈挫愈奮。路翎在《市儈主義的路線》中對他
的批評，如果說對他有所刺激，也不在那些「客觀主義」「公式主義」「機會主
義」或「市儈主義」的大帽子，而是對他的創作能力和創作潛力的輕視。路翎
在文章中嘲笑他所有描寫農民的作品，農民都吸煙袋，「技巧，也顯得窮窘了」。
姚雪垠在《長夜》中還是寫農民，他要寫給路翎看，豫西這一群吸煙袋的農民，
性格有多麼的不同。從某種意義上說，胡風和路翎對姚雪垠批評，促進了他的
創作向深度和廣度邁進了一大步。《長夜》後來被稱為姚雪垠解放前最好的小
說作品，它給中國新文學史貢獻出了一群活靈活現的野性勃勃的農民典型。

1944 年胡風等對姚雪垠等作家的批評，激起了強烈的不滿情緒，碧野等
在報刊上公開發表抗辯文章，茅盾等也仗義執言，進步文壇議論紛紛，國民黨
袖手旁觀。中共文藝領導圈子中人覺得進步文壇打內戰，不利於集中力量打擊
國民黨的文化專制主義，試圖進行調解，但遭到胡風的拒絕。胡風曾談到他是
如何對待喬冠華的調解努力的：

> 我看他（指喬冠華）還基本上是憑人事關係決定態度的。例如，
> 他對姚雪垠是抱有好感的（我當時沒有設想過姚雪垠是共產黨員），
> 向我提過打算約姚雪垠一道談談文藝問題，但我沒有回答他，還在
> 《希望》第一期上發表了尖銳批評姚雪垠的文章。等於給他吃了閉
> 門羹。他沒有向我表示什麼，還給《希望》譯了詩，譯了《費爾巴
> 哈論綱》。他只好放棄了想我憑人事關係決定對人對作品的態度。當
> 時，文藝是徐冰領導的，他只是從統戰原則上作政治領導，文藝問
> 題本身從沒有干涉過。〔註12〕

胡風這段回憶再一次重複他對姚雪垠的極深的成見和誤解，過去他曲解
過姚雪垠與茅盾的關係，後來他曲解過姚雪垠與胡繩的關係，這次，他又曲解
了姚雪垠與喬冠華的關係。喬冠華也許喜愛姚雪垠的某些作品，但與姚並無任
何特殊的「人事關係」，既無組織關係，也無私人關係，而且姚雪垠確曾是共
產黨員，但當時並不在黨內。喬冠華作為黨的文藝領導圈子中的一員，過問此
事全是出於維護進步文壇團結的公心，胡風竟忍心讓他也吃了「閉門羹」。作
為一個特立獨行的文藝評論家，胡風在理論的堅持和一貫性方面是令人欽佩
的，但他在實施理論批評的同時過多地猜測批評對象的「人事關係」，並以此
來決定批評對象的選擇以及批評的力度，這是他的一大弱點。40 年代，他決
心打擊文壇上的「反現實主義」傾向，卻考慮到「人事關係」而放棄原擬對「客
觀主義」「公式主義」的代表人物郭沫若、茅盾、巴金和曹禺的批評，轉而打
擊「人事關係」稍弱的姚雪垠，想以此「敲山震虎」，實在是有點「機會主義」。
如果姚雪垠一經打擊便趴下，胡風的戰術也算奏效，卻不料姚雪垠有這麼一把
「硬骨頭」，且有如此的社會基礎，胡風欲退不得，只得硬著頭皮幹到底。對
於所有的「調解」和「說服」，胡風一概嗤之以鼻：

> 原來有幾個走紅的作家以為我是把他們當作客觀主義底標本。
> 走紅的作家照例有他們底衛星，於是調解啦，討論啦，頗鬧了一大

〔註12〕胡風：《文稿三篇》，載《新文學史料》1995 年第 2 期。

陣，但當然也是照例地不得要領地擱起。不過，最近聽說還有一位
杞憂的勇士在個別地做口頭說服工作，他底理論是，說客觀主義不
如說舊現實主義，客觀主義這說法會招一些作家們反感，何必呢，
云。〔註13〕

1945 年年底，胡風的理論遭遇到一次強有力的抵制，事情是從《清明前
後》與《芳草天涯》兩個話劇的討論開始的。胡風等認定茅盾《清明前後》是
公式主義的作品，引起了文壇的又一次風潮。《新華日報》為此召開了一個小
型座談會，並公開發表了「座談紀要」。座談會上有個 C 君，在發言中提出了
一個令胡風等惴惴不安的問題，他說：「有一些人正在用反公式主義掩蓋反政
治主義，用反客觀主義掩蓋反理性主義，用反教條主義掩蓋反馬克思主義。」
還說：「有些人說生活就是政治，自然，廣義地說，一切生活都離不了政治，
但因此把政治還原成非政治的日常瑣事，把階級鬥爭還原為個人對個人的態
度，否則就派定為公式主義，客觀主義，教條主義，卻是非常危險的。」他所
說的「有些人」和「一些人」，誰都知道指的是胡風等，C 君對胡風理論的上
綱分析，雖然有些過頭，但也確實說出了要害所在。

緊接著《新華日報》又刊登了邵荃麟的《略論文藝的政治傾向》，這篇文
章是針對王戎批評 C 君的文章而作，肯定了茅盾劇作的革命的政治傾向性，
肯定了 C 君對文藝現狀的分析，否定了胡風等把公式主義和非政治傾向的作
品看成是截然對立的觀點。邵荃麟的這篇論文是一個重要的信號，作為他個人
來說，從這篇文章開始，他與胡風等的理論劃出了界限，在此前的論文中，他
使用的理論名詞與胡風並無區別；作為黨的文藝領導圈子中的一員，從這篇文
章開始，他與中央整風精神保持了一致。我們注意到邵文中第一次沒有把「非
政治傾向」詮釋為「客觀主義」，在敘及「主觀精神」和「客觀精神」時都加
上了引號。但畢竟是開始，畢竟是第一步，邵文雖然反駁了胡風等的理論，但
沒有徹底擺脫所受胡風思想的影響。也許是一種妥協，邵文在肯定《清明前後》
的同時也批評了夏衍的《芳草天涯》；也許是一種安撫，邵文在批評胡風理論
的同時重複了胡風等對姚雪垠《春暖花開的時候》的指責：

> 公式主義即使在所謂非政治傾向的作品中，也同樣藏伏著，例
> 如此次被認為非政治傾向的作品《芳草天涯》中在對於戀愛問題的
> 解決，也何嘗不是一種公式？此外甚至在一些色情文學中間，例如

〔註13〕胡風：《逆流的日子》後記，1947 年 2 月。

被指謫的《春暖花開的時候》等等中間，不是在色情之外也加上一些抗戰八股嗎？

邵文使胡風等在沮喪中看到了一線希望，雖然沒有達到批判《清明前後》以打擊茅盾的目的，但至少打擊了「公式主義」的夏衍和「客觀主義」的姚雪垠，證明他們的基本方向是正確的。胡風等決心繼續「清算」姚雪垠，姚雪垠更大的惡運來了。

七、落井下石

抗戰勝利之後，姚雪垠突然受到有生以來最沉重的打擊，打擊的源頭不是來自胡風，而是來自無論如何也想不到的地方。社會太複雜了，連自詡為最「瞭解人間此牽彼掛的互相關聯」的他也沒有料到竟會如此。他曾在《小說結構原理》中寫到：「人與人之間互相牽涉互相影響，此因彼果，果亦即因，因亦即果，正像是沒有窮盡的連環一樣。秦始皇統一和東羅馬帝國風馬牛不相及，然而他使蒙恬北逐匈奴卻成為東羅馬帝國覆亡的原因之一。」此語曾被某些人譏為故弄玄機，卻不料終成讖語。

1945 年年底，姚雪垠被胡風、邵荃麟派定為「色情作家」之日，正是他被傳言誣為「特務」之時。事情經過大約是這樣的，筆者曾經為此專程拜訪過姚雪垠，他說，延安搶救運動中，有一些來自國統區的愛國青年被懷疑為特務，在審訊過程中不堪刑訊，便亂攀亂「咬」，像滾雪球一樣，特務越揪越多，還累及國統區的許多進步人士，他被「咬」了，碧野也被「咬」了，誰「咬」的卻不知道。風聲傳到重慶，許多人對他們畏之如虎，《新華日報》也有段時間對他非常冷淡，他還憤憤地專門為此事找過徐冰辯誣。孫陵在回憶文章中也寫到此事，寫得有聲有色：

第一個和我談起雪垠做特務的人，是文協底幹事梅林。三十四年夏天（注：1945 年），我因事進城，住在文協，梅林給我鋪好床，拿來一頂帳子之後，坐下來閒談，不知如何話題一轉，談到雪垠，當時窗正在響著迅雷暴雨，梅林念念有詞的說：「他媽的，雪垠那個東西，他硬把自己看成紅姑娘，他根本就是特務。」

第二個和我談起雪垠做特務的人，是臧克家。勝利之後，我由重慶回到南京，又去上海，和克家在一家報館同事。有一次克家突然精神緊張地和我說：「雪垠來信了！」雪垠這時住在他的故鄉——

河南鄧縣。「說些什麼？」我問道。「他說要來上海，住在河南太苦
悶了！」「你回信沒有？」我這一問，他越發緊張了，繃緊了面孔，
恐怕別人聽到一樣低聲說：「雪垠的信可不能回呀，你在桂林不知道，
人家說他是特務哩！」

　　第三個和我談起雪垠做特務的人，是田仲濟。這時雪垠已經來
到上海，住在仲濟的家裏。有一天仲濟和我說：「雪垠為了共產黨說
他做過特務，很感苦惱。我勸他去告訴共產黨說：『你們講組織，可
以調查，真有特務關係不會查不出，不然還講什麼組織呢？』」

　　第四個談起這件事的，則是雪垠自己。他在仲濟家住了一個短
時期，又搬到滬西一家出版社去住。這個時期，雪垠確是非常苦悶。
因為我喜歡喝酒，他便常來我家裏藉酒澆愁。喝過酒便歎著氣說：
「年未四十，而髮蒼蒼，而視茫茫……」我看看他的兩鬢，確是白
了一半。眼睛也近視起來了！

　　有一次，他忽然一定要留下來，要和我作徹夜長談。我便留他
住下來。那次談話最重要的一點，還是始終苦惱著他的特務問題。
他很忿慨地說：「從立煌回到重慶，周恩來請咱吃飯，當然是看得起
咱。後來不知為什麼，忽然開始打擊，連我在別的刊物上發表的稿
子，那個刊物到新華日報去登廣告。結果廣告登出來了，咱寫的文
章連項目帶名字，卻一筆勾掉了。既然收了廣告費，為何可以隨便
改動別人的廣告？這本來是可以打官司的。」「你為何不告發呢？」
我問道。他卻說：「我到新華日報找徐冰，質問他究竟是什麼原因？
徐冰說：『聽說你是特務！』當時我的眼淚刷的流了下來！」（孫陵：
《我熟識的三十年代作家》）

　　孫陵的這段回憶不應被看作是妄言，筆者在拜訪姚雪垠時也聽到過類似
的講述，至於流言傳播到重慶的時間是否確在 1945 年夏天，對姚雪垠的情緒
有多大影響，流言當時是否已經澄清，似乎還有推敲的必要。姚雪垠 1945 年
夏天在成都，7 月至 8 月參加文協成都分會為大中學生開辦的「暑期講座會」，
9 月上青城山寫作《長夜》，同月底返回，在《成都文化界對時局的呼籲》上簽
名，10 月開學，返回三臺東北大學執教。如果姚雪垠此時被誣為「特務」，恐
怕沒有心情參加文協組織的那麼多活動，更沒有心情創作小說。我們找到了姚
雪垠寫於 1945 年 11 月的一篇文章，可以分析一下他當時的情緒，如果姚雪垠

此時已被誣為「特務」，在文章中不應沒有情緒，因為姚雪垠是個極其情緒化的作家。

> 我的唯一的武器是一枝筆，我的最高希望是做釋迦牟尼，而不是當強盜「殺人放火」。我希望人們不要以猜疑的眼睛看我，給我充分的生活自由，行動自由，寫作自由。我倘若像外國作家一樣的享受到充分自由，我要盡快的去巴峽，穿巫峽，回到故鄉，那是我最熟悉的地方，也是我寫作題材的偉大礦山。固然從來沒有人禁止我回故鄉搜尋資料，但那種猜疑的眼睛我害怕，那種離奇的謠言我害怕，所以單為著我的文學事業，讓我也大呼著要求民主，求自由！
> 〔註14〕

姚雪垠是個豁達的人，些須的打擊從不放在眼裏，在這篇文章裏卻處處暗示人言可畏，多次提到人們的「猜疑的眼睛」和「離奇的謠言」，也許正是指的被誣為「特務」這件事；根據上面的分析，我們估計謠言傳出時間大約在 9 月至 10 月之間。

姚雪垠 1946 年 5 月出川，途經重慶，曾面見徐冰辯誣，徐冰只是表示「聽說」，並未明確表態；姚雪垠不是特務，徐冰心知肚明，否則不會和他見面，但他也沒有澄清的責任，於是，流言仍在蔓延。

隨著大批文化人「復員」來到上海，流言也傳播到了上海。胡風當時是否聽到了這個流言，我們不清楚。但他繼續攻擊所謂「客觀主義」的決心沒有改變，繼續打擊姚雪垠的決心也沒有改變。胡風離開重慶回上海前，與周恩來有過一次見面，胡風在回憶錄中寫道：

> 臨行前一天（從重慶去上海），到中央代表團去看望周恩來同志，向他請示如果被人問到內戰危機時該如何解釋。陳家康在座。周副主席對我作了國內外形勢分析，說明共產黨是要和平的，國民黨挑起內戰是自絕於人民（大意）。後來，他提到思想問題，說延安反對主觀主義時，我卻在重慶反對客觀主義……（原文有刪節）愚不可及的我依然沒有理會，沒有重視，只覺得我的觀點是針對文藝創作來談的，與哲學和政治無關。而我這種看人看事的思想方法，恰恰是主觀主義的表現，它害得我可不淺。

周恩來都不能說服他，還有什麼人能說服他呢？胡風決心已定，他委託上

〔註14〕姚雪垠：《自省小記》，原載 1945 年 11 月 3 日南陽《前鋒報》。

海俞鴻模翻印《希望》第 1 集（共 4 期），雖然銷路不太好，先把戰場轉移到上海，仍不失為上策。

　　胡風原在上海有房子，自名為「蛇窟」。回來後，便住定了，興奮而緊張地編輯《希望》第 2 集第 1 期，繼續重慶未完成的「結算過去」的工作。離開重慶之前，他為《抗戰文藝》終刊號寫了一篇文章，主張對抗戰文學史料重新加以甄別，徹底剔除他認為的「反現實主義」的作品：

> 對於流行廣泛然而卻是無力，甚至不健康的，甚至有毒的作品，如果要當作「史料」加以保存，那僅僅只能是為了當作解說某種文藝現象的例證，這種文藝現象底說明會幫助讀者更豐富地理解到什麼是正確的文藝方向。第二，對於曾經得到過評價但卻帶著否定的質素，甚至不過是文壇底喧傳以至由這喧傳而來的追隨的讀者底喧傳，但並沒有在讀者裏面發生積極影響的作品，如果也要當作「史料」加以保存，那就得認真地分析當時流行的文藝見解，使這個結算過去的工作能夠負起思想鬥爭的任務，由這從理論底混亂和批評底濫用裏面清整出被淹沒的正確的文藝方向。〔註15〕

　　1946 年 5 月，姚雪垠離開重慶。其後他往返於鄧縣和開封兩地。當年 7 月，《長夜》創作完成，開始在開封《河南民報》和上海《聯合晚報》連載，另一部長篇傳記文學《記盧鎔軒》也開始了前期資料準備工作。

　　姚雪垠和胡風都已離開重慶，但重慶打擊姚雪垠的運動並未退潮。1946 年 3 月，龔鶯在《中原、希望、文藝雜誌、文哨聯合特刊》第 1 卷第 4 期上發表《騎士的墮馬——評姚雪垠著中篇小說〈戎馬戀〉》，對姚雪垠窮追猛打，這個刊物當時由何其芳接替邵荃麟任主編，是重慶左派刊物的大本營。也許是由於這個刊物的影響，全國的進步刊物都開始追隨著「清算」姚雪垠，遠在廣州的《文藝生活》（光復版）第 6 期（1946 年 7 月）發表黃陽《評姚雪垠的〈出山〉》，對姚雪垠落井下石；同在廣州的中華文協分會的刊物《文藝新聞》竟連篇累牘地發表攻擊姚雪垠的惡意文章，其中最令人不堪卒讀的是辛冰的《我所知道的姚雪垠》（載《文藝新聞》1946 年 3 月 17 日第 4 期），它從姚雪垠的「私德」著眼，試圖挖出姚雪垠「機會主義的本質」。這是一篇匿名的攻擊文章。辛冰不知何許人也，卻裝出很熟悉姚雪垠的樣子，謬託知己，編造出一個又一個流言，極力誹謗姚雪垠的人格。

〔註15〕胡風：《關於結算過去》，1945 年 12 月。

　　30 年代，姚雪垠因遭受國民黨特務的迫害，被河南大學開除學籍，逃到北平自學，追隨左翼文化運動，作品多發表在《光明》、《芒種》和《國聞週報》，而辛冰卻說，當年「姚雪垠在北方，是有『死狗作家』的稱號，意思是說他不長進」；40 年代初，姚雪垠受錢俊瑞之邀，在鄂西從事救亡工作，來往於炮火之中，創作了《春暖花開的時候》、《牛全德與紅蘿蔔》及大量的戰地通訊，辛冰卻說，那時姚雪垠正忙著在老河口做生意，「但據說他所做的生意，與日用民生毫無關係，而是販賣些殘害人民的毒品」；40 年代初皖南事變後，李宗仁奉蔣介石的命令，驅逐五戰區的進步文化人，姚雪垠化名潛往安徽大別山中，而辛冰卻這樣寫道：由於姚雪垠的狂妄自大，「在豫鄂邊境的朋友，無形對他更疏遠了，他在寂寞之餘，只好進大別山去」；姚雪垠在大別山呆了兩年，那正是世界法西斯勢力甚囂塵上的黑暗年頭，姚雪垠不僅創作出鼓吹抗戰的中篇小說作品《戎馬戀》和《孩子的故事》，而且撰寫了大量時事論文，倡言蘇聯為首的反法西斯陣營的必然勝利，預言法西斯勢力的必然潰滅。但辛冰卻不齒地寫道：「德軍攻下基輔，突過聶伯河，深入烏克蘭原野的時候，他就發表了一篇《希特拉的最後一張牌》的國際論文，這篇文章估計希特勒最後必敗，確有他的遠見。終於在一九四五年的夏天證實了。當時一般朋友讀了這篇東西，都覺得姚雪垠又要掙扎了。」在辛冰的筆下，一切是非黑白都被混淆了。

　　在「胡風派」群攻的浪潮中，中國文協廣東分會的刊物《文壇月刊》秋季特大號發表了周斯奮的《「差半車麥秸」論》，系統地評價了姚雪垠抗戰時期的小說作品，反擊了《文藝新聞》的誹謗。文章首先提出一個呼籲，「勿讓抗戰時期那些作家們努力結出的「碩果」棄掉吧」。接著具體地分析《「差半車麥秸」》的政治意識和藝術特色：

　　　　這篇作品的寫作意識則是：提醒大家（在抗戰時期）去認識如這種「不夠聰明」的人物，他們就是挺堅實挺勇敢的精忠衛國的人，所以我們要多去發掘他，要多去培養他。作者不特是形象了中國農民潛力的偉大，而且指出了民族抗戰的光明前途，在當時對於那些抗戰悲觀論者（如汪精衛之流），真有發聲振聵的作用，可惜認識這作品的人太少了，沒有人作有意的闡揚，未免可惜。然而，事實上持久抗戰，就是靠農村支撐著。所以這作品可以代表時代的意識，指示國人應認識的光明路向，就在這點上，故值得我們予以高的評價。

它從首到尾，都能把握「精彩」部分去描寫開發，結構緊密，
描寫細膩，所用的表達形式，也能臻於「形象化」的境地。

1947 年，在文壇一邊倒的「清算」怒吼中，周斯奮的文章算是「空谷足音」，載有這篇文章的《文壇月刊》寄往上海二百本，被讀者一搶而空。姚雪垠得知文章內容後，感到很大的安慰，但又苦於買不到此雜誌，只得寫信給編輯部，得他們惠贈一冊。

八、《雪垠創作集》

1947 年 1 月，姚雪垠帶著《長夜》和《記盧鎔軒》的書稿，從故鄉來到上海。上海是戰後的文化中心，重慶的文化人戰後大部分都「復員」來到此地，出版社林立，文化崎形繁榮，姚雪垠想在這裡求得發展。

然而，上海居大不易，沒有黃金，竟頂不到房子，姚雪垠找不到棲身之處，只得暫住在老友田仲濟家裏。重慶時期，他與田仲濟、陳紀瀅合辦過《微波》雜誌，有一段很深的友誼。田仲濟不憚流言，熱情接待了他。但姚雪垠感到長住在別人家裏無法靜心寫作，躊躇不安。

就在這時，一個飛來的機緣來到了。一個新出版社的老闆找到了他，不但給他提供了住處，而且答應給他出版《雪垠創作集》。這家出版社的老闆就是後來的香港著名作家劉以鬯，他開的那家出版社名叫「懷正文化社」。

劉以鬯是個愛國青年，1941 年畢業於上海聖約翰大學，「孤島」陸沉後，他不願意在日寇鐵蹄下生活，隻身離開上海，1942 年春抵達重慶。他當過《國民公報》《掃蕩報》（後易名《和平日報》）的副刊編輯，發表過老舍、孫伏園等進步作家的作品，同期開始文學創作，習作常見於報端。抗戰勝利後，調到上海參加上海版《和平日報》的工作，由於愛好文學事業，不久便辭去報社工作，辦了一家出版社。他自述云：

> 先嚴名浩，字養如，家中堂名為懷正堂，均從「浩然正氣」取義。我為著紀念先嚴，所以將我辦的出版社定名為「懷正文化社」。上海是全國出版中心，書店林立，像「懷正」這樣的新出版社，想出好書，並不容易。不過，我很固執，除非不辦出版社，否則，非出好書不可。「懷正」成立後，出版範圍很窄，不出雜書，專出高水準的新文學作品。

劉以鬯喜愛姚雪垠的作品，欽佩姚雪垠的創作才能，稱他為「文學天才」，

可惜在重慶時無緣相見。一次偶然的機會，劇作家徐昌霖告訴他姚雪垠已到上海的消息，他大喜過望，姚雪垠的作品正是他急欲尋找的「高水準的新文學作品」的典範。他馬上託徐昌霖與姚雪垠約定在國際飯店三樓見面。姚雪垠與他談了自己的作品和近期寫作計劃，談了《長夜》，也談了計劃中農村三部曲的另外兩部《黃昏》和《黎明》，還談到河南豫西的土皇帝別廷芳。劉以鬯越聽越興奮，當場拍板定下出版《雪垠創作集》的計劃，並邀請姚雪垠住在出版社。此後一年多，姚雪垠就住在出版社放紙型的房間裏，安心地從事寫作。很快，當年5月至8月，《雪垠創作集》共四種出版。劉以鬯為創作集前三種撰廣告詞如下：

第一種《「差半車麥秸」》──

　　這個集子雖只包括六個短篇，卻都是姚氏的代表作品，讀了這個集子，可以看見十年來現實是怎樣發展，也可以看出來作者的風格是怎樣一步步的達到爐火純青之境。這六篇作品，有的會使你拍案憤慨，有的會使你感動流淚，有的又使你惘然微笑。其中《「差半車麥秸」》及《紅燈籠故事》兩篇，不僅在國內被認為偉大時代的代表作品，且均早譯成數種文字，傳誦國際，被列入世界名作之林。

第二種《長夜》──

　　這是姚氏新近完成的長篇力作，充滿了北方的原野氣息。所寫的人物是綠林好漢，生活是和我們陌生的綠林生活，使你一開始就被它的緊張的情節吸住，放不下手。然而這部書卻是最有分量的，最深刻的，反映北方農村的作品。如果把現代中國劃分為三個階段，第一階段是開始崩潰；第二個階段是崩潰中的大黑暗，大混亂；第三個階段是覺醒和黎明；那麼這部書所反映的就是第二階段的現實了。

第三種《牛全德與紅蘿蔔》──

　　當數年前《牛全德與紅蘿蔔》在重慶發表之後，立時轟動遐邇，被認為繼《「差半車麥秸」》後中國新文藝之光輝收穫。一直到現在，我們所有描寫北方農民性格的作品，還沒有一部能超過《牛全德與紅蘿蔔》的。茲經姚氏精心補充，使此有名佳作，更成完璧。這不僅是一部小說，也是一首樸素的田園詩。要明瞭姚氏風格之美，不得不快讀此書。

從以上三則廣告詞可以看出劉以鬯對姚雪垠作品的喜愛和推崇。他希望姚雪垠能繼續寫下去，寫出計劃中的中國農村的《黃昏》和《黎明》，寫出別廷芳這個土皇帝。然而，此時國統區經濟已經崩潰，「幣值大跌，通貨出現惡性膨脹。在這種情況下，保留白報紙尚可隨時售出；將白報紙印成書籍，非蝕本不可。出版社陷於半停頓狀態，無法繼續出書。《雪垠創作集》當然也出不下去了。」

《雪垠創作集》的出版是中國現代出版史上的一段佳話，它反映了一種新型的出版商（讀者）與作家之間的關係，其中浸濡著溫情和友情。在姚雪垠最困難的時期，劉以鬯給予了他熱情的幫助，姚雪垠數十年銘記在心，念念不忘。數十年後，姚雪垠《李自成》創作成功，聲名遠播，劉以鬯談起當年與姚雪垠的關係時，卻恬靜地說，「姚雪垠熱愛寫作，所以勤於寫作，有理想，有抱負，有才能，且有藝術良知。就那時的情形來說，『懷正文化社』談不上給他什麼幫助，充其量只是同事們的鼓勵與一個清靜的環境而已。」

然而，也就是這套《雪垠創作集》，又引起了胡風等對姚雪垠的一場新攻勢。

這場戰爭應該說是由姚雪垠挑起的，事情出在姚雪垠為《雪垠創作集》所寫的序言和跋上。他在《「差半車麥秸」》的「跋」中把一年多來蒙受胡風等攻擊的委屈情緒一古腦兒地發洩了出來：

> 　　將抗戰期中所寫的極其有限的短篇小說，另外加上戰前的兩篇不成熟的作品，編為這個集子。分量是這麼輕，使我對這偉大的時代和親愛的讀者雙方面感到慚愧。雖然我自己感到慚愧，卻有兩種人看見這集子的貧乏會感到快慰：一種是被我的筆尖刺疼的，另一種是在新文學陣營中抱著天無二日地無二王的觀念，除相信他們的小圈子是最正確和最進步的理論家和作家之外，決不相信別人對這時代也曾有些微貢獻。我承認這兩種人的立場是絕對不同的，但他們卻不謀而合的有一個共同願望，即是將我永遠的放逐或輕輕的判處死刑。

> 　　幸而我是從風雨中，從原野上，從荊棘與野獸的包圍中成長起來的，曾遇過無數打擊，嘗慣了迫害和暗算。過去既然我不曾見利失節，畏威移志，今後當然也不會對任何強者低頭。我是從窒息的環境中，從刀劍的威脅下，倔強的生活過來的，今後我還要倔強的

生活下去。生活是戰鬥，我的武器就是筆。除非我真正死掉，我相信沒有人能使我繳械。為了我對這時代應負的責任，而不是為要使前邊所指的兩種人感到失望，我今後更要仔細的，大量的，沒有休止的創作下去。繼這個集子之後，我還有許多作品將陸續的，一部一部的拿出來，毫不猶豫地拿出來。善意的批評我絕對接受，惡意的詆毀也「悉聽尊便」。我沒有別的希望，我只希望這些表面革命而血管裏帶有法西斯細菌的批評家及其黨徒能拿出更堅實的作品來，不要專在這苦難的時代對不能自由呼吸的朋友擺擂。

他在《牛全德與紅蘿蔔》的」前言」中公開地向「胡風派」宣戰：

正在這時候胡風先生所領導的小宗派向我展開了大的攻勢。關於胡風先生理論上的法西斯毒素和機械論色彩，以及他對中國民族文化的毫無所知，對人民生活的隔膜，他的剛愎的英雄主義和主觀主義，這一切不配做好批評家的弱點我今天都暫且不談。今天，我盡可能把問題的範圍縮小，以討論與《牛全德與紅蘿蔔》有關的問題為主。至於關於《春暖花開的時候》的一部分，保留在將來該書的一篇序文中去詳細的向他們請教。我今天把問題的範圍儘量縮小，並不是要對胡風先生留什麼忠厚，而是今天正是我們大家都不能自由呼吸的時候，胡風先生縱然處處要樹立小宗派，要關閉起現實主義的大門，要破壞文化界的聯合戰線，但我承認他除上述種種的弱點外還畢竟有他的戰鬥力量，還有他的某些貢獻，在沒有朱砂的時候紅土也是可貴的。當胡風派向我展開攻勢的時候，他們決沒有想到我在基本上還可以做一個忠實的「同路人」，決沒有想到我在這艱苦的時代中也有直接的和間接的屑微貢獻，決沒有想到我一直是在遭受著黑暗勢力的打擊和迫害。胡風派把我錯看成他們的主要敵人，恨不得我立刻死去，不惜以種種造謠誣蠛的方法對付我，在當時我有點傷心，現在想起來覺得滑稽。我雖然有一個倔強的性格，但一直沒想過用胡風派的方法報復胡風派。我對胡風派的作風雖極痛心，但我明白我同他們有一個共同的真敵人，那便是黑暗勢力，所以我期望將來他們會放棄了狹隘的宗派主義的作風，會不再以誣蠛的態度對付文化戰線上的患難朋友。我決不嫉妒他們成功，更絕對不希望他們毀滅。

胡風先生所領導的作風影響極大，所以雖然和他結合一起的不過三二人，但因為影響大，在國內儼然成一個不可忽視的小宗派。

關於「胡風派」這個名詞，有朋友勸我不用，為的是免得別人說文壇上真有派別，其實胡風派的存在盡人皆知，用不著掩耳盜鈴。我們希望胡風派能放棄過去的狹隘作風，為整個的聯合戰線而努力。我提出「胡風派」這名詞，毫無惡意，我認為宗派主義是鞏固聯合戰線的一大障礙，不如揭穿了的好。兩年來，文壇上稍有成就的作家如沙汀，艾蕪，臧克家，ＳＹ等，沒有不被胡風加以詆毀，全不顧現實條件，全不顧政治影響。青年本是熱情的，經胡風先生一鼓勵，一影響，就常常拋開原則，不顧事實，任意誣衊，以攻擊成名作家為快意。一般純潔的讀者見胡風派火氣很大，口吻很左，就誤認胡風派是左派的代表，於是風行草偃，一唱百和，形成了很壞的風氣。

姚雪垠還把這篇「前言」易名為《論胡風的宗派主義》，發表在北平《雪風》第 3 期上，有家報紙也轉載了這篇文章。這是一篇有著很大影響的文藝論文，據筆者所知，這也是現代文學史上最早系統批評胡風宗派主義的文字。

關於胡風抗戰後期理論上的偏差和宗派主義情緒，文壇上早有議論。備受他們攻擊的茅盾、沙汀、劉盛亞、臧克家、碧野等自不待說，一些具有民主思想的進步作家也耿耿於懷，隱忍不敢言或不屑談。

據近年來公開的《葉聖陶日記》，也記有對胡風不滿的若干文字：

十月十日上午，克家來，談文壇情況，於胡風頗不滿，謂其為取消主義宗派主義之尤，於他人皆不滿，惟其一小群為了不得。余於此等事向不甚措意，然胡風之態度驕蹇，亦略有不滿也。（1947 年 10 月 10 日）

八時後白塵來談，亦頗不滿於胡風（1947 年 10 月 12 日）

下午，楊慧修來談胡風之為人及持論。此君自命不凡，否定一切，人家之論皆不足齒數，而以冗長糾纏之文文其淺陋。余於文藝理論向不措意，唯此君之行文，實有損青年之文心。（1948 年 10 月 19 日）

夜間白塵來，亦談胡風之文與人。（1948 年 10 月 21 日）

1947 年，胡風主編的《希望》已經停刊，但打擊「反現實主義」的努力更加風發蹈厲。那個時候，樓適夷在上海主編《時代日報》的文化副刊，他是胡風的老朋友，他的副刊正缺少稿件，胡風便把組織來的稿件一批批地送給他。樓適夷回憶道：

> 在編輯上第一個大力支持我的是胡風，報社一個青年記者老往胡風那兒跑，每次從不空手，總是帶來好些文稿，供我選用，用不著為發不出稿子發愁。這些稿子大部分是有分量的文學小評論，有的評論還相當尖銳。我覺得只要內容講得有道理就採用，不管作者是誰，也沒多少顧慮。這可得罪了一些人。（樓適夷：《記胡風》）

> 我們發了很多文章，其中不少是所謂『胡風派』的。我同胡風很接近，他辦《希望》我們接觸較多，他把阿壠的文章、路翎的文章送來，批評這個，批評那個，我都給他登了，如批評馬凡陀，批評臧克家、姚雪垠、田漢的，我都登了。（樓適夷：《我談我自己》）

姚雪垠向胡風挑戰的文章在單行本、雜誌和報紙三處發表後，胡風震怒，當即組織反擊。阿壠的文章不久就寫出來了，題目叫《從「飛碟」說到姚雪垠的歇斯底里》（載《泥土》第 4 期，1947 年 9 月 17 日）。文章發表後，阿壠把載有此文的《泥土》和其他稿件寄給胡風。胡風 1947 年 9 月 22 日給阿壠的回信中寫道：

> 信和論四則都收到了。信，剛才斟酌了一下，日內和另一文同時發出，這個公案算是告一段落，由他著慌去。當然，還可以在別的地方爆發的。——這麼一來，他底生活關係完全弄清楚了。

請注意信中「公案」二字，姚雪垠當年的「公案」到此處已揭開謎底；還請注意「生活關係」四字，當年指的是黨派關係。胡風信中贊同阿壠在文章中暗示姚雪垠是「國民黨特務」，且讓我們從阿壠文章中摘引兩三段：

> 農民我說我不清楚吧，但是兵士，我是十分清楚的。我可以以我底差不多十五年的軍隊生活作見證：姚雪垠底兵士生活，底「性格」，底形象，實在是完全出自杜撰的，——不管這個士兵原來是什麼「階層」出身。

> 姚雪垠的傑作又是在什麼出版機關出版呢？又住著什麼人的屋子呢？

姚雪垠，簡單得很，一條毒蛇，一隻騷狐，加一隻癩皮狗罷了，拖著尾巴，發出騷味，露了牙齒罷了。他的歇斯底里，就是他「刻畫」了他自己的「性格」和「窮窘」。

不需要再加注釋，此時，胡風等人已認定「懷正文化社」是國民黨的文化機關，已認定姚雪垠是國民黨特務。從一椿「莫須有」的流言，到鐵板釘釘般的宣判，姚雪垠危殆冤哉。

胡風收到阿壟寄來的《泥土》後，把阿壟的文章交給《時代日報》的編輯顧征南轉給樓適夷，分兩期在《時代日報·文化版》上發表。姚雪垠讀了文章後，非常氣憤，找到報社來。顧征南在回憶文章中寫到了這件事：

有趣的是，阿壟文章發表後，有一天我回報社，樓老和我說，剛才姚雪垠上門來了，他責問我為什麼要發表阿壟的文章，我說，你無權干涉我們編輯工作，你可以在那裡罵別人，別人也有地方回答你。（顧征南：《我所認識的胡風先生》）

1947 年的上海文壇，只能用「混戰」兩字來形容，這邊罵胡風等「宗派主義」「法西斯主義」，那邊罵姚雪垠、陳白塵、馬凡陀、李健吾等「客觀主義」「市儈主義」「色情主義」。上海《大公報》有點看不過去了，便以紀念五四為由發表社評《中國文藝往那裡走》，指出：

近來有些批評家對於與自己脾胃不合的作品，不就文論文來指謫作品缺點，而動輒以「富有毒素」或「反動落伍」的罪名來抨擊摧殘。在國家患著貧血，國人患著神經衰弱的今日，這現象是大可原諒的。我們希望政治走上民主大道，我們對於文壇也寄予民主的期望。民主的含意儘管不同，但有一個不可缺少的要素，那便是容許與自己意見或作風不同者的存在。

誰能舉出過去兩年來可以與《阿 Q 正傳》，《子夜》，《「差半車麥秸」》，《華威先生》倫比的一部作品呢？

《大公報》此時已被「左派」人士詆為對國民黨政權「小罵大幫忙」，無視它還有代表社會基本民主要求的一面。這則「社評」是否還有點道理，明眼人心知肚明。這是題外話，在此不論。

九、兩面夾攻

上海灘兩派「內戰」正酣，卻不料香港正醞釀著另外一場風波，那裡聚集

著一批有組織的文化人,他們正準備以「整肅」回擊「整肅」,全面清算和批判胡風的文藝思想。1948 年,《大眾文藝叢刊》在香港創刊,這刊物是由共產黨文藝機關領導的,主編邵荃麟,主要撰搞人都是當年重慶黨的文藝領導層中人,如喬冠華、邵荃麟、胡繩等。

　　1947 年底,由於國民黨反動派的壓迫加劇,在共產黨的指示下,蔣管區的大批進步文化人士秘密遷往香港,準備分批轉移到解放區。1948 年初的香港簡直成了一座文化城,比抗戰時期的重慶還要熱鬧。香港是港英當局的地盤,由於自顧不暇,根本不管什麼共產黨和國民黨,只要不反對它,便睜一隻眼閉一隻眼。在香港的進步文化人甚至可以寫文章罵罵蔣介石和美帝國主義,絕對無人干涉。解放軍的勝利指日可待,蔣介石的失敗已成定局,他們感到自己是站在新世紀門口的幸運兒。當他們第一次享有輿論自由的時候,便暢所欲言,狠狠地渲洩腹中沉積已久的怨氣。天上地下無所不談,政治軍事放言無忌,當然,談的更多的是文化和文學,這是文化人的本行。然而,這樣的環境中,這樣的心境下,其實是並不太適合談論文學的。

　　郭沫若首先吐出積怨,他受夠了國民黨的文化專制,也受夠了胡風等對他的嘲笑和輕視。近幾年來,從《希望》到《泥土》,從「無條件反射」到「砍櫻桃樹的故事」,他一直是人家的俎上肉。剛到香港一個多月,他便在香港大中學生新年團拜會上發表了《一年來中國文藝運動及其趨向》的演說,他呼籲「建立人民的文藝」,消滅「反人民的文藝」。他認為反人民的文藝有四種:第一種是茶色的文藝;第二種是黃色文藝;第三種是無所謂的文藝;「第四種是通紅的文藝,托派的文藝。他們罵《李有才板話》,他們罵陳白塵的《陞官圖》。對於這種文藝,應予消滅」。

　　郭沫若的文章傳到內地,蔣管區內正「內戰」著的兩派都為之一震,叫好的有,蹙眉的也大有人在。文章傳到北平,《泥土》立刻大嘩,主編在「編後記」中一通大罵:

> 看到了臧克家主編的《詩創造》裏面的「懷著傷蔑的暗箭」的《後記》,不久又有了陳白塵底勸《泥土》改請葉青題字的建議,同時著名的吹捧批評家許傑便大叫「批評的混亂」,那位慣於依老賣老的,才子流氓玄學家三位一體的無條件反射論者還下結論說《泥土》是托派刊物⋯⋯(《泥土》第 5 期)

　　茅盾也到了香港。他是胡風等人的眼中釘。從批判《論主觀》開始,到《清

明前後》的論爭；從作《讀書雜記》為姚雪垠等辯護，到實際上被胡風等作為「客觀主義」的總頭目進行「整肅」，茅盾憑籍他的淵博和儒雅，憑著他的不可輕視的創作和批評實績，成了胡風推行其理論的最大障礙。胡風等在信中嘲諷他為「抬頭的市儈」和「清明先生」，但無奈他何。在香港文協組織的新年團拜會上，茅盾也吐出了肚子裏的怨氣，同時他「建議香港文藝界應該加強文藝批評工作，糾正前一時期主要存在於上海的文藝批評的偏向。這種偏向表現在對正面的敵人不去批評，好像有危險，而對自己陣營卻很有一些不負責任的批評。這些批評調子唱得非常高，非常『左』，使青年以為這是最革命的，但實際上它是要引導青年到錯誤的方向：這種偏向，在上海本來應該提出來檢討和批評的，但沒有做，希望香港的文藝界能承擔起這個責任來。」

郭沫若和茅盾的提議與文委（黨在香港的文藝領導機關）的看法是一致的。不久，文委指示邵荃麟和馮乃超創辦了一個綜合性的文藝刊物《大眾文藝叢刊》，展開了對不符合毛澤東文藝思想的錯誤文藝思想的批評，胡風等的理論和創作成了主要的批評對象。刊物第一輯上，發表了邵荃麟執筆的《對當前文藝運動的意見》，第二輯上，發表了喬冠華的《文藝創作與主觀》，這兩篇重頭文章都正面地批評了胡風等的理論主張，雖然也承認抗戰文藝存在著病態現象，文藝指導思想存在著「右傾」傾向，但病態的原因已不再是什麼胡風所說的「主觀精神與客觀精神的分離」，而是「文藝上人民大眾的集體主義意識的煥散，個人主義的意識的高揚，因而招致墮落的和反動的文藝思想的抬頭」；對於病態傾向的分析也不再沿用胡風的「市儈主義」「客觀主義」的術語。而代之以「舊現實主義」「自然主義」等等；文章還特別分析了胡風等「所謂追求主觀精神的傾向」，認為它「仍然是個人主義意識的一種強烈的表現」，與上述病態傾向一樣「都是小資產階級的文藝思想」。毫無疑問，這兩篇文章的立足點和參照系都是以毛澤東的文藝思想和根據地（解放區）的文學現狀為基準的，但能否運用來剖析國統區（蔣管區）的文藝運動，能否據此以「右傾」概括國統區抗戰文藝運動，許多人另有看法。

我們特別注意到胡繩在《大眾文藝叢刊》上發表的兩篇文藝批評，一篇批評胡風最讚賞的作家路翎；一篇批評茅盾最欣賞的作家姚雪垠。這兩篇文章可以說是刊物上最有份量的文藝評論。

胡繩《評路翎的短篇小說》（載第一輯）批評對象是路翎小說集《青春的祝福》和未收入集子的其他幾個短篇。他仔細地解剖了路翎作品中對工人的描

寫，結論說：

> 在那裡，不管作者所寫的是什麼礦工，但所反映了的卻是一種
> 知識分子的心情；要寫工人的戀愛，但寫出來的恰恰是一種知識分
> 子的戀愛；要寫工人的思想，但寫出來的恰恰是一種知識分子的思
> 想！……一個最簡單的解答是：作者並不真正瞭解工人，而又不滿
> 足於僅僅在外形上來描畫工人，想要「深入」一點，結果就只能把
> 所瞭解的知識分子的一套拿出來墊空子了。

他接著剖析路翎對知識分子的描寫，結論說：

> 這個作家用他的作品相當明確地反映了一個苦悶的窒息的時代
> 中孤立的知識分子的矛盾和煩惱心理。但僅僅如實地反映不是藝術
> 的目的，很顯然的，作者也不滿足於此。他企圖從知識分子的苦悶
> 的「內心」中找出崇高的一面足以引導他向前進的一面，於是他就
> ——例如在《穀》中——讚揚起他的人物在戀情的高漲中與自然融
> 化為一時的「生命力」的神聖崇高的感覺了，就把他在瘋狂的苦惱
> 下壓制了失戀的傷痛當作是認識和工作上前進一步的契機了。但這
> 難道是真的解決了矛盾麼？這難道不只是知識分子的自欺自慰麼？
> 一面批判著知識分子，一面又用浮誇的自欺來迷糊知識分子真正向
> 前進的道路，這正是讀者從這樣的作品中得不到任何東西的原故。

胡繩《評姚雪垠的幾本小說》（載第二輯）的批評對象是姚雪垠的《牛全德與紅蘿蔔》《春暖花開的時候》《長夜》和《記盧鎔軒》，幾乎包括了姚雪垠抗戰時期的全部作品（除了《「差半車麥秸」》等短篇作品）。胡繩是姚雪垠的老朋友，抗戰初期在老河口戰區交往甚密，重慶時期也有來往，也許正是由於這層關係，他對姚雪垠的分析和批評更嚴厲，更苛刻。

他首先剖析《牛全德與紅蘿蔔》，斷定這是一部「失敗」的作品，兩個主人公的性格描寫全是失敗的，主題表現與環境描寫也是失敗的：

> 作者自己說，這本書的主題是「表現舊時代的江湖義氣向新時
> 代的革命責任感的漸漸移轉」，如果企圖是這樣，我以為這企圖是完
> 全失敗了。因為一方面在「舊」的牛全德身上作者只使我們看到流
> 氓無產者的壞品性，如果有還值得發揚的「江湖義氣」，也並未被具
> 體表現；而在「新」的牛全德身上，也只是被「捧」以後，糊裏糊塗
> 地帶著個人英雄主義的氣質而「跟著學新花樣」，所謂「革命責任感」

連影子都還沒有。最可驚異的是，在這本小說裏，使人完全覺察不到，在人民群眾和游擊隊中有一點民族仇恨與對侵略者的敵意。

接著，他剖析《春暖花開的時候》，他認為這部作品應該「受到最嚴厲的批判」：

> 作者在這書裏誠然也寫了農村宣傳工作，寫了舊勢力對青年救亡工作的壓迫等等，然而這些好像不過是作為背景的可有可無的畫布，在這背景前出現的是一群集中興趣於男女關係與戀愛事件的青年。抗戰初期的救亡運動中也的確有許多缺點，青年們的確抱著各種各樣的思想和生活習慣而湧入這運動；但照作者的寫法，卻斷然是對於救亡運動的歪曲與侮弄。

他對《長夜》和《記盧鎔軒》作了有限度的肯定：

> 但在《長夜》和《記盧溶軒》這兩本小說中，我們至少不至於得到像讀前兩本書時那樣不愉快的感受。這兩本書是可以使我們讀到一點東西的了。在這裡面活躍的人物不僅是抽象性格的負荷者，而且是反映了歷史現實的一側面。

雖然是基本肯定，胡繩在文章中，同樣毫不留情地剖析了《長夜》中由於作者的「地主少爺的『浪漫』情調對作品所表現的歷史現實和人民命運的損害」。但他不同意胡風等對姚雪垠的批評，他寫道：

> 我不想用「客觀主義」這樣的說法來加在姚雪垠的身上，因為我們倒是希望他能夠用忠實於客觀的歷史現實的態度來從事創作，——一個作家，只有樹立這樣的基本態度才為自己的思想情緒的改造奠下可能的基礎。我也不想用「依照理論八股而從事創作」這樣的話來批評，因為表現於姚雪垠作品中的主觀內容並不是以什麼八股教條為基礎，而是泛濫著「出身於破落地主之家」的「知識分子」（這是作家自己的表白）的自我欣賞的情緒。在感覺到自己的情緒思想已不夠來認識在變化發展著的現實的時候（這種感覺是進步的契機），便去乞靈於還未和自己的生活實踐相結合的思想理論，這種情形是有的；但形成其創作的基本傾向實不在此而在彼。

胡繩的文藝批評，從局外人看來，好像是對「內戰」不休的雙方各打五十大板。其實，在胡繩等站在新時代門口的人們心中，「內戰」雙方的理論與創作實在並沒有什麼了不得的差別，他們距離毛澤東的文藝路線和真正的革命

文藝只是五十步笑一百步罷了。姚雪垠和路翎的小說作品較之根據地（解放區）的小說作品，無論從主題、題材和表現手法上都有相當大的差異，而他們二者之間倒是有著相當多的共同點。譬如說，被胡風所痛詆的「客觀主義」，胡風等可以從茅盾、沙汀和姚雪垠等的作品中看出來，而另外的許多評論者也能從胡風最為讚賞的「主觀戰鬥精神」最強的路翎作品中看出來。何其芳當年與呂熒論爭「客觀主義」時，就曾證明路翎的《求愛》與被說成「客觀主義」的沙汀作品別無二致；李健吾是較早給予路翎作品較高評價的評論家之一，他在《三個中篇》裏這樣寫到，「我們翻開《飢餓的郭素娥》，恍如當著高揭自然主義的左拉的理論，我們不期而在這迢迢的中國為他找到一個不及門的弟子。」有的批評家還指出路翎小說《財主底兒女們》受到自然主義、客觀主義影響。進入新時期後，嚴家炎在一篇文章中論及所謂「客觀主義」的實質，他說，當年「批評家們所謂的『客觀主義』，實際上無非是現實主義的客觀描寫而已。今天，我們應當從這類『左』傾文藝思潮的束縛中解放出來」。（《求實集》）

姚雪垠與路翎都是現實主義作家，他們之間當然存在著「客觀主義」的共同點，答案就是這麼簡單。

然而，《大眾文藝叢刊》的這種不兼容不並包的態度，胡風無論如何接受不了。對反「客觀主義」的否定，無異於否定他在抗戰中後期全部的理論成果；而把他的理論主張與他所批判的「客觀主義者」和「主觀公式主義者」等量齊觀，無異於是對他所堅持的「現實主義道路」的嘲弄；尤其是那些措辭峻激的文章出自邵荃麟和喬冠華等人之手，更使胡風覺得悲憤莫名：他們早些年都曾受過他的影響，接受過他的理論術語和理論觀點，如今他們卻「反戈」了。胡風收到馮乃超寄給他的刊物，翻看了一下：

> 沒看內容，只看目錄就明白了八九。《對於當前文藝運動的意見》是對我而來的，但很多地方誤解了甚至歪曲了我的原意。更使我難以接受的是胡繩對路翎小說的批評。我感到有一種惡意的歪曲，一開始就給路翎定了調子，自然成了一無是處的小資產階級作者。

> 看到《大眾文藝叢刊》第二期《人民與文藝》，裏面有喬木（喬冠華）直接批評我的文章。使我不解的是，許多他自己（于潮）曾同意我的觀點，現在卻一起批判，但又不和自己聯繫起來。他能不負責任地忘了過去，我可要向讀者負責，不能今是昨非地亂說一通，

我必須慎重嚴肅地想想。

胡風的眼前出現一片沼澤，他覺得「我跑到一個沼澤裏面，蘆葦和污泥絆住我，我跌倒了，我看見我的血在地上流成了一個湖。」（但丁《淨界》，胡風《論現實主義的路》題頭語）倔強的胡風無論如何是不會自動放下思想武器的，他不習慣於「奴從」，他決心為捍衛「現實主義」理論的純潔性戰鬥到底。他花了三個月的時間，撰寫長篇論文《論現實主義的路》，寫成後交給文協會刊《中國作家》，紙型已經打好了，編委會卻不同意發表，於是他把紙型買了回來，由《希望》社印刷出版。

愈挫愈勇的胡風不但自己迎戰，也聯絡友人共同作戰。路翎的反擊文章也寫成了，題目叫《論文藝創作底幾個基本問題》，交給胡風審閱後，發表在北平《泥土》第 6 期（1948 年 7 月 20 日）。胡風還寫信給朋友們打氣：

> 現在，已經成了全面攻來之勢，由那些公子們一直聯到姚端木
> 之流。主要對象就是幾個人。……（筆者略）看情形，還要愈加猖
> 獗下去。戰爭已經發動了，做得好，可以推進一步，否則只好丟開
> 不管，做自己的事情……〔註16〕

無辜的姚雪垠再次被捲入這場論爭中，成了雙方的箭靶。

胡風在《論現實主義的路》中，大不恭地把香港同人譏為住在「島球」上的「一般性的原則人」，而把最大的憎惡給了姚雪垠。他在文章中憤憤不平地寫道：

> 它們對於最惡劣的墮落文藝都可以和平共處，握手言歡，甚至
> 仗「義」辯護，但對於現實主義的這一點要求卻一直當作眼中釘，
> 好像不連根拔去不過成心安理得的日子，有時甚至跳起來或潛下去，
> 造謠中傷，借題發揮，向它塗上了泥污。

文章中他憂心忡忡地預測，在「一般性的原則人」的「反映活的群眾及其實際鬥爭」的鼓勵和縱容下，將來「主觀公式主義和客觀主義一定會興奮地抱著脖子結成『統一戰線』」，而已被打倒的姚雪垠這樣的作家一定會再次活躍起來：

> 一個說，本店雇有大批熟練的老師父和學生子，可以遵照圖樣，
> 造出大量傀儡來表演活的群眾及其實際鬥爭；一個說，本店聘有大
> 批上等的技師和助手，可以遵照指定範圍，拍攝大量照片來反映活

〔註16〕1948 年 9 月 27 日胡風致舒蕪信。

的群眾及其實際鬥爭。而且，如果要化裝富於肉感性，布景多添花樣景，還可以隨時敦請多年至交的高等化裝師兼布景師，蜚聲華洋兩界的姚雪垠博士們來客串相幫。

路翎在反批評文章中，極其憎惡胡繩把他的創作歸於「小資產階級」一類，他認為「小資產階級」中的徐志摩、姚雪垠、吳祖光、張恨水、梅蘭芳與他不能相提並論，前者是「沒有人民的內容的」，不管放在什麼地方都不可能好，因為他們的本質就是「投機」和「市儈」；而後者，是戰鬥的「小資產階級」，無論放在什麼地方，他們都會自覺地和工農結合，完成自身的改造：

> 「小資產階級的作家」，並不是一個絕對的範疇，無論就出身說或思想要求上說，都是如此的。例如，在嚴格的階級意義上講的小資產階級作家（像先前的徐志摩和現在的某些作家），他們原來就和工農敵對，怎麼會走到工農裏面去？例如，以人民，民主為投機手段的小資產階級作家（像姚雪垠之類），問題也就不能放在到不到戰場或工農中間去這個提法上面。例如，面對現實，有進步要求的，在創作裏面追求這個時代的人生真實的小資產階級作家，他們和人民的結合有強有弱，他們帶著的本階級的弱處或多或少，但他們是在鬥爭著的，像現在的許多作家，那麼，他們和工農的更強的結合也不可能是一律地直接地到戰場和工農中間去，而是推動他們通過他們的各種道路各種過程來加強他們在生活上在創作上的鬥爭，也就是和工農的道路的匯合的鬥爭，等等。

> 這樣的原來沒有人民的內容的作家，即是拖到戰場上去，也是不中用的。姚雪垠之流不就是戰場上回來的麼？而原來就從人民裏成長，服從著他底脫離本階級的歷史要求的戰鬥的作家，是到處都是戰場，到處都在鬥爭。

> 他們更應該記著，他們那個「首先，是對於自己的批判」裏面所輕描淡寫地指出來的抗戰期間在文藝底統一戰線問題上，在文藝思想要求的問題上所犯的錯誤，正就是由於他們自己底縱容；那時候，被他們現在所歪曲的這個主觀的精神要求即內在的真實的思想戰鬥要求，正是堅決地反對著那一切錯誤的。反對著對姚雪垠之流的色情文藝和市儈路線的縱容，反對著放棄思想要求去和張恨水梅蘭芳的「統一」，反對著他們即在現在也一字不提的，在城市工作中

最主要的戲劇這一部門底特別的墮落，反對著對才子神童吳祖光之
流的縱容的。現在他們收穫果實了吧。卻仍然那樣地輕描淡寫，這，
就不能不是對於歷史和人民的罪惡！（路翎：《論文藝創作底幾個基
本問題》）

路翎的這篇文章是胡風的文章的有力補充，令人驚詫的有三點：第一，他
斷然地把姚雪垠等作家判定為從來就壞，而且不堪改造，不知有什麼根據；第
二，他們竟自詡為不需要自我改造，這種優越感不知從何而來；第三，他們不
僅自認為是抗戰文藝運動中正確路線的代表，而且把所有的問題都歸罪於黨
的文藝領導，這種自信何由產生。

姚雪垠同樣是被批判者，但他當時並沒有站出來替自己辯護。他瞭解胡
繩，素來欽佩胡繩的才華。胡繩對他的批評雖則嚴厲，但他始終把胡繩當作「諍
友」。他最大的遺憾是，胡繩在撰寫這篇批評文章時竟沒有看到《春暖花開的
時候》的第三分冊，在第三分冊中，小說所表現的社會生活場景已漸次展開，
各種矛盾的衝突日趨激烈，人物性格的多層面發展已現端倪，絕非「三女性」
可以概括。筆者曾多次訪問過姚雪垠，他談到這個問題時，總是喃喃地說：「要
是他看到第三分冊就好了。」當筆者繼續追問胡繩當年為什麼要苛評這部作品
時，姚雪垠笑著說，去看看胡繩在《評姚雪垠的幾本小說》後面的「附記」吧，
那裡寫得很清楚哩。轉錄「附記」全文如下，以饗讀者：

我在文章裏批評了雪垠的《春暖》這部小說，同時也是批評著
自己。因為這本小說的初稿是在一九四○年我所主編的一個雜誌上
連載過的。我所特別引出的《春暖》中的兩段文字中的前一段（黃
梅初次見到林夢雲的笑容）就是在初稿中有過的。足以證明在初稿
中已經充分表現著這種有害的傾向。──現在我沒有這雜誌，所以
不能作詳密的檢討。──但當時我不但沒有能看出朋友的缺點，反
而無形中支持了這一傾向。雪垠在以後擴大和修改它的初稿時，顯
然是更充分發展了這一傾向。因此直到最近，我讀了這部小說的單
行本後，我覺得，無論對於雪垠，對於讀者，我都有義務提出這樣
的包含自我批評在內的嚴格的批評。

姚雪垠的《春暖花開的時候》構思於 1939 年湖北老河口，那時姚雪垠在
第五戰區長官司令部掛名秘書，胡繩在戰區報紙《鄂北日報》擔任編輯。閑暇
時，兩人總愛呆在一起，談天說地。姚雪垠小說的「三女性」有兩個是有原型

的，談天時，姚雪垠愛把構思中的情節當作故事來講，胡繩常常幫他進行人物形象或思想心理分析，以豐富人物塑造。1940 年胡繩去重慶主編《讀書月報》，致函姚雪垠，要求把小說先給他發表，姚雪垠欣然同意。這部小說在《讀書月報》上連載了一年，直至皖南事變發生刊物被迫停刊。

歷史總是不能迴避的，無論是什麼人。遙想當年，當那麼一大批進步文化人站在南海之濱，翹首期盼著新中國的誕生，他們多麼渴望滌盡身上的一切小資產階級的影響，以適應那嶄新的人民的世紀。他們或許對別人有所苛求，但對自己又何嘗不是更苛責。他們覺得，他們在反動派的壓迫下艱難地開展著的進步文藝運動，其成果不能與根據地（解放區）的《李有才板話》和《王貴與李香香》相比，他們多年努力探索的理論成果不能與毛澤東的《在延安文藝座談會上的講話》煌煌大論相比。他們站在那越來越逼近的新世紀面前，頗有點自慚形穢，頗有點無地自容，他們否定國統區的抗戰文藝運動成果，他們否定自己的奮鬥歷史，也否定別人的血肉搏鬥，他們惟恐自己不純粹，也惟恐別人不真誠，所謂「清算」，所謂「整肅」，不都是為此嗎？然而，這種「自發」的「清算」和「整肅」運動，也只算得上是一個序曲，真正的大戲還沒有開始呢。

我們是否可以這樣說，第一次文代會上，茅盾所作的關於國統區文藝的總結報告，其謙恭與壓抑就是從這裡來的；解放初期，胡風奔走南北，得不到合適的安排，怨氣愈大，終於釀成悲劇，其根源也是從這裡來的；路翎後來的作品動輒挨批，姚雪垠更被視為異類，其原因也是從這裡產生的；再後來的反右，再後來的文革，都與有關方面對知識分子的著意摧殘及知識分子的自我貶抑有關。小資產階級的帽子從此就像孫猴子頭上的那道金箍一樣戴在了中國知識分子頭上，只要如來佛念一下緊箍咒，就被折騰得死去活來。

1948 年的最後幾天，胡風終於被蔣天佐勸離了上海，乘船馳向香港。「島球」上的「一般性的原則人」仍未放棄說服胡風的努力，邵荃麟委託樓適夷找胡風懇談，要求胡風放棄「自己一套」，胡風斷然拒絕，樓適夷黯然而返。胡風拒絕了文委對他的最後一次挽救。

十、不甘寂寞

香港與上海大戰落幕了，似乎並沒有勝利者，但失敗者卻有一個，那就是被雙方拋棄的姚雪垠。

1948 年的姚雪垠孤零零地留在上海，沒有誰來「挽救」他，更沒有誰來

找他談一談。他被拋棄了。他在想些什麼，做些什麼呢？

姚雪垠是打不倒的，他不怕孤立。他常說，沒有誰能打倒誰，只有自己才能打倒自己。他深知，作為一個文學家，最可怕的不是別人的批評，而是自己寫不出東西來。作家的生命是自己的作品，哪怕人不在了，生命仍然在作品中延續。晚年，他把這個信念凝結成了兩句話：「生前馬拉松，死後馬拉松。」

1948 年的上海，就像一艘即將沉沒的船，國共兩黨，能離得開的都離開了。姚雪垠去到高行農業學校教書，與其說是謀個飯碗，不如說找個住處。面對著即將來臨的時代大交替，他早已忘了自身的榮辱，他在想，他應該為這偉大的歷史變革留下點什麼。

他仍埋頭創作。他寫了一個電影劇本——《萬里哀鴻》——表現 40 年代中原的一場餓死數百萬人的大饑荒；他發表了《杜甫與李白的友誼》，這是計劃中的《杜甫傳》的準備；他創作了《崇禎皇帝傳》和《明代的特務政治》，雖著意影射蔣家小朝廷，卻成為以後創作《李自成》的張本。但，他總覺得不夠，還應該再做點什麼。忽然，他有了一個大計劃。

他有一個叫孫陵的朋友，正在上海辦一個叫《文藝工作》的刊物，此君前文已經提及，也是極富傳奇色彩的人物。他是東北流亡作家，抗戰前夕來到上海，以報告文學《邊聲》蜚聲文壇；抗戰爆發後，曾在三廳就職，在郭沫若手下當過機要秘書；還去過延安，因與藍蘋（江青）的舊關係未被接納；回到內地後投身戰區文化工作，曾與姚雪垠、臧克家一道參加過隨棗戰役，有《突圍記》傳世；曾任過《自由中國》的主編，發表過毛澤東的題詞；40 年代與巴金交厚，在桂林創作出長篇小說《大風雪》；東北光復後，受反蘇事件的刺激，轉而反共，1949 年赴臺灣。

就是這個孫陵，姚雪垠由於投稿的關係，和他交往甚頻。孫陵與他交談中，常談起未來的打算，大陸呆不住，便到臺灣去，還吹噓說他有辦法在臺灣找到房子云云。說者無心，聽者有意，姚雪垠靈機一動，就說，你能找到房子，那就幫我找一間吧，上海盤間房子都要金條，真是居大不易。孫陵一口應允，答應稍待時日便有好消息。

孫陵晚年在《我熟識的三十年代作家》中談及此事，他說，「雪垠非常想來臺灣而不能來，真是一個悲劇」，還發表了姚雪垠當年寫給他的信的影印件：

　　陵兄，臺灣事望加緊進行，因在滬找房子實在困難極了，沒有
　安定住處，什麼也談不上。弟已託人在杭、蘇、錫等地進行。但因

非假期，殊少希望。好在只有一個人，伙食費用錢還可維持，問題只是在住處，如臺灣萬一不行，杭州張××處是否可借住一個月？

　　祝文安

弟雪垠　上

　　下星期一下午去虹口一帶，當至兄處

　　孫陵哪裏知道，姚雪垠託他在臺灣找房子，根本不是害怕左派作家對他的打擊，更不是對共產黨的失望，他不是想在臺灣找個避身之處，而是想去臺灣考察一番，為另一部長篇小說作準備。

　　姚雪垠的這個非常浪漫的創作計劃，只有極少數朋友知道。1948 年 3 月，河南的一個老朋友因事來上海，與他盤桓數日。閒聊中，老朋友告訴他，解放大軍已經進逼到黃泛區一帶，家鄉馬上就要解放了，他這次來上海會過朋友後就轉程去北平，伺機投奔解放區，他勸姚雪垠同他一起走。不料姚雪垠卻笑了起來，他告訴這位老朋友，他準備到臺灣去，朋友大吃一驚。姚雪垠便分析道，內戰已經全面爆發，雙方力量對比已經發生了變化，解放大軍決不會與蔣家朝廷搞南北分治，看看上海的局勢，國民黨支撐不了多久了，解放全中國是遲早的事情，老蔣已經開始在經營臺灣，臺灣海峽的大戰勢不可免，處在這個天翻地覆的大時代，一個作家要是不能用作品來表現真是太可惜了，這是一個大題材，大題材！他要到臺灣去考察一番，搜集寫作資料，戰後便可以寫一本長篇小說。老朋友只當他在開玩笑，因為他深知姚雪垠誇張的個性，卻不料姚雪垠真的已經託人在臺灣找住處了。

　　姚雪垠委託了孫陵，孫陵卻有辱使命。孫陵沒有想到，國民黨的達官貴人早已狡兔三窟，臺灣的住房比上海還要貴，像姚雪垠這樣的窮作家，根本不可能租到像樣的住房，姚雪垠慢慢地死心了。

　　日子一天天在等待中過去，解放大軍已經壓到長江一線。國民黨匆忙把金銀財寶、文物檔案撤往臺灣，一批親蔣的文化人也隨之撤離。此時，孫陵也決意渡海，姚雪垠得知後，極力阻撓。孫陵回憶說：姚雪垠等「對我的反共活動痛加斥責，認為我是『頭腦頑固』，或是『愚蠢無知』，或是『不能適應時代潮流』，或是『法西斯少壯派』」，孫陵還猜測道，「他曾經勸阻我前來臺灣的動機，也許是自動的，也許是被動的，當時共黨急盼『解放』京滬，他是否已為上海匪黨工作，我不能斷定，但其目的為投匪邀功，則無待研究。而當時像他這樣作為的人，何止千萬？」

姚雪垠當然並非如孫陵想像的那樣，企圖「投匪邀功」，他本來就曾是共產黨的一員，後來由於某種原因脫黨，但一直與黨的組織有著聯繫，開封時期是這樣，重慶時期是這樣，上海時期也是這樣。他對未來的人民的世紀充滿熱愛和憧憬，正如他在《記盧鎔軒》東方書社版的「再版序」中所寫：

> 初版時，內戰正開始進行；再版時，內戰已接近尾聲。初版時，我的故鄉正顫慄在最頑強的、野蠻的、半封建的反動勢力的血腥的統治之下；再版時，那兒的一切反動政權和武裝組織，早已被人民解放的洪流沖毀無餘。初版時，我的心何其沉重；再版時，我站立在東海之濱，遙望中原，默默的為故鄉祝福，我的心啊，何其興奮而輕鬆！

> 本書所寫的是故鄉人與故鄉事。如今，故鄉的人民正在翻身，不知又出現了多少可歌可泣的英雄故事。我將歸去，同他們生活在一起，用火焰一般的句子，寫出來他們的傳記！（1949 年 4 月 22 日作）

姚雪垠剛剛放下修訂後的《記盧鎔軒》，不幾天，上海戰役打響；5 月 23 日晚，解放大軍攻進上海。上海解放了。

十一、幸與不幸

大陸解放後，共產黨關心文化事業，建國前夕便召開全國文學藝術界代表大會。在文代會籌備委員會的名單中有胡風，在上海出席文代會的名單裏卻沒有姚雪垠。胡風是幸運的，姚雪垠是不幸的。然而，幸運的人有幸運人的煩惱，不幸運的人有不幸運人的煩惱。幸與不幸，誰知道？

從 1949 年到 1954 年，黨和政府給予了胡風相當高的政治待遇——全國政協委員，全國文聯委員，中國作協常委，華東文委會委員，全國人大代表——卻沒有一個實職。而姚雪垠只享有普通公民的權利——先是在上海大夏大學任兼職教授，後代理文學院院長並兼任副教務長，後調回河南文聯當專業創作員——沒有一個虛銜。

胡風為不能參與新中國文藝領導核心而煩惱，為得不到組織上的信任而憂慮，為自己及周圍的作家不能發揮作用而焦慮。而姚雪垠為不得不參加下鄉土改而奔忙，為不得不趕寫通俗的宣傳讀物而煩躁，為不能撰寫計劃中的「農村三部曲」而飲泣。

　　胡風不得志，他認為這一切全是文壇上的「渺小的恩怨關係」造成的，中央全不知情，只要情況通天，馬上雲開日出。他於是密切地「窺視」著政治動向，看準中央七屆四中全會後提倡黨內批評和自我批評的時機，遞上精心撰寫的三十萬言書。姚雪垠也不得志，他把自己所蒙受的不公正待遇小部分歸咎於當地的文藝領導，大部分歸於自己的創作成績。他於是日夜盼望能在創作上打一個「翻身仗」，發奮地寫作，一邊寫上級布置的任務，一邊寫自己熱衷的題材，挨批了便作檢討，檢討過了再照樣幹。

　　1954年，胡風的「三十萬言書」通了天，他樂觀地等待「老先生」（1954年11月25日胡風給方然信，老先生指毛澤東）改變文藝政策。卻不料，「老先生」下定決心要打擊「資產階級唯心主義的文藝思想」，年底號炮響起，「我們必須戰鬥」，胡風束手就擒。也是在這一年，姚雪垠秘密創作的《白楊樹》已有二十餘萬字，他興沖沖地送給當地文藝領導審閱，期望領導從此改變看法，讓他從繁瑣的「趕任務」中解脫出來。卻不料，領導痛斥小說「沒有描寫共產黨的領導」，要他停筆。一氣之下，姚雪垠流著淚，把全部小說稿付之一炬。

　　反胡風運動開始後，當地文藝組織按照中央的部署，組織過多次作家座談會，姚雪垠也曾叨陪末座。他在會議上像其他所有作家一樣憤怒聲討著胡風的「反動言行」，也許他有點興災樂禍，也許他有點落井下石，但他確實對胡風不滿，他無法對胡風不不滿。我們試想，倘若當年姚雪垠與胡風換個位置，胡風會不會也這樣做？答案也許是肯定的。

　　興災樂禍也罷，落井下石也罷，歷史就是歷史。人不能因為明天出太陽今天就不打傘，更不能因為躲不過明天的那一劫今天便自絕。同是在批胡風運動中，胡風的老友樓適夷也無法不因為自己僥倖逃脫而「興高采烈」，他在回憶錄中老老實實地寫道：

> 　　有人找我談話，1946，47年在上海《時代日報》工作時，為什麼發表了「胡風分子」那麼多文章。果然「東窗事發」，這一回不是隔岸觀火，而是火燒到身上來了。其實那時《時代日報》除了我這個副刊，還有水夫編的一個《星空》，算起來也發表不少這類稿子。《時代日報》負責的是姜椿芳，三個人檢討得不壞，《文藝報》發表了，《人民日報》也轉載了，而且都得到了稿費，便聯合在北京的陳冰夷、林淡秋「時代」同人五個人到四川飯店大吃了一頓。吃得酒

> 醉飯飽，高興自己過了「關」，可沒想到胡風怎麼在過日子。(樓適
> 夷:《記胡風》)

順便再寫幾句，樓適夷等僥倖過「關」的緣因，是因為另有一人頂了罪，那人便是當年《時代日報》派往胡風處拿稿件的小編輯顧征南。顧征南因胡風事件當了二十五年的反革命，直到 1980 年才知道真正的原因。他到上海去看樓適夷：

> 雖然他已年過七十，但仍如以前那樣坦率。他一見我說，「反胡
> 風的運動」時，因胡風與《時代日報》的關係，「我們老姜、冰夷、
> 水夫自然要揭發、表態，就把一切責任都推到你的身上，我們的批
> 判稿在《人民日報》上發表，拿到稿費，幾個人去吃了一頓，」說
> 完哈哈大笑，我聽後真不是滋味。(顧征南:《我所認識的胡風先生》)

解放後的歷次無端的政治運動，就像是一塊又一塊磨石，逐漸磨平了知識分子的棱角。他們真以為自己是一撮毛，非要附在一張什麼皮上不可。胡風是如此，姚雪垠又何嘗不是如此呢？

我們無意苛責前人，我們也無意無視前人，歷史就是歷史，不是隨人心願打扮的小姑娘。個性使然也罷，時勢使然也罷，私欲也罷，派別也罷，話語可以隨風而逝，而文字卻是刻在石板上的東西。最無情的不是人慾，而是歷史。

胡風的晚年是無悔的，他最後的遺言卻是讓後代「不報文科！不報文科！」

姚雪垠的晚年是恬靜的，他含笑回顧了他的一生，說了一句俗語：「家雞打得堂前轉，野雞不打一翅飛。」

2000 年 5 月一稿

2002 年 7 月修訂

胡風「清算」姚雪垠始末 [註1]

一、抗戰文學代表作家竟無緣第一次文代會

1949 年 7 月，全國第一次文代會在北京隆重召開，來自解放區的與來自國統區的進步作家勝利會師了。此時，新中國尚未正式宣告成立，黨中央就率先召開這次文藝盛會，顯示了新政權對文藝的高度重視，與會的代表都把能參加這次盛會當作畢生的政治榮耀。

與會的文藝界代表有近千人，可以說，除了極個別政治上有嚴重問題的作家之外，幾乎所有稍有名氣的作家都被邀請參加了會議。有人注意到，抗戰時期享有盛名的作家姚雪垠卻不在代表之中。

幾十年後，有位作家在回憶錄中透露，當年姚雪垠攪進了一椿「公案」，「以致上海當時文藝界的一切公開活動都不邀請他參加。」

什麼了不得的「公案」，竟從政治上宣告了作家姚雪垠的死刑。為什麼事隔這麼多年，沒有一個人站出來澄清事情的真象，這是現代文學史上的一個謎！

為了解開這個謎，我們鑽進圖書館，在故紙堆中翻撿，終於，我們發現了！這椿「公案」與上世紀 40 年代胡風發動的「整肅」運動有著直接的關係！

讓我們揭開塵封的歷史檔案吧。

〔註 1〕 該文是《姚雪垠與胡風》的壓縮本，原篇長約六萬字，本篇不到一萬字，行文亦有所調整，載《炎黃春秋》2003 年第 1 期。

二、從「默殺」到「清算」

　　1946 年，《文藝新聞》第 4 期上發表了一篇署名「辛冰」的文章《我所知道的姚雪垠》，向讀者透露出姚雪垠已經遭到「清算」的消息。文章劈頭寫道：「姚雪垠的名字，大家諒不會生疏吧，他是一個「作家」，曾經以「進步」的招牌出現，現在終被清算，在近十年中，我親眼看見他成名，但，也看見他沒落，人世浮沉，真不堪想像呵！」

　　那時，有哪個讀者不知道姚雪垠呢？他的《差半車麥秸》得到文壇巨擘郭沫若、茅盾等的全力推薦，蜚聲海內外；《牛全德與紅蘿蔔》得到國共兩黨評論家的齊聲叫好，《文藝先鋒》甚至建議軍委會印刷數十萬冊下發各戰區；《春暖花開的時候》第一卷問世當年即再版三次，銷行數萬冊。如今抗戰剛剛「慘勝」，其創作被譽為「抗戰文學里程碑」的作家卻遭到了「清算」。讀者們驚呆了，紛紛投書編輯部，質問並要求解釋。

　　《文藝新聞》不是始作俑者，「清算」運動也並不是中華文協組織的，而是文協領導之一的胡風獨立發動的。胡風決定清算姚雪垠或許有著宗派主義情緒，或許有著敲山震虎的用意。但，我們敢肯定，「清算」之初，胡風與姚雪垠並沒有多少文壇「渺小的恩怨」，他們的反目不是出於私怨，而是出自某種歷史原因，其發展也有一個由緩而峻的過程。

　　1943 年以前，他們就像是兩顆方向相同而軌跡平行的流星，沒有碰撞的機會。

　　姚雪垠 1943 年以前的文章中寫到胡風的只有一篇，文章題目叫《談論爭》（1940 年），是探討新文學運動歷次論爭中的「戰略」和「戰術」問題的。在談及「默殺」這一戰術時，他提到胡風在「兩個口號的論爭」中「犯了宗派主義的錯誤」。1942 年 8 月，姚雪垠在《〈創作論初集〉後記》中不點名地批評胡風的文風，批評他「不肯通俗化」。

　　胡風在此前的作品中也從來沒有提到過姚雪垠的名字，但，這並不是說，胡風沒有注意到姚雪垠的作品，尤其是頗負盛名的《差半車麥秸》。作為抗戰文協的理論部負責人，胡風有責任關注抗戰文壇上的新動向，評價與推薦佳作。他確實這樣在做，但他繞開了姚雪垠的作品，也許是由於茅盾的評論在前的緣故，也許是覺得還不到發表意見的時候。

　　茅盾在《八月的感想》（1938 年）中給予《差半車麥秸》很高的評價，認為它塑造了「阿脫拉斯型的人民的雄姿」，塑造了「新的典型」。胡風當時是否

不同意茅盾的觀點，不得而知。直到 1940 年 1 月，胡風在《今天，我們的中心問題是什麼》裏才閃爍其詞地提出質疑，他這樣寫道：「批評不應止於提出哪些人物沒有被寫成不滅的典型，重要的是，要分析地說明殺身成仁的官吏、守節不屈的鄉紳、忠勇殺敵的士兵、游擊抗敵的群眾在創作上已經得到了怎樣的表現，那些表現為什麼還不能成為不滅的典型。」很明顯，胡風否定了前此兩年茅盾等肯定姚雪垠、張天翼等作品已經塑造出「新的典型」的結論。

這篇文章是胡風決意為「整肅文壇」埋下的伏筆，他寫道：「在現在的中國文壇，雖然一般地說，理論終於不過是紙上的理論，但如果我們想一想在創作態度上的某些傾向，批評家們對於某些作品的大膽推薦，那隱藏在這種理論後面的問題就不難推測了。」

姚雪垠並不知道他的短篇小說《差半車麥秸》已經牽涉到文壇上的歷史恩怨，更不知道一場風暴將要來臨，直到胡風「清算」的大棒打到了頭上，才恍然大悟胡風當年的態度正是他熟知的論爭戰術之一——「默殺」。

三、胡風怒斥「天才」

1938 年底至 1942 年年底，姚雪垠一直在第五戰區體驗生活。《春暖花開的時候》（1940 年）、《牛全德與紅蘿蔔》（1941 年）、《戎馬戀》（1942 年），都創作於這個時期。

胡風從未去過戰區，抗戰初期他曾寬容地讚揚過那些戰區作家，說他們是在「努力地用自己的方法向民眾突進」（1939 年）。抗戰中期，他卻這樣寫道：「戰爭初期，有些作家忽然到了前線，又忽然跑回後方，不幾天又跑上前線，……他們是把上前線去當作從前的進咖啡館了。這樣的作家當然不能寫出好的戰爭作品來。」（1942 年）他的這番話使那些上過前線的作家寒心。

姚雪垠並不是胡風所稱的「忽然」的作家，他在抗日前線呆了四年之久，直到抗戰的第 6 個年頭，才來到大後方。他受到抗戰文藝界的歡迎，國共兩黨的報刊都爭著發表他的文章。當年，文協改選，姚雪垠當選理事並任理論部副部長。胡風時任理論部部長，兩人成為同事。奇怪的是，我們在姚胡二人的回憶錄中找不到關於此段經歷的片言隻語。聯想到胡風此期對戰區作家的輕蔑態度，姚雪垠受到胡風等的冷遇，也不足為怪的。

姚雪垠性格鯁直，他不能容忍別人的冷眼。1943 年初，他在《新華日報》上發表了一篇題為《需要批評》的文章，該報資深評論家友谷撰文盛讚說：「他

站在一個文藝作者的立場上，所說的話是極其令人感動的。他指出一個作者不要過於自私，也不要過於自恃，要能虛心，同時又要自信，這的確是接受批評的基本態度。」但是，很少有人注意到此文的真正用意，且看另外一段，「目前文壇上只見創作，不見批評，不管作品好也好，歹也好，大家默然。從表面上看，文壇上風平浪靜，一團和氣。但是這種現象的骨子裏卻很壞，它會使這文壇荒蕪起來。好的作品沒人提到，沒人注意，往往使有前程的作者在悠長而艱辛的旅途上感到寂寞，甚至也許會感到疲倦。」他是在渲瀉鬱積心中的對胡風等批評家「默殺」態度的不滿。

《新華日報》黨的文藝工作者彌補了姚雪垠的這個遺憾，安慰了姚雪垠的「寂寞」。這一年裏報社組織了三篇評論姚雪垠創作的文章，兩篇出自友谷，另一篇出自語言學家鄭林曦，他在文章中稱讚姚雪垠為「最肯花費匠心來使用中國大眾語文的作家」，「在文學語言創造上，有了燦爛的新成就」。可見，至少在這一年，中共文藝核心對姚雪垠是充分信任和肯定的。

姚雪垠任職文協期間，是否與胡風有過衝突，我們不敢臆測。我們找到了他的一份年度工作報告，題目叫《論目前小說的創作》（1944 年初），曾在文協「辭年懇談會」上宣讀過。姚雪垠在文中高度評價了抗戰小說界的現狀，還寫道：

> 今日要期望早一點有天才出現，就必須給天才以成長條件；要期望早一天有偉大作品，就必須給偉大作品的出現以便利。

胡風主持會議，對姚雪垠的總結未置一詞。早在 1942 年底，他便認為抗戰文壇到了「逆流」期，而姚雪垠的評價卻相反；姚雪垠在報告中為天才所進行的呼籲，更引起他心中的反感。於是，他寫了一篇題為《天才》（1944 年 9 月）的雜文，對姚雪垠加以嘲諷：「自信是天才，也可以的，但不能老是『懷才不遇』地喊著我是天才呀，你們不優待我呀……對於敵人，這不算是什麼戰法，對於友人呢，恐怕只能算是市儈主義了：我是天才呀，與眾不同呀，你們為什麼不出高一點的價錢呢？」

胡風文中雖未點名道姓，但，「重慶文藝界一提起『天才』來，無人不知就是雪垠！」陳紀瀅在回憶錄中饒有風趣地描寫過姚雪垠的「天才」表現：

> 雪垠有才則唯恐人不知，如後來回到重慶，每逢大小會議，他必發言，發言往往不中肯綮，只賣弄他的能言善道。有一陣子，他往往以《易經》上的幾句話開講，「易有太極，是生兩儀，兩儀生四

象，四象生八卦，八卦定吉凶，吉凶生大業。」然後再講到寫作的技巧等等……「寫作技巧」又與《易經》何干？但雪垠往往就這樣雲山霧沼，幾乎要從開天闢地、鑽木取火、茹毛飲血講起，你說他不是發瘋嗎？

至於胡風在文中挖苦的索要高價的「天才」，卻另有故事。1943 年下半年，文協聯合作家呼籲提高稿費，據說開會商議時，姚雪垠曾附議尊重出版界按不同標準支付稿酬的慣例，最後，會議還是決定提出「千字斗米」的鬥爭口號，而姚雪垠的附議也傳出去了，引起某些人的反感，於是謠諑隨之而來。作家孫陵記錄了這樣一則傳聞：

> 重慶文協為了稿費問題曾經開會討論，文協底口號是「千字斗米」，而雪垠則主張應有分別，並且為了加強他的主張，他提出「妓女」為例。在開會時提出這種比較，誠然荒謬，而且不倫不類，他這樣說道：「譬如逛窯子吧，紅姑娘底價格，就要比年老色衰的窯姐兒高幾倍！」（《我熟識的三十年代作家》）

這則傳聞不可信。後幾年胡風派狂轟姚雪垠時，到了捕風捉影的地步，卻沒有提及此傳聞，足見孤證不立。

四、中共整風，胡風「整肅」

1944 年初，毛澤東《在延安文藝座談會上的講話》被介紹到國統區。5 月，何其芳、劉白羽受中共派遣來到大後方，宣傳延安整風和《延座講話》精神，重慶文藝界整風開始。進步文藝界以「讀書小組」為組織形式，每組若干作家，由黨的文藝領導召集，批評和自我批評相結合，氣氛和風細雨。

姚雪垠參加了「讀書小組」，經受了批評。他在回憶文章中寫道：「1944 年的春天，《牛全德與紅蘿蔔》遇到了一次最深刻、最公正、最嚴肅，最使我感激難忘的批評。這次批評是採取討論會的形式，並沒有文章發表，至今我珍貴的保存著當時在幾張紙片上記下的批評要點。參加這次討論會的有茅盾先生，馮乃超先生，以群兄，克家兄，SY 兄。」

胡風也參加過類似的「讀書小組」。他在《再返重慶》中寫道，「乃超在鄉下召開了一次小型的座談會，是為了學習毛主席《在延安文藝座談會上的講話》……乃超約了十來個人，除他和我外，記得有蔡儀，其他人就不清楚了。」由於胡風的態度頗不合作，此後他便與讀書小組無緣，更沒有進行過

自我批評。

中共忙於組織國統區進步作家整風，胡風卻忙於抗戰文壇的「整肅」。「整肅」這個名詞見於胡風論文集《逆流的日子·序》，其中提到「急迫地要求著首先『整肅』自己的隊伍」云云。1944 年 4 月，胡風在文協第六屆年會上宣讀了一篇論文，題為《文藝工作底發展及其努力方向》，他認定各種「反現實主義的傾向」從「兩三年前開始了強烈的生長，現在正達到了繁盛的時期」，他把「反現實主義的傾向」歸納為三類：其一，「對於生活的追隨的態度」；其二，「對於生活的作假的態度」；其三，「對於生活的賣笑的態度」。胡風號召「要勝利就得發動鬥爭，發動在明確的鬥爭形式上的文藝批評」。這篇論文可謂開展「整肅」運動的動員令。

他開始組織彈藥，通過路翎聯繫北碚的青年學生，其中包括石懷池及後來被稱為「胡風派」的一些青年；他指示要清算的作家及作品，有時還指示清算的方法和要點。在他與路翎等人的來往信件中，被點名清算的作家有郭沫若、茅盾、巴金、曹禺、沙汀、姚雪垠、臧克家、碧野、嚴文井等，後來又增加了朱光潛、馬凡陀、陳白塵、許傑……等。

1944 年 7 月 24 日，石懷池批評姚雪垠和碧野的文章在《新華日報》發表。石懷池把他們的作品圈定為胡風所指的第三類，批評他們描寫了「帶有抒情意味的知識分子的緋色戀愛故事」。更有甚者，把沙汀的《困獸記》稱作「禽獸記」，把臧克家的《感情的野馬》說成「色情的瘦馬」等等。

這些不負責任的批評激起了文壇強烈的反彈情緒，茅盾等挺身而出，他率先寫出《讀書雜記》，有意與胡風等唱「反調」。茅盾提出，姚雪垠的《春暖花開的時候》「毛病主要不在內容而在結構上」，而且越寫越好，「第二、三分冊──特別第三分冊──在小鳥啾唧之中有金戈鐵馬之聲，甚至不妨說金戈鐵馬之聲終於成為基本的音調了。」

胡風第一輪攻勢受挫，但他並不灰心，積極籌備下一輪攻勢。1944 年底，《希望》創刊，胡風推出《置身在為民主的鬥爭裏面》和《論主觀》等論文，高揚起「反對客觀主義」的大旗，把「整肅」運動提高到與「機械──教條主義」作鬥爭的哲學的高度。胡風煞有介事的姿態引起了進步文壇的惶惑。黃藥眠等紛紛提出質疑。

正在領導國統區整風運動的中共文藝領導也警覺到胡風對整風運動的干擾，1945 年年初，馮乃超組織了兩次會議，與胡風討論關於「客觀主義」及

《論主觀》問題，胡風「沒有被說服」。問題鬧到周恩來那裡，集體會議與單獨談話雙管齊下，胡風仍然不服，但私下裏卻暗中調整鬥爭策略。且看胡風1945 年 1 月 17 日給路翎的信：

> 書評，好的。應該這樣，也非這樣不可。但我在躊躇，至少第二期暫不能出現，我不願意說，不管他們口頭上的恭維，在文壇上，我們是絕對孤立的。到今天為止，官方保持著沉默。而近半年來，官方是以爭取巴、曹為最大的事。這一發表，就大有陷於許褚戰法的可能，讓金聖歎之流做眉批冷笑當然無所謂，怕還會弄出別的問題。——恐怕管兄又已引起一些官僚在切齒了。所以，暫找別的典型的東西罷。《戎馬戀》、《幼年》都可以，可能時，望趕寫一兩則來。

此信的寫作時間正處在馮乃超與周恩來召集的會議之間。胡風可以無懼於「絕對孤立」的處境，但他不能不顧及黨的態度。經過深思熟慮，胡風決定對戰術目標作微小的調整，饒過巴金和曹禺，重點打擊姚雪垠等。

作家孫陵曾十分驚詫地寫道：「全面抗戰次一年，民國二十七年春天，姚雪垠以『農民作家』的頭銜，被共產黨人捧到九天之上。全面勝利前一年，民國三十三年冬天，他忽然又以『娼妓作家』，『色情作家』等等罪名，被共產黨人踩入九淵之下。」

事情是胡風做下的，卻讓「共產黨人」背了惡名，這是不公平的。

五、「小偷」與「色情」

「整肅」運動繼續深入（1945 年），在胡風的授意下，打擊的範圍從姚雪垠的《戎馬戀》《春暖花開的時候》逐漸擴大到《差半車麥秸》。胡風在給路翎的信中指出新的攻擊點：

> 信、稿都收到。能弄兩三則書評麼？或者把春暖花開先生追擊一下，賞給他一點分析。但這得追到什麼《半車》去，那是穿著客觀主義的投機主義，而且是從《八月的鄉村》偷來的。可惜找不到《八月的鄉村》。（1945 年 6 月 12 日）

路翎馬上動筆，寫成《市儈主義的路線》，化名未民，趕在《希望》第 3 期發表。他極力演繹胡風信中所指出的要點，毫不顧及論證之荒謬。為了證明《半車》是從蕭軍那裡「偷」來的，他說蕭軍筆下有個喜歡「吸煙袋」的農民，而姚雪垠筆下的農民也喜歡「吸煙袋」，這不是「偷」是什麼？為了證明姚雪

垠的作品是「穿著客觀主義的投機主義」，路翎更費了心機。按胡風一貫的表述，這是指作品的概念化。路翎便往姚雪垠的幾部代表作上扣政治概念，他挖苦地說政壇號召「描寫農民的轉變」，姚便創作《差半車麥秸》；政壇又號召表現「抗戰與進步」，姚便創作《戎馬戀》和《春暖花開的時候》。路翎質問：這不是「投機主義」又是什麼？

然而，路翎沒有按照胡風的要求「賞給他一點分析」，他為此分辯道：「這裡面並未涉及我們的現實主義的理論問題，同樣的沒有涉及文學的形式，內容的結構及語言的問題，因為，在我們的對象不是什麼痛苦的錯誤，而反而是市儈主義的時候，這些，都是距離得十萬八千里的。」

路翎如此鄙視姚雪垠，是因為他從《春暖花開的時候》中還看到了「色情描寫」，他從小說中摘錄了下面這段文字：

> 假如把羅蘭比做李商隱的詩，把小林比做達文西的畫，從王淑
> 芬的身上就不容易使我們感覺到藝術趣味。不過當少女們剛剛發育
> 成熟，縱然生得不美，只要不過分醜，對青年男性都有一種神秘的
> 誘惑力量。何況王淑芬同人說話時兩隻眼睛懶洋洋的，半睜不睜，
> 帶著三分睡意，二分媚態，自然也相當的能招人愛。

從此，胡風派便派定姚雪垠為「色情作家」。三人成虎，解放後的多本現代文學史因襲了這一說法，無不指責姚雪垠作品中有色情成分。

六、啃不動的「硬骨頭」

1944 年底，姚雪垠寫了一篇隨感，題目叫《硬骨頭》，文中慷慨激昂地表示：「想做一個文學家，必須有一把硬骨頭，吃得苦，耐得窮，受得種種打擊。」這是對關心他的讀者朋友的答覆，也是對胡風等的攻擊的回應。

姚雪垠的確有一把「硬骨頭」，胡風等的批評，如果說對他有所刺激，也不在那些嚇人的政治大帽子，而是對他的創作能力和潛力的輕視。路翎曾嘲笑他筆下的農民形象雷同。於是，姚雪垠放下了未完成的《春暖花開的時候》，開始創作《長夜》，他要證明給路翎看，他還能寫出具有新的性格的豫西農民。從某種意義上說，《長夜》是姚雪垠的「發憤之作」。

胡風等對姚雪垠等作家的「清算」，激起了強烈的不滿情緒，進步文壇議論紛紛，國民黨袖手旁觀。中共文藝領導覺得進步文壇打內戰，不利於集中力量打擊國民黨的文化專制主義，派喬冠華居中調解，卻遭胡風的拒絕。胡風在

回憶錄中寫到：

> 我看他（指喬冠華）還基本上是憑人事關係決定態度的。例如，
> 他對姚雪垠是抱有好感的（我當時沒有設想過姚雪垠是共產黨員），
> 向我提過打算約姚雪垠一道談談文藝問題，但我沒有回答他，還在
> 《希望》第一期上發表了尖銳批評姚雪垠的文章。等於給他吃了閉
> 門羹。（胡風：《文稿三篇》）

作為一個特立獨行的文藝評論家，胡風在理論的堅持和一貫性方面是令
人欽佩的，但他在實施文藝批評時注重於評估批評對象的「人事關係」，並以
此來決定批評對象的選擇以及批評的力度，這是他的一大弱點。後來，他之所
以放棄對郭沫若、茅盾、巴金和曹禺的批評，重點打擊姚雪垠等，也是出自「人
事關係」的考慮。卻不料，姚雪垠骨頭太硬，屢打不倒，胡風欲退不得，只得
硬著頭皮幹到底。

姚雪垠更大的惡運來了。

七、落井下石

1945 年年底，重慶文藝界突然傳出流言，說姚雪垠是國民黨特務。作家
孫陵在回憶文章中談到此事，把當年沸沸揚揚的情景寫得繪聲繪色，他寫到臧
克家、田仲濟及文協幹事梅林對這個流言的反映，更寫到姚雪垠的苦惱：

> 有一次，他忽然一定要留下來，要和我作徹夜長談。我便留他
> 住下來。那次談話最重要的一點，還是始終苦惱著他的特務問題。
> 他很忿慨地說：「從立煌回到重慶，周恩來請咱吃飯，當然是看得起
> 咱。後來不知為什麼，忽然開始打擊，連我在別的刊物上發表的稿
> 子，那個刊物到新華日報去登廣告。結果廣告登出來了，咱寫的文
> 章連項目帶名字，卻一筆勾掉了。既然收了廣告費，為何可以隨便
> 改動別人的廣告？這本來是可以打官司的。」「你為何不告發呢？」
> 我問道。他卻說：「我到新華日報找徐冰，質問他究竟是什麼原因？
> 徐冰說：『聽說你是特務！』當時我的眼淚刷的流了下來！」（《我熟
> 識的三十年代作家》）

孫陵的這段回憶十分準確，這樁飛來橫禍對姚雪垠的情緒有很大影響。我
們找到了姚雪垠寫於 1945 年 11 月的一篇文章，他寫道：

> 我的唯一的武器是一枝筆，我的最高希望是做釋迦牟尼，而不

是當強盜「殺人放火」。我希望人們不要以猜疑的眼睛看我……那種
猜疑的眼睛我害怕，那種離奇的謠言我害怕，所以單為著我的文學
事業，讓我也大呼著要民主，求自由！（《自省小記》）

姚雪垠在這篇文章裏表現得如此惶恐，正是被誣為「特務」之後的真實心
理反映。流言是從延安搶救運動中傳出來的，當年陝北抓特務成風，不堪刑訊
的人便亂攀亂咬，累及國統區的許多進步人士。姚雪垠 1946 年 5 月出川，途
經重慶，曾面見徐冰要求澄清，徐冰當然知道姚雪垠不是特務，但他也沒有澄
清的責任，於是，流言仍在蔓延。

胡風當然知道這個流言，他不會放過再一次痛擊姚雪垠的機會。胡風回到
了上海，住定後，興奮而緊張地編輯《希望》第 2 集，策劃著下一步戰鬥。

清算運動再起高潮。1946 年 3 月，《聯合特刊》發表《騎士的墮馬——評
姚雪垠著中篇小說〈戎馬戀〉》，對姚雪垠窮追猛打，這個刊物是左派刊物的大
本營。遠在廣州的《文藝生活》發表《評姚雪垠的〈出山〉》，質疑姚雪垠在戰
區的表現；《文藝新聞》更是連篇累牘地發表文章攻擊姚雪垠，其中最令人不
堪卒讀的是辛冰的《我所知道的姚雪垠》，辛冰在文章中編造了一個五毒俱全
的姚雪垠。

在胡風派群攻的浪潮中，惟有文協廣東分會的《文壇月刊》（1947 年秋）
發表了周斯畲的《「差半車麥秸」論》，為姚雪垠辨誣。載有這篇文章的《文壇
月刊》在上海發行二百本，被讀者一搶而空。

八、挑戰胡風

1947 年初，姚雪垠帶著《長夜》和《記盧鎔軒》的書稿，從河南來到上
海，這兩部作品是他反擊胡風派的武器。上海是戰後的文化中心，姚雪垠想在
這裡重振旗鼓。就在這時，「懷正文化社」的老闆劉以鬯伸出了援手，不但為
他提供住處，而且答應給他出選集。劉以鬯就是後來的香港著名作家，他開的
這家出版社定名「懷正」是為了紀念他的父親，與「蔣中正」沒有關係。

此後一年多，姚雪垠就住在出版社，安心地從事寫作。很快，《雪垠創作
集》共四種順利出版。然而，就是這個「懷正」文化社，就是這套《雪垠創作
集》，又引起了胡風等的新一輪攻勢。

這次戰役應該說是姚雪垠挑起的，事情出在姚雪垠為《雪垠創作集》所寫
的序言和跋上。他在「跋」中把幾年來蒙受胡風等攻擊的委屈情緒一古腦兒地

發洩了出來：

> 繼這個集子之後，我還有許多作品將陸續的，一部一部的拿出
> 來，毫不猶豫地拿出來。善意的批評我絕對接受，惡意的詆毀也「悉
> 聽尊便」。我沒有別的希望，我只希望這些表面革命而血管裏帶有法
> 西斯細菌的批評家及其黨徒能拿出更堅實的作品來，不要專在這苦
> 難的時代對不能自由呼吸的朋友擺擺。

這篇文章又名《論胡風的宗派主義》，載北平《雪風》第 3 期。據筆者所知，這是現代文學史上公開地系統地批評胡風派宗派主義的第一篇文章。

姚雪垠單人獨騎挑戰胡風，引起胡風的震怒，當即組織反擊。阿壟的文章不久就寫出來了，題目叫《從「飛碟」說到姚雪垠的歇斯底里》(1947 年 9 月)。文章發表後，阿壟把載有此文的《泥土》寄給胡風。胡風 9 月 22 日給阿壟的回信中寫道：

> 信和論四則都收到了。信，剛才斟酌了一下，日內和另一文同
> 時發出，這個公案算是告一段落，由他著慌去。當然，還可以在別
> 的地方爆發的。——這麼一來，他底生活關係完全弄清楚了。

請注意信中「公案」二字，姚雪垠當年的「公案」到此處已揭開謎底；還請注意「生活關係」四字，當年指的是黨派關係。胡風信中贊同阿壟在文章中暗示姚雪垠是「國民黨特務」，且讓我們從阿壟文章中摘引兩段：

> 姚雪垠的傑作又是在什麼出版機關出版呢？又住著什麼人的屋
> 子呢？

> 姚雪垠，簡單得很，一條毒蛇，一隻騷狐，加一隻癩皮狗罷了，
> 拖著尾巴，發出騷味，露了牙齒罷了。他的歇斯底里，就是他「刻
> 畫」了他自己的「性格」和「窮窘」。

不需要再加注釋，此時，胡風等人已認定「懷正文化社」是國民黨的文化機關，已認定姚雪垠是國民黨特務。

從一椿「莫須有」的流言，到鐵板釘釘般的宣判，姚雪垠危殆冤哉。

九、兩面夾攻

上海灘胡姚「內戰」正酣，卻不料香港正醞釀著一場風暴，那裡聚集著一批有組織的文化人，他們正準備以「整肅」回擊「整肅」，以「清算」回擊「清算」，徹底批判胡風的文藝思想。

1948 年，《大眾文藝叢刊》在香港創刊，編輯班子裏都是當年重慶黨的文藝領導，如喬冠華、邵荃麟、胡繩等。

我們特別注意到胡繩在《大眾文藝叢刊》上發表的兩篇文藝批評，一篇批評胡風最讚賞的作家路翎；另一篇批評茅盾最欣賞的作家姚雪垠。這兩篇文章可以說是刊物最有份量的文藝評論。胡繩在叢刊第一輯中批評路翎：「一面批判著知識分子，一面又用浮誇的自欺來迷糊知識分子真正向前進的道路」；但他在叢刊第二輯中更嚴厲地批評了姚雪垠，他認為《牛全德與紅蘿蔔》是一部「失敗」的作品，《春暖花開的時候》應該「受到最嚴厲的批判」，而《長夜》則充斥著「地主少爺的『浪漫』情調」。

胡繩是姚雪垠的老朋友，交往甚密，他不但瞭解《春暖花開的時候》的創作過程，這部小說最初也是在他主編的刊物《讀書月報》上連載的。胡繩如此嚴厲地批評姚雪垠，其中不無自我批評或自我洗刷的因素存在。胡繩批評路姚，好像是各打五十大板。其實，在胡繩等已接受毛澤東文藝理論的人們心中，「內戰」雙方的理論與創作都是要不得的，他們只是五十步笑一百步罷了。

在這些執有「新式武器」的對手面前，胡風難以招架，他覺得「跑到一個沼澤裏面，蘆葦和污泥絆住我，我跌倒了，我看見我的血在地上流成了一個湖。」（引自但丁《淨界》）

1948 年末，胡風極不情願地離開上海，從香港繞道華北。

被拋棄的姚雪垠留在上海，欣喜地聆聽著解放軍越來越近的炮聲。

十、幸與不幸

抗戰後期，胡風所發動的「整肅」運動是一把雙刃劍，既嚴重地傷害了姚雪垠等進步作家；更暴露出他的文藝理論與批評實踐的偏頗之處。他對姚雪垠等的清算只是他推上山的第一塊「西緒福斯之石」，而他與主流文藝思潮山崩地裂般訣別的底線就埋在這裡。

從 1949 年到 1954 年，黨和政府給予胡風相當高的政治待遇——全國政協委員，全國文聯委員，中國作協常委，華東文委會委員，全國人大代表——卻沒有一個實職。而姚雪垠只享有普通公民的權利——上海大夏大學兼職教授，代理文學院院長並兼任副教務長，後調回河南文聯當專業創作員——沒有一個虛銜。

　　從一般人的眼中看去，此刻的胡風是幸運的，姚雪垠是不幸的。然而，幸運的人有幸運人的煩惱，不幸運的人有不幸運人的追求。幸與不幸，天知道？

　　　　　　　　　　本文摘自《姚雪垠與胡風》，原文 5 萬餘字

2004 年

胡風與第一次文代會 [註1]

第一次文代會的位子是早就擺好了的，胡風坐了上去，心中有強烈的失落感

1949 年 7 月 2 日，「中華全國文學藝術工作者代表大會」（以下簡稱為「第一次文代會」）在北平隆重召開，來自解放區的革命文藝工作者和在國統區堅持戰鬥的進步作家會師了。此時，新中國尚未宣告成立，戰爭的硝煙尚未散去，中央率先召開全國文藝工作者的盛會，顯示了即將登上歷史舞臺的新生的人民政權對文藝的高度重視。參加這次盛會的代表原定 753 人，後增至 824 人。不同風格流派的、在黨與不在黨的，新文藝界與舊文藝界的文藝代表濟濟一堂。可以說，除了跑到臺灣及羈留海外未歸者，國內幾乎所有稍有名氣的作家都被邀請參加了會議。

第一次文代會開幕式的議程如下：「大會正式揭幕。總主席郭沫若致開幕詞。副總主席茅盾報告大會籌備經過。代表資格審查委員會負責人馮乃超報告資格審查情況。全體代表起立為獻身革命文藝工作而死難的先烈們默哀。來賓有朱總司令、林伯渠、董必武、陸定一、李濟深、沈鈞儒、及工農婦青各界等共三十餘人。朱總司令代表中國共產黨中央委員會，董必武代表華北人民政府和中共中央華北局，陸定一代表中共中央宣傳部，李濟深代表中國國民黨革命委員會，沈鈞儒代表中國民主同盟，葉劍英代表中共北平市委，北平軍管會及北平市人民政府，朱學范代表全國總工會，李秀真代表解放區農民團體，李德全代表全國民主婦聯，錢俊瑞代表新民主主義青年團中央及全國民主青年聯

〔註 1〕載 2004 年 7 月 1 日《南方周末》。

合會，先後向大會致賀和講話。華北軍區特種兵部隊參謀長李健代表部隊向大會獻旗。〔註2〕」

原國統區著名文藝理論家胡風出席了這次盛會，而且是大會主席團成員（主席團成員共有99人）之一，但未進入常務主席團17人名單。他在這天的日記中淡然寫道：「上午開幕式。十二時過散會。有一個農民老大娘致詞。」

在大會開幕式上發言的首長及各界代表共10人，胡風印象特別深刻的「農民老大娘」是解放區農民團體的代表李秀真。我們在「紀念文集」上看到了她當年的照片，50來歲，頭髮花白，身著月白色斜襟大褂，看外表，確實是一個典型的「農民老大娘」。然而，這位「農民老大娘」絕非等閒人物，她是游擊隊交通員、烈士母親、冀魯豫解放區農民代表，不僅有資格在文代會開幕式上致詞，還是稍後召開的新政治協商會議籌備委員會委員。胡風在此後的政治生涯中還有很多機會見到這她，她和胡風一樣，都是第一屆全國政協代表，也都是中國人民政治協商會議共同綱領草案整理委員會的委員。後來，胡風在長詩《光榮贊》中，歌頌過這位與「子弟兵母親」戎冠秀齊名的女英雄，捎帶著還抒發了自己的感慨（後來被批判為「牢騷」），詩中有這樣一段：

> 你好幸福！我和你同坐在會場裏／我聽著你的聲音／我沒有意思去找你談話，打擾你／但我好像懂得你的一生／把你想成了「堅強」的化身／感受到鬥爭在你身上喚醒了的智慧／你搖一搖手說：／「像孟姜女／我們不要！不要！……／這是一點靈光／讓精神戰線上的一切列兵去體味吧！／我們新生的祖國／我們英勇的人民／要雄大／要廣闊／要悲壯／也要溫柔和甜蜜／但不要那些／古老情調的靡靡之音／不要那些／皮笑肉不笑的不死不活／口應心不應的陰陽怪氣／更不用說那些／牛頭不對馬嘴的謊話／擠眉弄眼的肉麻當有趣了／刮掉它們／像刮掉舊中國身上和毒瘡一樣／把它們刮個乾淨！……

7月3、4、5日，分別由郭沫若作總報告《為建設新中國的人民文藝而奮鬥》，茅盾作關於國統區文藝的報告《在反動派壓迫下鬥爭和發展的革命文藝》，周揚作解放區文藝的報告《新的人民的文藝》。

〔註2〕引自《中華全國文學藝術工作者代表大會紀念文集》，中華全國文學藝術工作者代表大會宣傳處編，新華書店發行，1950年3月。下簡為「紀念文集」，不另注。

　　胡風這幾天的日記同樣非常簡略。7 月 4 日茅盾報告的當天，日記中提到：「上午，由茅盾作國統區報告，還是胡繩、黃藥眠所搞的那一套。」

　　7 月 6 日，會議第 5 天，周恩來在《政治報告》中高度評價第一次文代會的勝利召開，祝賀這兩支革命的文藝大軍的勝利會師，他還特別提到：「抗日戰爭期間在國民黨統治區域成立的中華全國文藝協會，也就是今天的大會發起團體之一，除了很少幾個反動分子被淘汰以外，那個團體的文藝工作者幾乎全部都團結在新民主主義的旗幟之下，並且他們的主要代表人物也幾乎全部都來參加了這個大會。」

　　周恩來提到的「抗日戰爭期間在國民黨統治區域成立的中華全國文藝協會」，準確地說，其前身是 1938 年在武漢成立的「中華全國文藝界抗敵協會」，抗戰勝利後，去掉「抗敵」二字，改名為「中華全國文藝協會」。抗戰時期，其主要負責人（總務部主任）由民主作家老舍擔當。抗戰勝利後，老舍接受美國國務院邀請赴美，其職務由葉聖陶繼任。在整個抗戰時期和續後的解放戰爭時期，文協始終是國統區進步文藝家的統一戰線組織。胡風在這個團體中長期擔任研究部主任，負責文藝理論工作。

　　首倡召開文代會的是郭沫若。他是中央宣布的繼魯迅之後的中國新文化的旗手，抗戰時期歷任國府軍委會政治部第三廳廳長，文化工作委員會主任，還是中華全國文藝界抗敵協會發起人之一兼常務理事。據史料記載，召開文代會動議的緣起如下：「3 月 22 日，華北文化藝術工作委員會和華北文協舉行招待在平的文藝界的茶會，郭沫若先生在會上提議：發起召開全國文學藝術工作者大會以成立新的全國性的文學藝術界的組織。全體到會文藝工作者都表示贊成。接著，就由原全國文協在平理事監事和華北文協理事聯席會議產生了一個籌備委員會，負責進行召開全國文代會的一切準備工作。」

　　在黨中央集中統一的領導下，一個高效率的工作班子迅速組建起來。3 月 24 日籌備委員會舉行第一次會議，正式宣布成立。郭沫若任籌備委員會主任，茅盾、周揚為副主任，沙可夫任秘書長。常務委員 7 人，籌備委員 42 人〔註3〕。

〔註3〕 第一次文代會籌備委員會常委為郭沫若、茅盾、周揚、葉聖陶、沙可夫、艾青、李廣田。籌備委員為郭沫若、茅盾、周揚、葉聖陶、鄭振鐸、田漢、曹靖華、歐陽予倩、柳亞子、俞平伯、徐悲鴻、丁玲、柯仲平、沙可夫、蕭三、洪深、陽翰笙、馮乃超、阿英、呂驥、李伯釗、歐陽山、艾青、曹禺、馬思聰、史東山、胡風、賀綠汀、程硯秋、葉淺予、趙樹理、袁牧之、古元、于伶、馬彥祥、劉白羽、荒煤、盛家倫、宋之的、夏衍、張庚、何其芳。

胡風不是常務委員，只是一般的籌備委員。

　　中華文協總部抗戰勝利後定址上海，1949 年 3 月 25 日，宣布從上海遷至北平。文代會籌委會的成立實際上意味著中華文協退出歷史舞臺，但這樣一個曾在中國文藝運動史上發揮了巨大作用的全國性的文藝組織，在完成其歷史使命後竟然沒有舉行一個稍微過得去的結束儀式，不能不給曾經在它的旗幟下團結戰鬥了十餘年的文藝家們留下深深的遺憾。

　　胡風於中華文協遷址的後一天，3 月 26 日，奉命兼程從華北趕到北平，躊躇滿志地準備參與「新文協」的籌建工作，不料，卻事與願違。他在「三十萬言書」中這樣寫道：「在李家莊，周總理囑我到北平後和周揚丁玲同志研究一下組織新文協的問題；但舊文協由上海移北平的決定恰恰是我到北平的前一天公布的，到北平後沒有任何同志和我談過處理舊文協和組織新文協的問題，我是十年來在舊文協裏面以左翼作家身份負責實際工作責任的人，又是剛剛從上海來，但卻不但不告訴我這個決定的意義，而且也不向我瞭解一下情況，甚至連運用我是舊文協負責人之一的名義去結束舊文協的便利都不要。這使我不能不注意這做法可能是說明了文藝上負責同志們對我沒有信任。」

　　他似乎以為，按照周總理的安排，結束「舊文協」和籌備「新文協」的工作都應該由他領銜進行，卻不料先期有人代勞，這頗出乎他的意料。也許，身處李家莊的周總理並未介入新政權文藝領導班子的組建工作；也許，有關人員從一開始就沒有要與胡風「研究一下」的意思。這無疑給熱情洋溢的胡風潑了一瓢涼水，他覺得十分懊惱：日夜兼程地趕來，還是晚了！既缺席於文代會籌備委員會的組建，又昧於中華文協的遷址，更被排斥在籌委會的決策圈之外。

　　胡風的不滿也許不無道理，但也不能排除存在著某些誤解。就他所提到的「結束舊文協」的工作，最理想的人選當然是作家老舍，但他還未從美國歸來，但葉聖陶已早於 1949 年初接受中共中央的邀請，由上海經香港到達北平。葉是著名的民主人士，又是五四文學前輩，由他牽頭，會同已在北平的原中華文協常務理事，海內外知名的左翼人士如郭沫若、茅盾等，由他們來完成這項歷史使命也並無不可。再如「新文協」的籌建，籌委會似乎也充分考慮過胡風的歷史功績，儘管他缺席籌委會成立大會，仍被內定為委員之一。這個安排體現出新生政權的文藝領導對他的重視；然而，他卻沒有進入常委會名單，這又多少表現出上層對他的估計不如他自己估計的那麼高。

　　在「舊文協」中，胡風始終自信是中共文藝路線的實際執行者，是「左」

翼方面的代表，充當的是團結中間派老舍、壓制右翼份子姚蓬子、抵制反動派
張道藩、王平陵的重要角色。他不無理由地相信，周總理在李家莊的託付是讓
他在「新文協」中擔當重任。然而，當他兼程趕到北平後，突然發現自己的位
子擺放在文代會的決策圈之外，他的驚詫是可以想像得到的。他幾乎無法承受
這種輕慢，可以說，其後他對文代會工作的怨言、牢騷和不合作態度，很大程
度上都與此有關。

位子已經擺好，胡風坐了上去，但他心中有強烈的失落感。

**胡風本應「忙起來了」，但他並不忙，也不願忙；用他自己的話來形容，
便是自願「消極」**

胡風曾抱怨，「到北平後沒有任何同志和我談過處理舊文協和組織新文協
的問題。」然而，據胡風抵達北平當天的日記，就在這興奮而忙碌的第一天，
他見到了「新文協」領導班子的幾乎全體成員，如郭沫若、周揚和沙可夫等，
如果談話中沒有涉及「組織新文協」的事情，簡直不可想像；他也見到了「舊
文協」的幾位主要負責人，如葉聖陶、茅盾、周建人、侯外廬等，如果談話中
沒有涉及「結束舊文協」的事情，也同樣不可想像。此後數天，他在與文藝界
新知舊雨的頻繁交往中，仍有機會聽到有關新舊文協的事情。況且，3 月 30
日，即胡風抵達北平的第 4 天，他曾與周揚長談近一個小時，更不可能沒有談
到有關新舊文協的事情。由此可見，胡風的抱怨有些並不符合實際情況。

胡風抵達北平十天後，籌委會便為胡風安排了四項工作：《文藝報》編輯
委員會編輯委員（委員共 3 人，另兩人為茅盾、廠民），章程起草及重要文件
起草委員會委員（委員共 11 人），小說組委員（召集人是葉聖陶），詩歌組委
員兼召集人（另一召集人是艾青）。職務很多，工作具體，夠他忙一陣子的。
然而，胡風卻並不忙，甚至不願忙，用他自己的話來說，便是「消極」。

《文藝報》是國家級的文藝理論刊物，負有指導全國文藝工作的責任，其
主編位置相當重要，絕不亞於抗戰文協的「理論研究部主任」。按道理說，給
胡風安排這個位置是非常恰當的。據胡風回憶，《文藝報》主編的任命是在 4
月 15 日召開的常委擴大會議上由茅盾宣布的。然而，卻遭到他的婉拒，其原
因據說是由於：「開會之前沒有同志和我談過，這次會周揚同志又沒有參加，
但突然由茅盾同志在會上提出的時候，連人事安排都已事先擬好了。由於我的
消極情緒，由於這麼一個重要的工作卻是這樣被突然地提了出來，我感到了非
常惶惑，不敢馬上接受。」

　　《文藝報》不是同人刊物，它的人事安排當然由籌委會常委會事先研究決定。至於這項任命應該由誰來宣布，並不能成為問題。茅盾與周揚同為籌委會副主任，周揚不在場，茅盾來宣布，這是很自然的事情。胡風的「惶惑」從何而來呢？如果僅僅出於不瞭解黨的組織工作程序，當然不足為怪，但如果其中夾雜著歷史恩怨，就有因私廢公之嫌了。然而，胡風卻一直賭氣，堅決要辭去《文藝報》的主編職務，無論茅盾如何努力轉彎說合，他始終不鬆口。4月日記中有關此事內容便有以下數則：「（4月17日）廠民、茅盾來談《文藝報》事，我堅辭主編責任。」「（4月18日）上午，訪沙可夫談辭去《文藝報》編輯事。」「（4月26日）晨，茅盾來，還是要我不辭《文藝報》事。」「（4月29日）茅盾送來《文藝報》第一期稿，我沒有看。」「（4月30日）晨，被茅盾吵醒，又是《文藝報》的編輯問題。」茅盾的耐心及胡風的賭氣，都躍然紙上。

　　1993年，李輝採訪胡風夫人梅志，問及這一段歷史。兩人對話如下：

　　　梅志：總理點名要胡風和嚴辰主編《文藝報》。在當時情況下，辦這樣一份指導文藝工作的雜誌，沒有周揚的幫助，怎麼可以呢？找他辦登記證，也不理睬。胡風的心冷了，知道這是在刁難他，實際上也不讓他做。他馬上就放棄了這個打算，結果還說他挑剔工作，與周揚鬧彆扭。

　　　李：周恩來知道這件事的發展嗎？

　　　梅志：有一次胡風同他談到安排工作，總理說：「你不是在編《文藝報》嗎？」胡風說沒編，他很奇怪。」《與梅志談周揚》）

　　這段對話中有許多疑點：既是周總理點的將，胡風的「堅辭」就毫無道理；既是中央決定辦的報紙，斷沒有「登記」受阻的問題；既然從未接手報紙工作，也就談不上「放棄」。參看胡風4月20日日記，有「廠民來，要填表去登記《文藝報》，我辭謝了」的記載。由此可見，梅志並不瞭解其中的曲折。

　　籌委會給胡風安排的另外一項工作是擔任文代會「章程起草及重要文件起草委員會」委員。該委員會主任是沙可夫，委員有葉聖陶、馮乃超、胡風、陽翰笙、周揚、茅盾、胡繩、黃藥眠、鍾敬文和楊晦等，秘書是康濯。茅盾和胡風負責起草國統區文藝運動報告，能夠參與起草工作的可能還有胡繩、黃藥眠和楊晦。從起草到定稿，其間有近兩個月時間。但此時，胡風的表現已不能用「消極」來形容，而是「抵制」。開過第一次會後，胡風便開始「逃會」。籌委會不得不請出馮乃超來作說服工作，接著茅盾又親自登門敦請，

效果都適得其反。

6月9日，國統區報告草稿寫成，胡風審閱後表示強烈不滿。於是，秘書長沙可夫拖著丁玲（丁玲並不是委員會成員）來徵求意見，繼而康濯來，馮乃超來，皆奏無功。胡風認定報告草稿的基調是對他的「污蔑」，當然，更拒絕參與文件的修改定稿工作。幾年後，他在「三十萬言書」中抱怨道：「第一次草稿給我看過，我當時表示有意見。後來要改寫，康濯同志來說，改寫了還要給我看。但實際上並沒有。」

康濯當時任起草委員會的秘書，晚年，他在《〈文藝報〉與胡風冤案》中饒有興味地談到國統區報告起草的始末：

> 第一次起草小組會上胡風就生了氣，會後向我表示再也不參加小組了。我莫名其妙，根據黨的指示幾次去北京飯店他的住址拜訪，請他一定繼續參加。有一次還碰見黨的老一代文藝家、胡風的老友馮乃超同志也去動員胡風繼續參加報告起草的討論，但他始終不同意。不過馮乃超同志在場時我總算搞清楚了胡風一怒而堅決拒絕再與會的理由所在，是由於第一次會上茅盾同志發言中講過一句，說是可惜邵荃麟、林默涵等同志還在香港而沒到北京，不然這個報告的起草當會更順利一些這樣的話。這個話我記得，但卻不懂，馮乃超同志向我解釋，說因為邵、林等同志在香港批評過胡風，所以胡風一聽茅公提到此話，就以為是指如果邵、林來了，報告中就能更順利地批評他胡風了。後來我曾委婉地向茅公轉述胡風意見和顧慮，茅公說他不是那個意思，而主要是說邵、林對國統區桂林和重慶時代的文藝情況還熟悉，並說只要胡風來參加起草小組會，他可解釋說明。然而胡風的態度始終不變。這不能不使我感到他確有點長期形成的宗派情緒。

在康濯看來，委員會中並沒有人有心排擠胡風，也沒有人不願意聽取胡風的意見；茅盾之說充其量只能算是「該來的沒來，不該來的來了」笑話的現代版；胡風卻因此生氣，拂袖而去。康濯說的也許都是事實，然而，問題並不在此。文代會報告中對於國統區文藝運動的總體評價及對胡風文藝思想的批判態度，早在一年前香港文委創辦《大眾文藝叢刊》時就已經在黨內達到了基本的統一。因此，無論胡風是否積極地參與國統區報告的起草，是否進行了充分的「解釋說明」，起草委員會也不會完全採納他的意見。至於個人之間的歷史

積怨在多大程度上影響了這件歷史文件的形成，還當另議。

不過，胡風還算比較完整地參加了小說組和詩歌組的活動。小說組和詩歌組設立的初衷是為抗戰時期的文藝作品評獎，但胡風認為，在對國統區文藝狀況的基本認識尚未統一之前，這樣做是草率的：「我曾向周揚同志進言過，當時頂好不要評獎，萬一要評獎就專獎解放區的。我當時覺得，萬一評獎得不妥，不但在文藝實踐上要產生負的影響，甚至在政治上也要受到損失的。」他「進言」的理由不夠充分。抗戰八年，文藝成就蜚然可觀，如不表彰，如何向國人交代；而且，任何評獎都不可能萬無一失，如果強調「萬一」，還要上綱到「政治上」，那就有因噎廢食之嫌了。然而，在胡風的堅持下，小說組和詩歌組的評獎工作均無疾而終。不能不指出，胡風的「進言」嚴重地影響了國統區報告的起草，這個報告實際上完全迴避了對「整個抗戰期間的作品」的評價，無論是張天翼、姚雪垠、路翎的小說，還是臧克家、綠原的詩歌，或是郭沫若、老舍的劇本，報告中均一字未提。後來的研究者常驚詫於國統區報告的「蕭條」，豔羨於解放區報告的「繁茂」，胡風對國統區文藝評獎工作的抵制是造成這強烈反差的重要原因之一。

其實，早在國統區報告草擬之前，胡風就已決定以「消極」態度對待各項工作，他在 1949 年 4 月 26 日給路翎的信中這樣寫道：「沒有做任何事，現在在等開文協代表大會，沒有法子不參加，所以只好在這裡等。但我不提任何意見，只能如此也應該如此。」然而，他對籌委會各項工作的「消極」和「抵制」，無疑會影響上層人士對他的看法，這是他始料不及的。

於是，開始有人竊竊私語，胡風的「消極」，胡風的「抵制」，到底是為什麼？這些閒言碎語終於傳到他的耳朵裏，他在日記裏並非漠不關心地寫道：「（5 月 18 日）上午艾青來，談了一會，說我情緒『消極』。」「（6 月 13 日）吳清友來閒談了一會。說是有人說，我到解放區以後見人不大講話。」「（6 月 28 日）到華北文藝社，與田間、歐陽山閒談，他們給了我很多忠告。」

按其本性，胡風其實是不願「消極」和「抵制」的，只是嫌「位子」沒有擺好，加上詩人的敏感氣質，師心任氣，率性而為，造成了這樣的後果。影響既出，他變得越來越敏感。到了文代會召開的前幾天，他的敏感幾乎到了病態的程度。他的日記中有數則這樣的記載：「（6 月 27 日）到丁玲處閒談了一會。雪峰來彙報，他們一道『去一個地方』，我趕快一個人走了出來。」「（6 月 28 日）昨晚去了一個地方的人，臉色全變了，避免和我談話。」「（6 月 30 日）

上午，到懷仁堂開文代會預備會。已見過的人避不講話，新見到的人，有的很親熱。」

6 月 30 日召開的是文代會開幕前的預備會，胡風「突然」發現他人（組織）對他的態度發生了質的變化。但，他依然沒有反躬自省：是他人（組織）有意識地聯合起來排斥自己，還是自己的不合作態度終於被他人（組織）所厭棄。事有因果，不究因只求果，是會走進死胡同的。組織上態度的轉變，成了胡風的又一個解不開的心結，幾年後，胡風在三十萬言書中重提此事：「從開會前幾天到會議進行中的大半時間內，負責的同志們忽然都避開我，見了一個也不打招呼，面對面了頂多只是勉強招呼一下而已。」

在這次預備會上，通過了文代會常務主席和正副總主席及主席團名單。總主席：郭沫若。副總主席：茅盾，周揚。常務主席團十七人：丁玲、田漢、李伯釗、阿英、沙可夫、周揚、茅盾、洪深、柯仲平、郭沫若、曹靖華、陽翰笙、張致祥、馮雪峰、鄭振鐸、劉芝明、歐陽予倩。胡風沒有進入常務主席團，但被定為主席團成員之一（主席團有 99 人）。

近年來，有些研究者為了維護胡風「思想鬥士」的形象，不願論及文代會籌委會的「位子」對他的情緒和命運的實際影響，這種善意的顧慮其實是沒有必要的。當年，胡風因「位子」而鬧情緒之事盡人皆知，胡喬木曾規勸過他，說「這不是論功行賞」。仔細品味話中含義，令人回味無窮。冒昧地說，若真個「論功行賞」，胡風的位子也只能如此擺；請看常務主席團名單，葉聖陶尚且不在其中，他是「舊文協」的一把手，而胡風只是其下一個部門的負責人！

如果再將籌備委員會常委會名單與文代會常務主席團的名單對比參照，更可以清楚地發現，內定的文藝領導圈子前後有著一致性。可見，中央最初考慮共和國文藝領導人選時已把胡風排除在外，儘管胡風堅信周總理把他「劃在左的一邊」，實際上他的身份只是被團結的民主人士，即重要的統戰對象。

胡風的位子是早已被決定了的，並不取決於他在文代會籌備期間的態度和表現，更不是他的主觀願望所能改變的。

文代會閉幕了，胡風悵惘地走下主席臺，他如入無物之陣，荷戟四顧，不禁愴然

第一次文代會於 1949 年 7 月 2 日開幕，7 月 19 日閉幕，會期共 17 天，中間有若干次休會，實際開會時間為 11 天左右。

會期中，胡風的不滿情緒更加強烈，尤其在聽過茅盾的關於國統區文藝情

況的報告之後。他曾在回憶中提到這樣一個感人泣下的插曲：「樓適夷同志來看我，責備我不該不提意見，說會幾乎開垮了，要毛主席周總理親自出來才挽救了回來，使黨受到了太大的損失，說著就伏在桌子上痛哭了起來。他這單純的熱情也使我感動得流了淚。」此事是否真實，時間上有無誤記，還有推敲的必要。

毛主席和周總理蒞臨文代會是在會議的第 4 天，即 7 月 6 日，這一天的會議由阿英任主席，「紀念文集」有這樣的記載：「下午兩時周恩來副主席蒞會，作報告。大會進行中，有北平市兒童團的獻花，北平市國劇公會代表葉盛章、張曼君、徐東來等七人的獻旗。七時二十分，在周恩來主席將要結束報告時，毛主席突然蒞臨會場，並作了簡短的講話，全場歡聲雷動。」

周總理作《政治報告》是會議議程中早就定好的，並不是臨時請來的，報告也是事先寫好了的（何其芳參加起草），言辭間沒有「挽救」會議的意圖。毛澤東「突然」來到會場，即興地講了幾句話，純粹是表示祝賀，話語中也沒有「挽救」會議的表示。前三天的會議議程，分別由郭沫若作大會總報告、茅盾作國統區文藝運動報告、周揚作解放區文藝運動報告。代表們即使對上述三個報告有意見，也不會馬上表現出來；即使需要胡風「提意見」來挽救會議，那也應該在 7 月 8 日大會進入分組討論和自由發言階段之時或之後。然而，那又與周恩來和毛澤東的蒞會拉不上半點關係了。

毫無疑問，胡風在回憶文章中對文代會進程的描述有失準確。他對文代會的不滿情緒不是能夠單單從茅盾的報告中就可以找到答案的，還應該追溯得更遠一點，追溯到籌備委員會為他安排的位子，追溯到香港《大眾文藝叢刊》對他的理論的批判，追溯到抗戰時期進步文壇內部若干次論爭，追溯到抗戰前夜的「兩個口號的論爭」，追溯到 1933 年前後因「典型」問題與周揚的分袂，甚至可以追溯到 30 年代初他與周揚一起把《現代》全部撰稿人都打成「第三種人」……當然，最近的最直接的原因還是「位子」問題。

胡風一直自信而且自得地居於「左」的立場、地位和處境。他沒有想到，黨組織始終只是把他視為「重要的統戰對象」（民主人士），這與他的自我估計有著相當大的距離。組織對待愛國民主人士的方針早已確定，簡言之，即「團結、利用、改造」。胡風沒有自覺地意識到他所居於的地位和處境，而當他一再要求得到更為主動的歷史地位時，他的「主觀戰鬥精神」不可避免地一再受挫，這是他的命定的悲劇。

召開第一次文代會的主要目的之一，是借鑒蘇聯的經驗，將文藝界知名人士安排進各種名義的官辦組織（單位）中，或給一個榮譽頭銜，或給一個顯赫的位子，安頓下來，組織起來，形成合力，保證黨的文藝路線和政策方針的施行。從某種意義上說，這是件好事，可以結束文藝界人士在舊中國飄泊無依的生活狀況；然而，從另外意義上說，這是「輿論一律」的第一步，藝術家自由思想和自由表達不能不受到有形和無形的束縛。

7 月 14 日，中華全國文學藝術工作者代表大會通過《中華全國文學藝術界聯合會章程》，全國文聯自此日宣告成立。郭沫若任主席，茅盾、周揚任副主席，常務委員 21 人〔註4〕。胡風僅列名全國文聯委員（共 87 人）。

全國文聯機關刊物《文藝報》「編輯委員會」正式確定：編輯委員是茅盾、胡風、廠民；幹事是董均倫、楊黎、侯民澤、錢小晦。

中華全國文學工作者協會同時宣布成立，茅盾任主席，丁玲、柯仲平任副主席〔註5〕。胡風為常務委員（共 21 人）。

僅從上述人事安排來看，上層對胡風的安排仍算是妥當的，充分顧及了他的革命資歷，也兼顧了他的理論工作和編輯工作的特長。

對於第一次文代會的功過，各種版本的文學史都有詳盡的評價。統而言之，此次文代會是中國當代文學的發軔，大會制訂的文藝路線和政策將深刻地影響 20 世紀的中國文學的進程，其組織方式塑造了其後幾代作家的生存方式和思維方式。周揚在解放區文藝工作報告中明確指出：「毛主席的《在延安文藝座談會上的講話》規定了新中國的文藝的方向，解放區文藝工作者自覺地堅決地實踐了這個方向，並以自己的全部經驗證明了這個方向的完全正確，深信除此之外再沒有第二個方向了，如果有，那就是錯誤的方向。」

胡風對這次文代會評價甚低，他說「在文代會期間和以後，一般都是不滿意的。情形很混亂。這不滿意當然有各種各樣的動機，但我卻遭受到了一種比那以前更嚴重的情況。」此時胡風考慮問題的出發點更多地是從個人際遇上著眼，尚不能慮及建國初期的文藝方針政策是否存在著偏頗之處，如，「文藝為

〔註4〕 全國文聯常委為郭沫若、茅盾、周揚、丁玲、曹禺、沙可夫、趙樹理、袁牧之、田漢、夏衍、蕭三、歐陽予倩、陽翰笙、柯仲平、鄭振鐸、馬思聰、李伯釗、洪深、徐悲鴻、劉芝明、張致祥。
〔註5〕 中華全國文學工作者協會常委為茅盾、鄭振鐸、丁玲、巴金、艾青、沙可夫、曹靖華、趙樹理、蕭三、周揚、馮雪峰、柯仲平、胡風、何其芳、馮乃超、馮至、歐陽山、劉芝明、俞平伯、黃藥眠、鍾敬文。

工農兵服務的方向」、「文藝為黨的中心工作服務」及「普及第一」的大眾化文藝運動。因而,他的意見並不具有較高的普遍性。

第一次文代會閉幕了,胡風悵惘地走下主席臺。在新政權建立之前的文藝界的集體亮相中,他是自願地站到「消極」和「抵制」一方的代表性人物。直言之,他與主流文藝思潮山崩地裂般訣別的底線就埋在這裡,而激化與變質則是在若干年後。從此以後,他銳利的筆鋒所針對的不再是過去的具象的個人,而是不可把握的組織實體,他如走入無物之陣,荷戟四顧,不禁嗆然。

2004/6/22

胡風為什麼要寫「三十萬言書」[註1]

內容提要：

　　胡風「三十萬言書」的醞釀與他前兩年所遭受的種種冷遇有關，他不知道周總理對他的問題有過「以觀後效」的批示，誤以為純屬周揚等的挾私報復。1954 年初，他受到中央反對高饒集團鬥爭的啟發，在上書中揭發以周揚等為首的文藝界的「非黨」的「獨立王國」，期望借助體制的力量一舉摧毀周揚等的「宗派主義統治」。

　　胡風的「三十萬言書」不是一天寫成的，其醞釀至少要追溯到 1952 年下半年中宣部主持召開的「胡風文藝思想討論會」。這次內部的「討論會」，原本是胡風與彭柏山商議後主動提議的，擬將與周揚等的所有矛盾「攤」開，作一徹底解決。然而，由於會議召開前出現的變數，迫使他不得不由昂揚進取轉變為委曲求全，沒有主動地點燃火藥桶的引子。他期望以「微笑聽訓」為代價得到對方的諒解，以解決「工作和組織問題」，願望雖然部分實現，內心卻感到無比的鬱悶。他企望以五年為期開創出文藝的新局面，於是以最大的耐心服從領導，默默地坐在「冷板凳」上。但在第二次文代會前後，他受到了更多的冷遇，有限的耐心逐漸失去，鬱悶開始發酵。1954 年初，中央對高饒事件的處理給他以很大的啟發，他認為，黨既然不允許高饒非黨「獨立王國」的存在，那麼也絕不會放任周揚的宗派主義小集團坐大，於是憤然撰寫「三十萬言書」，將與周揚等的宗派糾葛提高到與「非黨」和「反黨」鬥爭的高度，促使文藝思想鬥爭變質為政治鬥爭，以致釀成無法收拾的嚴重後果。

[註1] 載河北《文史精華》2004 年第 9 期。

（一）在胡風強烈要求下，1952 年中宣部召開了「胡風文藝思想討論會」。由於形勢陡轉，胡風不得不收斂起鬥爭的鋒芒，改而「微笑聽訓」，這是他為了解決「工作和組織問題」而自願付出的代價，但「示人以弱」的結果卻終非所願，他感到十分的鬱悶

　　1952 年 7 月，胡風奉命從上海來到北京，參加中宣部主持召開的「胡風文藝思想討論會」，這是一場尚未開始便已決定勝負的文藝思想交鋒。

　　這場「內部討論」雖是胡風與彭柏山商議後於 4 月 23 日向路經上海的周揚提出來的，當初還頗讓對方下不了臺。然而，7 月 6 日，當他接到周揚邀請來京討論的通知時，形勢卻已經發生重大的逆轉。肇端當然是舒蕪突然的「反戈」，他自說自話的《從頭學習〈在延安文藝座談會的講話〉》始載於《長江日報》（5 月 25 日），表述中牽扯到了關係密切的朋友們。不久，《人民日報》轉載了這篇文章，胡喬木撰寫的「編者按」第一次公開點出了「以胡風為首的一個文藝上的小集團」的大名；更令胡風懊惱的是，他從消息靈通人士那裡得知，舒蕪在「上層」的授意下又寫成了兩萬字的長文《致路翎的公開信》，已經寄到《人民日報》，揭發的內容將比第一篇更加「深入」，云云。舒蕪的這兩篇文章嚴重地挫傷了胡風的自信，更影響了他的心緒，事後，他憤怒地將失敗的責任歸罪於舒蕪，譴責道，「事，是誤在他手上，他欺了人，也欺了『天』！」（1952 年 12 月 28 日胡風致綠原信）

　　啟程前，胡風看到了剛出版的《文藝報》刊載的兩篇「讀者來信」，文中敦促他「認真檢討文藝思想」並「改變對批評的惡劣態度」。他確信這兩位「讀者」都是杜撰的，但還是寧願相信周揚等只是在鬧「空城記」。抵達北京後，這個幻想徹底破滅。是周揚（不是別人！）前來傳達了周總理關於「討論會」方針的指示：「不要先存一個誰錯誰對的定見，平心靜氣地好好地談」，還是由周揚（不是別人！）轉來周總理的覆信，信中指示：「如能對你的文藝思想和生活態度作一檢討，最好不過」，並提示道：「舒蕪的檢討文章，我特地讀了一遍，望你能好好地讀它幾遍。」此時，他還不知道周揚已經讀過他給毛主席和周總理的信，也不知道周揚已致函總理澄清了上海面談的經過，更不知道總理所作的批覆，當然不會認同周揚後來根據總理批示對他採取的「清算」、「批評鬥爭」和「改造」等一系列措施。

　　胡風儘管被蒙在鼓裏，但已痛切地感受到與組織對抗的困難，「以一員對全體」（1952 年 6 月 9 日胡風致路翎信）畢竟是紙面上的豪言。於是，他放棄了「工作和組織問題」一攬子解決後再「住北京」的初衷，決心委曲求全，只

要不被撇在華東，哪怕「到北京坐冷板凳」，「代價」再大也在所不惜。既抱著委曲求全的想法，便決定了「微笑聽訓」（1952 年 7 月 24 日胡風致綠原信）的態度。交鋒尚未開始，胡風實際上已經棄械投誠。其後，他不停地忙於寫各種「檢討」和「交代」。「討論會」於當年 9 月 6 日、11 月 26 日、12 月 11 日、12 月 16 日斷續地開了四次。正式會議召開之前，胡風便遞交《對我的錯誤態度的檢查》。開過第一次會後，他又送上《關於〈希望〉的簡單報告》、《關於舒蕪和〈論主觀〉的報告》（10 月 6 日），並撰寫「阿 Q 供詞」（即《一段時間，幾點回憶》），趕在第二次會議前交出。此時的胡風恰如魯迅筆下的阿 Q，努力地想把圓圈畫得圓而又圓，但實際上已經於事無補。

周揚等完全把握了胡風的心理弱點，在最後一次會議上，他聲色俱厲地斥責道：你不是急於「要解決工作和組織問題」嗎？那麼，就得先在「文藝理論上『脫褲子』」，承認是反黨的『路線』」，而且「結論得你自己做」。胡風的回答出奇地緩和，他說：「經過這一次，同志們坦白地說出了對我的意見，我感到愉快，但當然還要繼續檢查，作出結論，在工作中去認識並改正錯誤，請同志們相信我……」

胡風的謙恭當然是緩兵之計，他早就認定周揚必定要為歷史舊賬而要他付出相應的「代價」，這個代價並不是「理論問題」，而是「態度」。會開完了，「代價」付出了，他覺得有理由要求工作的權利了，便於 12 月 27 日及 12 月 29 日先後找林默涵和周揚商談「工作問題和搬家問題」，他的急切使周揚等感到非常「意外」。

胡風認為以「微笑聽訓」為「代價」就能滿足對方求勝的欲望，然而，他想錯了！1953 年初，林默涵和何其芳的批判文章公開見報。發表前，林默涵致信胡風，希望他能把會上承諾的「結論」（公開檢查）「快些寫出來」。對方的步步緊逼使他無所措手足，遂於 1 月 28 日到中南海拜訪中宣部副秘書長邵荃麟，承諾「公開檢查」的文章在「搬家以後兩個月內」寫出，並鄭重地提出「申請解決組織問題」的要求。誰知邵不為所惑，毫不含糊地指出，檢討文章事「他去商量一下看」，入黨事「等檢討了自然會有人」找他談。

委曲求全固然情非所願，但至少解決了來北京的「工作問題」（周揚原則同意將他安排在《人民文學》），解決了全家移居北京的問題，雖然不可能馬上解決「組織問題」，但至少給領導留下了「要求進步」的印象。胡風在「討論會」上的表現應該如何評價，他為「住北京」所付出的「代價」是否值得，這

是一個應該繼續研究的問題。一年後，胡風在「三十萬言書」中回顧自己在「討論會」上的表現，不無慚愧地寫道：

> （在討論會上）我卻完全被周揚、胡繩、林默涵、何其芳、馮雪峰等同志，尤其是周揚同志底完全是代表黨中央的態度、做法和口氣所壓服……因而只是想通過同志們向黨交待應該交待的我自己的問題，由這初步地滿足周揚同志等底要求，希望同志們允許我參加工作，恢復我的能夠從事文字勞動的條件。今天檢查起來，在全部經過中間，我沒有犯過原則性的錯誤，但我沒有勇氣提出以至堅持周總理底指示，沒有堅決地依靠可以提出不同的意見這個思想鬥爭的原則，沒有能夠為黨中央有可能來檢查文藝實踐情況爭取一點任何正面的條件，這是我深深感到內疚的。

胡風並不是能被權勢輕易「壓服」的人，忽略其間的曲折和驚心動魄的思想波瀾，並不是唯物主義者的態度。

（二）1953 年，胡風得到了許多深入生活接受「改造」的機會，繼而被安排在《人民文學》坐「冷板凳」，這本是中宣部根據周總理批示而作的有計劃的安排，而他卻誤以為是周揚等挾私報復。第二次文代會上所受到的冷遇，使他的有限的耐心差不多到了盡頭，心中的鬱悶開始發酵變質

1953 年 2 月 15 日，就在林默涵的批判文章已經公開發表，何其芳的批判文章尚未見報時，中宣部向黨中央報送了《關於批判胡風文藝思想經過情況的報告》，報告中提到對胡風的工作安排，認為他已不宜在《文藝報》中擔任職務，建議先讓他在全國文協任職，將來再考慮是否讓他「參加文協的創作委員會或《人民文學》的編輯工作」。

3 月 5 日，周總理批示：「對胡風的方針和態度正確。已告中宣部應該堅持下去，繼續對他的思想作風和作品進行嚴正而深刻的公開批判，但仍給工作，並督促其往前線、或工廠與農村中去求鍛鍊和體驗，以觀後效。」

此時，中央對胡風的信任度已經降到了新的最低點。然而，胡風不知道這些內情，他聽從了朋友的勸告，儘量地「從大處著想」，付出代價不要緊，只要「做好這帶路工作，避免傷亡，通過這開闊地」，便是勝利。2 月 3 日，他偶有所感，步魯迅《慣於長夜過春時》原韻，得詩兩首，其一如下：

> 又值京華歲暮時，偶拈落髮見新絲。今醒昨醉皈真路，瀝血嘔心剩短詩。同歷風雨不爛石，但憑歡樂仰朱旗。江南冀北春如一，

紅燭光前各換衣。

上半年，「醒」過來的胡風一門心思地找房、看房、買房、修房。為買房，他請動了北京的「土地爺」老舍；為修房，他商議於邵荃麟；為託運，他請教葛一虹；閑暇時，有牌打便打牌，有戲看便看戲，有請吃便去吃，儼然「求田問舍」的大好佬模樣。

一晃便到了 5 月，沙汀通知他參加「歸俘作家訪問團」，並說是「周總理點名的」，於是欣然隨團前往。在東北呆到 6 月底，忽接到邵荃麟搬家通知，遂返回北京繼續裝修新居，在庭院中栽花樹四棵，「蟠桃一、杏樹一、丁香一、梨樹一」，擬自號「四樹堂」，朋友及時提示有「四面樹敵」之嫌，於是撤銷此議。

8 月初，全家遷來北京。定居後，即被安排到《人民文學》當編委，8 月 7 日《人民文學》發布編輯部改組消息，邵荃麟任主編，嚴文井任副主編，邵、嚴、何其芳、沙汀、張天翼、胡風、袁水拍、葛洛任編委。對於胡風而言，這並不一個好環境，編委中除葛洛外，其餘 6 人在歷史上都曾與他有過不愉快的經歷。編輯部還確定了新的方針，「更自由和更深刻地反映出我們這個時代豐富多彩的生活。首先提倡作品主題的廣闊性和文學題材、體裁和風格的多樣性，鼓勵各種不同的文學樣式和不同的文學風格在讀者中的自由競賽。」這些新的提法透露出中央已決定對建國以來的文藝方針進行調整，更多的新內容將在第二次文代會上公諸於世。然而，沉浸在歷史恩怨中的胡風並沒有意識到文學運動已有了新的契機。

他還沒在這個板凳上坐熱，便被捲進了第二次文代會的籌備工作，儘管只趕上了籌備工作的尾巴，他還是忙了起來。這次文代會擔負著國家進入「社會主義改造和有計劃的經濟建設」新階段後的歷史使命，為此將總結四年以來文藝運動的經驗教訓，相應調整文藝政策，糾正文藝領導工作中的一些「左」的偏向，重新取得統一的認識，將文學藝術納入正確的發展道路。據胡風日記所載，8 月 23 日，他頗感意外地被「文協派人來抓去開了常委會」，後來，相繼出席了「文聯、文協常委與籌委會聯席會」和「文聯、文協全國委員會」，在這期間，他看到了胡喬木、周揚、茅盾分別為大會撰寫的報告草稿，在與路翎、蘆甸等朋友討論後，慎重地提出了書面意見，卻沒有得到期待中的回應。

1953 年 9 月 23 日至 10 月 6 日第二次文代大會召開，郭沫若致開幕詞，周總理作政治報告《為總路線而奮鬥的文藝工作者的任務》，周揚作總報告《為

創造更多的優秀的文學藝術作品而奮鬥》，胡喬木在閉幕式上講話，茅盾致閉幕詞。會期中，各協會分別舉行會議，選舉產生了文聯全國委員和各協理事。文聯定名中華全國文學藝術界聯合會，主席郭沫若，副主席茅盾、周揚。全國文協改組為中國作家協會，主席茅盾，副主席周揚、丁玲、巴金、柯仲平、老舍、馮雪峰、邵荃麟。胡風當然沒有、也不可能進入文聯或作協的決策圈子。

這次文代會取得了一定的成果，具體表現在周揚的總報告和茅盾在中國作協大會上的《新的現實和新的任務》中的一些新提法。如周揚提出：「我們提倡各種不同的藝術形式的自由競賽。社會主義現實主義不但不束縛作家在選擇題材、在表現形式和個人風格上的完全自由，而且正是最大限度地保證這種自由，藉以發揮作家的創造性和積極性。毛澤東同志關於戲曲活動所指示的『百花齊放』的原則應當成為整個文學藝術事業發展的方針。」茅盾提出：「必須反對在創作上那種『無衝突論』或類似『無衝突論』的傾向，反對那種脫離生活去描寫生活的傾向；必須把從表現生活矛盾中去創造人物，作為現實主義的重要課題。」當代文學史家因此認為，這次文代會的突出成就在於：它初步清算了「左」傾教條主義在文藝上的影響，如把文藝和政治的關係簡單化的傾向，文藝創作上的概念化、公式化的傾向，文藝領導上的行政命令作風，等等。這對於掃除文藝發展的障礙是起了積極作用的。

然而，受到冷遇的胡風沒能真切地感受到這次文代會所帶來的新氣象。他在分組會的發言，避開了大家關心的上述重大問題，而從「作家對勞動的態度」談開去，據說引起了某些代表的反感。他的鬱悶於是開始發酵，情緒也變得有些偏激。據當年拜訪過他的一位作家回憶：「1953年，全國第二次文代會期間，我和幾個朋友一道去看過他幾次……他對當時的文藝現狀是不滿的，對於那次文代會認為也難以解決問題，他也談到了幾年來自己的遭遇，我感到了他心情的苦悶、激動和焦躁。我後來和綠原談到，他要冷靜一點才好……。綠原同意我的看法，並說路翎也有同感。」（曾卓：《簡單的交往，幾乎影響了我一生》）

他的苦悶、激動和焦躁連最接近的朋友都看出來了，但沒有一個人敢去勸他。當然，他並不清楚自身不如意的遭遇是文藝領導根據年初周總理「以觀後效」的批示而作的安排，他將滿腔的怨憤都傾泄在周揚等執行者的身上，猜疑也越來越重。後來，他在「三十萬言書」中這樣寫道：「（這一年來）黨是希望我工作的，我自己也渴望得到工作條件，但一則由於我自己犯了錯誤，一則文藝上負責的同志們完全拒絕聽一聽我對具體問題的看法，又曉得我不肯無原

則地隨聲附和,所以用辦法使得我不敢工作,不能工作,但卻向中央說我不肯工作,在群眾中間也散佈著我不肯工作的空氣。」

直到此時,胡風仍把「黨」的態度與「文藝上負責的同志們」的行為對立起來,這種誤解於己於人殆害甚大。舒蕪曾指出過他們所曾共有的這個弱點,即:「我們的方式,和一切『幹部偏差』者一樣,是把黨的文藝政策,與代表著黨來執行政策的具體的人分開,說前者是好的,只是因為後者不好,所以執行起來完全不是那麼一回事。」(舒蕪:《致路翎的公開信》)歷史的經驗證實,企望以這種方式謀求文學運動的革新,到頭來只能是幻想。

(三)1954 年初中央對高饒事件的處理,給了胡風極大的啟發。於是,他把周揚等的「宗派主義統治」上綱為高饒式的「非黨」和「反黨」行為,期望喚起中央的高度警覺,從上而下地一攬子端掉周揚派

1953 年 3 月以後,報刊上對胡風文藝思想的公開批判已經停止。其後一年多,胡風赴東北、返上海、遷北京、擔任《人民文學》編委、出席第二次文代會,仍享有比較高級的政治待遇,並擁有從事研究和創作的客觀條件。1954年 3 月 12 日,他突然撇開所有的工作,開始「查閱冤獄材料」,為撰寫「三十萬言書」作準備。

通讀其日記,可以看到,第二次文代會後他一直安之若素地忙於《人民日報》的編務;他熱情地為朋友審讀新作,包括綠原的詩稿《從來沒有過的》,路翎的《初雪》、《窪地上的戰役》、《你的永遠忠實的同志》、《節日》,魯藜的詩稿《雲之歌》;他的作品也不斷再版,《和新人物在一起》出到第四版(1953年 10 月),《為了朝鮮,為了人類》出了再版(1954 年 1 月),《從源頭到洪流》出了第三版(1954 年 2 月);他精心地整理了詩集《時間開始了》,並於 2 月底送交馮雪峰審閱,準備在人民文學出版社出版。3 月 4 日至 9 日,他還氣定神閒地撰寫報告文學《農村印象斷片》。

換言之,此時的他並沒有「被推到絕路上」,也不是「什麼也不能發表了」。朋友路翎的處境更不錯,他的小說《戰士的心》發表在《人民文學》1953 年第2 期,《初雪》、《窪地上的戰役》相繼發表於《人民文學》1954 年第 1 期和第3 期,巴人還曾撰文給予好評(載《文藝報》1954 年第 2 期)。

胡風為什麼突然在此時決定上書中央,在「三十萬言書」中控訴周揚等「非黨」乃至「反黨」,急不可耐地促使文藝思想的分歧政治化呢?這是應該認真探討的問題。

　　據說，他的上書受到了當時中央高層鬥爭的啟發。1954 年 2 月，中央召開七屆四中全會，會議通過《關於增強黨的團結的決議》。決議不點名地批評了高崗、饒漱石的非黨（宗派）活動，指出：「在中國新民主主義革命勝利後，黨內一部分幹部滋長著一種極端危險的驕傲情緒，他們因為工作中的若干成績就沖昏了頭腦，忘記了共產黨員所必須具有的謙遜態度和自我批評精神，誇大個人的作用，強調個人的威信，自以為天下第一，只能聽人奉承讚揚，不能受人批評監督，對批評者實行壓制和報復，甚至把自己所領導的地區和部門看作個人的資本和獨立王國。」當時，高饒問題高度保密，知情者僅限於黨內高層人士，胡風通過綠原和聶紺弩打聽到這次政治鬥爭的內幕。據康濯《〈文藝報〉與胡風冤案》所記：

　　　　黨中央在中南海懷仁堂召開部分高級幹部會議傳達高、饒問題時，那兩年正在中宣部工作、和胡風很接近的綠原同志辦公室就在懷仁堂隔壁的慶雲堂內。據說綠原發現那天晚上懷仁堂外邊小汽車很多，而且戒備森嚴，連他們中南海裏面的幹部也不能隨便行動，便預感到黨內可能出了什麼大事。於是他很快就打電話告訴了胡風。這以後沒兩天，胡風的老朋友聶紺弩同志去看望他，胡風突然問道：「紺弩，前兩天你在懷仁堂聽了什麼重要報告？」這當然是胡風懵他嘍！因為紺弩是二十年代入黨的老黨員負責幹部，胡風估計他可能聽了那個報告，事實上紺弩也確實聽了那個報告。經不住胡風三問兩問，紺弩就把高、饒問題告訴了胡風。

　　康濯在文中還寫到，專案組後來從胡風 1954 年上半年日記中查到了聶紺弩洩密的記載（筆者查閱了胡風日記，只看到「見面」的記錄，未見「洩密」的記載），為此，聶紺弩被公安部隔離審查。

　　中央對高饒集團的處理給了胡風極大的啟發，在他看來，周揚等領導文藝的方式與高饒集團有許多相似之處，都搞的是「獨立王國」，都拒絕批評和自我批評。於是，他在上書中把周揚等的「宗派主義統治」上綱為高饒式的「非黨」路線，期望引起中央的高度警覺，從上而下地一攬子端掉周揚派。胡風的動機也許是真誠而純正的，用他的話來說，這是「對歷史對黨負責的要求」。

　　1954 年 3 月，胡風根據這種理解開始撰寫「三十萬言書」，行文中他緊緊扣住中央反對非黨（宗派）活動的政治主題不放，極力貼近七屆四中全會精神。他在隨「三十萬言書」呈上的「給黨中央的信」中陳述了上書的動機，寫道：

「在學習四中全會決議的過程當中，我作了反覆的考慮和體會。我反覆地考慮了對於文藝領域上的實踐情況要怎樣說明才能夠貫注我對於四中全會決議的精神的一些體會」，「我理解到黨所達到的高度集體主義，是一次又一次地克服了非黨和反黨的毒害從內部瓦解的艱險的難關，這才通過血泊爭取到了勝利的。」

在作出以上演繹之後，他接著歸納了周揚等「非黨」（宗派）活動的四點表現：「一，以樹立小領袖主義為目的。」「二，不斷地破壞團結，甚至竟利用叛黨分子製造破壞團結的事件。」「三，把文藝實踐的失敗責任轉嫁到群眾身上，以致竟歸過於黨中央和毛主席身上。」「四，犧牲思想工作的起碼原則，以對於他的宗派主義統治是否有利為『團結』的標準；這就造成了為反動思想敞開了大門的情勢。」抹掉其中僅出現一次的「文藝」字樣，幾乎便是高饒集團非黨（宗派）罪狀的翻版。胡風將與周揚等的理論分歧或宗派糾葛政治化後，進而推斷出了令人震驚的政治結論：

> 我完全確定了以周揚同志為中心的宗派主義統治一開始就是有意識地造成的。以對我的問題為例，是有著歷史根源，利用革命勝利後的有利條件，利用黨的工作崗位，有計劃自上而下地一步一步向前推進，終於達到了肆無忌憚的高度的。

> 我完全確定了以周揚同志為中心的領導傾向和黨的原則沒有任何相同之點。我完全確信：以周揚同志為中心的非黨傾向的宗派主義統治，無論從事實表現上或思想實質上看，是已經發展成了反黨性質的東西。

從「有意識」到「有計劃」，從「非黨」到「反黨」，這便是胡風為周揚等共和國文藝界領導所作的政治結論。值得注意的是，胡風上書之前，報刊上對他的文藝思想的公開批評僅止於「反馬克思主義的文藝思想」和「反現實主義」，並沒有超出文藝思想論爭的範疇，而胡風在上書時卻表現出將思想鬥爭政治化的明確意圖。

近年來，有研究者誤以為胡風的上書是應周恩來的要求，龐松在《對胡風文藝思想的批判》中寫到：「周恩來 1951 年底有一次約胡風談話時，也曾說過中央非常需要瞭解文藝的情況，希望胡風寫個材料給中央，談談對文藝的看法。胡風決定適時地履行中央領導人對他的要求。」

此說頗多疑點：胡風上書起筆於 1954 年 3 月，而與周恩來談話則在 1951

年12月，事隔兩年多，似乎沒有直接的因果關係，此其一；胡風回憶錄中並未提到周恩來有過這個提議，此其二；胡風上書的主題是反對非黨（宗派）活動，忽略或淡化這個主題違背了胡風的初衷，此其三；更為重要的是，研究者們沒有注意到胡風這幾年的遭遇與周總理「以觀後效」的批示有著直接的關係，此其四。

1977年，胡風回顧「三十萬言書」的寫作動機時，明確寫到：「如果不解決文藝領域的建黨即黨員成份問題，這個鬥爭是沒有保證的。〔註2〕」1978年，他更明確地表述道：「我一直認為，毛主席黨中央深知文藝方面掌領導權的人事力量是最弱的一環……我後來在呈中央報告提的看法中，就是以文藝領域上的建黨問題為中心或歸結的。〔註3〕」

胡風身為黨外人士，五十年前竟如此關注共和國「文藝方面掌領導權的人事力量」，如此關注「文藝領域上的建黨問題」，他的革命責任感迄今未得到適當的評價。「三十萬言書」適時地遞交給了黨中央，但後來的局勢並沒有向著他所希望的方向發展。其中決定性的一個因素也許在於，高饒的核心問題雖是惡意攻擊中央主要負責人，但其錯誤實質是「故意將他們的個別的、局部的、暫時的、比較不重要的缺點或錯誤誇大為系統的、嚴重的缺點或錯誤」〔註4〕。胡風在上書中將周揚等的宗派主義傾向歸納為「非黨」和「反黨」，是否也因存在著類似的「誇大」而不被中央認可呢？

2004/7/8

〔註2〕 胡風：簡述收穫，《胡風全集》第6卷第677頁。
〔註3〕 胡風：從實際出發──再檢查對《在延安文藝座談會上的講話》的態度問題，《胡風全集》第6卷第726頁。
〔註4〕 摘自《關於增強黨的團結的決議》，1954年2月10日在中國共產黨七屆四中全會上通過。

胡風「三十萬言書」的另類解讀[註1]
——細讀胡風「給黨中央的信」

今年適逢胡風上書黨中央五十週年，重新回顧這個歷史事件，實事求是地分析其動機、目的和得失，並不是一件沒有意義的事情。

1954 年 7 月 22 日，胡風通過國務院文教委員會主任習仲勳轉呈黨中央的材料共有兩件，一件是「給中央的報告」，題目是《關於解放以來的文藝實踐情況的報告》（俗稱「三十萬言書」，以下簡稱為「報告」）；另一件是「給黨中央的信」（以下簡稱「信」），信首注明「習仲勳同志轉中央政治局、毛主席、劉副主席、周總理」，內容是對「報告」動機、目的和要點的提綱挈領的說明。「信」僅見於近年出版的《胡風全集》，過去未曾公開發表過[註2]，因此也從未引起過研究者們的注意。

「報告」長達「三十萬言」，「信」卻只有萬餘字。日理萬機的中央領導人也許很難看完冗長的「報告」，但讀「信」的時間和耐心還是有的。當年，「被推到絕路上」的胡風尚能慮及此，可見其考慮問題時仍相當周密。

客觀地說，「報告」中鋪敘了太多的歷史積怨和人事糾葛，讀後有令人墜入雲山霧海之感；而「信」卻沒有這些弊端，其措辭非常坦誠、準確和精警。

因此，要解讀和研究胡風的「報告」，最好的辦法是先讀讀這封「信」。

〔註 1〕 載長沙《書屋》2004 年第 11 期。

〔註 2〕 《文藝報》1955 年第 1、2 期合刊以《胡風對文藝問題的意見》為題，以單冊形式刊發了「報告」的二、四部分。《新文學史料》1988 年第 4 期以《關於解放以來的文藝實踐情況的報告》為題，刊發了「報告」的第一、二、四部分。

（一）胡風受到中央反高饒集團鬥爭的啟發，在「信」中有意識地將與周揚等的文藝理論分歧和宗派糾葛政治化，指出周揚等企圖「自立為王」，性質已由「非黨」變為「反黨」，敦促中央不能不著手解決文藝領域的問題

　　1953 年 3 月以後，報刊上對胡風文藝思想的公開批判實際上已經停止。其後一年多，胡風赴東北、返上海、遷北京，擔任《人民文學》編委，享有從事研究和創作的客觀條件。1954 年 3 月，他為什麼突然決定撰寫「報告」，揭發周揚等「非黨」乃至「反黨」，促使思想問題政治化呢？這與當時中央高層的鬥爭有關。

　　1954 年 2 月，中央召開七屆四中全會，會議通過《關於增強黨的團結的決議》。決議不點名地批評了高崗、饒漱石的非黨（宗派）活動，並指出：「在中國新民主主義革命勝利後，黨內一部分幹部滋長著一種極端危險的驕傲情緒，他們因為工作中的若干成績就沖昏了頭腦，忘記了共產黨員所必須具有的謙遜態度和自我批評精神，誇大個人的作用，強調個人的威信，自以為天下第一，只能聽人奉承讚揚，不能受人批評監督，對批評者實行壓制和報復，甚至把自己所領導的地區和部門看作個人的資本和獨立王國。」

　　當時，高饒問題高度保密，知情者僅限於黨內高層人士。胡風通過聶紺弩打聽到這次政治鬥爭的內幕，在他看來，周揚等領導文藝的方式與高饒集團有許多相似之處，於是感到「身上的顧忌情緒在退卻下去，對歷史對黨負責的要求在升漲起來」，決定乘此時機，提請中央將周揚等經營的「獨立王國」一攬子解決。

　　1954 年 3 月，胡風根據這種理解開始撰寫「報告」，行文中他緊緊扣住中央反對非黨（宗派）活動的政治主題不放，極力貼近七屆四中全會精神。「信」的開頭便陳述了上書的動機，寫道：「在學習四中全會決議的過程當中，我作了反覆的考慮和體會。我反覆地考慮了對於文藝領域上的實踐情況要怎樣說明才能夠貫注我對於四中全會決議的精神的一些體會」，「我理解到黨所達到的高度集體主義，是一次又一次地克服了非黨和反黨的毒害從內部瓦解的艱險的難關，這才通過血泊爭取到了勝利的。」〔註3〕

　　為了合理地解釋自己為何能從「顧忌」轉到「負責」，胡風不僅極力渲染

　　────────────

〔註3〕胡風：《給黨中央的信》，收《胡風全集》第 6 卷。以下不另加注者皆出自此「信」。

七屆四中全會精神的感召，甚至把兩年前周總理與他的談話也放在這個新的基點上作了演繹。他在「報告」中寫道：「我終於明白了：周總理向我提示的『不能迴避批評』，是要我正視自己，正視現實，面對面地向鬥爭迎上去的意思。周總理向我提示的意思是：在鬥爭面前，我迴避不脫；有黨的保證，我沒有要得保留顧慮情緒。周總理向我提示的意思是：在必要的時候，無論在什麼領域黨都要求展開鬥爭，在鬥爭面前黨是無情的。周總理向我指示的意思是：黨是為歷史要求，為真理服務的，在歷史要求面前，在真理面前，黨不允許任何人享有任何權利。〔註4〕」

周總理與胡風談話事發生在 1951 年 12 月 3 日，談話主題是關於「胡風文藝思想」。當胡風提出問題不在他而在「黨的文藝領導」時，周總理說，「客觀上問題是很多，應該和同時代人合作，找大家談，學學毛主席的偉大，說服人」，還指示「不能迴避鬥爭」等等〔註5〕。實際上，從周總理的指示中，很難讀出比要求胡風多作自我批評更多的「意思」。

然而，胡風卻在作出以上演繹之後，在「信」中毅然地歸納出周揚等「非黨」（宗派）活動的四點表現：「一，以樹立小領袖主義為目的。」「二，不斷地破壞團結，甚至竟利用叛黨分子製造破壞團結的事件。」「三，把文藝實踐的失敗責任轉嫁到群眾身上，以致竟歸過於黨中央和毛主席身上。」「四，犧牲思想工作的起碼原則，以對於他的宗派主義統治是否有利為『團結』的標準；這就造成了為反動思想敞開了大門的情勢。」抹掉其中僅出現一次的「文藝」二字，幾乎便是高饒集團非黨（宗派）罪狀的翻版。

胡風成功地將與周揚等的理論分歧或宗派糾葛政治化後，進而推斷出了一個令人震驚的政治結論。「信」中有以下文字：

> 我完全確定了以周揚同志為中心的宗派主義統治一開始就是有意識地造成的。以對我的問題為例，是有著歷史根源，利用革命勝利後的有利條件，利用黨的工作崗位，有計劃自上而下地一步一步向前推進，終於達到了肆無忌憚的高度的。

> 我完全確定了以周揚同志為中心的領導傾向和黨的原則沒有任何相同之點。我完全確信：以周揚同志為中心的非黨傾向的宗派主義統治，無論從事實表現上或思想實質上看，是已經發展成了反黨

〔註4〕《胡風文集》第 6 卷第 154 頁。
〔註5〕《胡風文集》第 6 卷第 654～661 頁。

性質的東西。

從「有意識」到「有計劃」，從「非黨」到「反黨」，這便是胡風為周揚等共和國文藝界領導所作的政治結論。值得注意的是，胡風上書之前，報刊上所發文章對他的文藝思想的公開批評僅止於「反馬克思主義的文藝思想」和「反現實主義」〔註6〕，並沒有超出文藝思想論爭的範疇，而胡風在上書時卻提出了周揚等「非黨」及「反黨」的問題，表現出將思想鬥爭政治化的明確意圖。

然而，為胡風始料所不及的是，高饒集團的核心問題雖是攻擊黨和國家的主要領導人，但其錯誤的實質卻在於「故意將他們的個別的、局部的、暫時的、比較不重要的缺點或錯誤誇大為系統的、嚴重的缺點或錯誤」（《關於增強黨的團結的決議》）。胡風的上書是否也因存在著類似的「誇大」嫌疑而不被中央認可呢？這是筆者所不敢斷言的。

（二）胡風上書的目的是提請黨中央關注共和國文藝領導層的「人事」，而不是某些研究者所說的文藝「體制」或文藝「領導體制」；同時，也熱烈地表示了他願「在領導下工作」和「直接得到指示」的熱切願望

「報告」所要揭示的中心問題是什麼？「信」說得十分清楚：

「以周揚同志為中心的非黨傾向的宗派主義統治……把新文藝的生機摧殘和悶死殆盡，造成了文藝戰線上的萎縮而混亂的情況。」

希望中央做什麼？「信」中也說得明明白白：

「只有黨中央轉到主動地位上面，才能夠挽救人民的文藝事業脫離危境；只有黨的領導發揮了作用，才能夠使人民的文藝事業在空前的思想保證和鬥爭保證之下建立起來飛躍發展的實踐基礎。」

先看「信」再讀「報告」，對於其上書宗旨幾乎不會有發生歧義和誤讀的可能性。簡言之，即：揭發「以周揚為中心」的某些文藝領導的「非黨」活動，提請中央「主動」地採取組織措施，並籲請加強「黨的領導」，以「挽救人民的文藝事業」。

1978年，胡風回顧「報告」的寫作過程，再次明確地表述道：「我一直認為，毛主席黨中央深知文藝方面掌領導權的人事力量是最弱的一環……我後來在呈中央報告提的看法中，就是以文藝領域上的建黨問題為中心或歸結

〔註6〕根據周總理的指示，1953年初《文藝報》發表林默涵《胡風的反馬克思主義的文藝思想》和何其芳的《現實主義的路，還是反現實主義的路》等兩篇文章。

的。」〔註7〕

身為黨外人士的胡風，五十年前竟如此關注共和國「文藝方面掌領導權的人事力量」，如此關注「文藝領域上的建黨問題」，他的革命責任感迄今未得到適當的評價。

「信」中還一再提及個人的祈望，就是「非……爭取參加鬥爭的條件不可」和「非……擔負起我應該擔負的鬥爭不可」的要求。此外，也傳達出「要求在（周恩來的）領導下工作」，「要求直接得到（毛澤東的）指示」的迫切願望。〔註8〕

遺憾的是，後來的研究者們或多或少地忽略了胡風如此明確且一以貫之的表白，甚至還有人一廂情願地將胡風說成「反體制的英雄」或「自由主義的鬥士」，其誤解胡風可謂深矣！

（三）胡風指出，由於周揚等缺乏「敵性的甚至警惕的思想態度」，致使建國初期文藝戰線未能配合黨領導下的急風暴雨的階級鬥爭，也必然不能配合下階段黨領導的更為複雜的思想鬥爭；他向中央承諾，一旦清算了「周揚等的宗派主義的統治」，黨的文藝事業必然「飛躍發展」

胡風在「信」中著重分析了建國後階級鬥爭形勢及發展趨勢，指出文藝戰線本應緊密配合黨的階級鬥爭的中心工作，而周揚等文藝領導卻表現得極不得力，因此激起了他的「痛苦和憤怒」，不得不採取直接上書中央的行動。

他在「信」中這樣寫道：「革命勝利了以後，階級鬥爭展開了規模巨大和內容複雜的激劇變化的情勢，但在文藝實踐情況上反而現出了萎縮和混亂。這個反常的現象是早已引起了黨和群眾的普遍的關心的。許多使人痛苦的事實說明了這裡麵包含有嚴重的問題……（筆者有刪節）到了今天，客觀情況已經發展到了再也不應該忍受下去的地步，而階級鬥爭又正在向著更艱巨更複雜曲折的深入的思想鬥爭上發展，不會容許這個應該擔負起專門任務的戰線繼續癱瘓下去；如果我們再不正視問題，就更不能有任何籍口原諒自己了。」

〔註7〕 胡風：《從實際出發》，《胡風全集》第 6 卷第 727 頁。

〔註8〕 胡風 1952 年 5 月 11 日給路翎的信中寫道：「還有一傳說：主席看過《路》，說，提法好，結論也對，分析有錯誤云。根據這，我去了信，並把《通報》內容摘要寄去。要求見面，要求在領導下工作，並給主席信，要求直接得到指示。」收《胡風全集》第 9 卷第 325 頁。參照胡風日記，「去了信」指的是致周總理的信，「給主席信」，是致毛主席的信。括號內的文字為筆者根據此信內容所加。

可以看出，胡風對建國後文藝實踐的評價標準並不是後來的研究者所說的有無「創作的自由空間」，而是能否緊密配合黨的階級鬥爭（或思想鬥爭）的中心工作。這個發現也許令人覺得有些費解，但卻是墨寫的事實。對照「報告」中他對阿壟的熱情薦舉，「在我們今天文藝思想上的階級鬥爭當中，（他）是能擔當一份任務的忠誠的戰士〔註9〕」，便可以明瞭。而胡風的所謂「階級鬥爭正在向著更艱巨更複雜曲折的深入的思想鬥爭上發展」的預測，表現出他比周揚等具備更高的階級自覺性。三個月後，毛澤東親自發動對《紅樓夢》研究的批判，繼而擴展到反對「胡適派資產階級唯心論」的鬥爭，在整個運動過程中，周揚等因反應遲緩受過毛澤東的多次批評，而胡風則用實際行動實踐了他向中央保證的「非……擔負起我應該擔負的鬥爭不可」的戰鬥誓言。

為了讓中央領導對文藝界「萎縮和混亂」的局面有更深的印象，胡風在「信」中使用了「封建主義性的陳腐東西和資本主義性的或庸俗社會學的虛偽冷淡的東西取得了、進而擴大了支配性的影響」的極端說法。應該指出，他的這個說法脫胎於毛澤東的有關指示，毛澤東在《人民日報》社論《應當重視電影〈武訓傳〉的討論》（1951 年 5 月 20 日）中提出「文化界的思想混亂達到了何等的程度」的指責，還指出「有些人（共產黨人）甚至向這些反動思想投降」的問題。

然而，毛澤東當年發起批判電影《武訓傳》的思想教育運動，目的並不在追究周揚等的領導責任，而是號召剛剛掌握全國政權的共產黨人加強思想建設以抵禦資產階級思想的侵襲。胡風對這樣的處理方式顯然是不滿足的，於是在「信」中批評道：

> 反動的《武訓傳》之所以能夠在庸俗社會學的偽裝下面打了進來，絕對不是一個偶然的錯誤，而是由於宗派主義當時正在開始全面地依靠主觀公式主義建立統治威信，用著全部力量排斥和打擊對主觀公式主義不利的、為反映鬥爭實際而努力的創作追求，因而對於用了和主觀公式主義同一實質的庸俗社會學偽裝起來的落後的反動的東西不能有敵性的甚至警惕的思想態度所招來的結果。

當年毛澤東所以要親自發動對電影《武訓傳》的批判，確實是由於周揚等「喪失了批判的能力」，而江青在此役中有促成之功，從此漸露崢嶸。胡風上書時重提舊事是否有「為了打鬼，借助鍾馗」的用意，甚或有曲意逢迎毛澤東、

〔註9〕《胡風全集》第 6 卷第 349 頁。

江青之意,筆者不敢臆測。

胡風在「報告」中嚴厲批評的文藝宣傳部門領導並非周揚等一二人,而是包括中宣部、全國文聯、全國作協的一大批領導幹部。為了使中央痛下人事變更的決心,他在「信」中甚至繪出了「周揚後」時代的美妙前景:

> 清算了宗派主義的統治以後,就有可能也完全有必要把在最大限度上加強黨的領導作用和在最大限度上發揮群眾的創作潛力結合起來,把在最大限度上保證作家的個性成長與作品競賽和在最大限度上在黨是有領導地、在群眾是有保證地進行批評與自我批評、進行提高政治藝術修養結合起來,把在最大限度上提高藝術質量與積累精神財富和在最大限度上滿足群眾當前的廣泛的要求結合起來……

然而,問題的關鍵只在周揚等具體部門的領導者身上嗎?在「文藝為政治服務」、「文藝必須配合黨的中心工作」等基本方針沒有改變的情況下,胡風所承諾的美好前景會實現嗎?

(四)胡風認為,建國初期文藝實踐「失敗」的責任不在毛澤東的文藝思想,也不在黨對文藝界「當前任務和基本任務」的規定,而應由自任為「毛主席文藝思想的唯一的正確的解釋者和執行者」的周揚等負責。他還對周揚等企圖推卸「失敗」責任的行為表示了極大的憤怒,斷言他們的矛頭「直接指向黨中央」

前文已經敘及,胡風對建國初期文藝實踐持全面否定態度,「信」中有這樣一句經典的概括:「(周揚等『非黨的領導思想』)把新文藝的生機摧殘和悶死殆盡了,造成了文藝戰線上的萎縮而混亂的情況。」這樣的概括是否準確,不在本文論及的範圍之內。不過,僅就胡風個人而言,他從 1949 年夏到 1952 年初創作了兩部散文(《和新人物在一起》、《從源頭到洪流》,合計 17 萬餘字)和兩部長詩(《時間開始了》、《為了朝鮮,為了人類》,合計 5270 行),其創作成果可謂豐碩。

根據中外文學史的歷史經驗,造成一個時代文藝整體衰敗的原因大都來自外部的重大社會政治因素,或是宗教裁判的嚴峻無情,或是政治權威的極端專制。除此之外,罕有能窒息「文藝生機」的其他社會因素。

因此,當胡風斷言建國初期文藝實踐全面「失敗」而要追究「責任」的時候,就不由自主地陷入了兩難境地:既然上書的主觀目的是向黨表示「要求在領導下工作」及「非……擔負起我應該擔負的鬥爭不可」的熱望,就等於承認

「黨的要求和歷史要求」具有「同一的內容」，換言之，即承認第一次文代會上制定的「為人民服務，首先為工農兵服務」的方針政策及文代會提出的「接受毛主席的指示，創造為人民服務的文藝」的口號的正確性，否則，便失去了上書的必要性；然而，如果承認了黨的文藝方針政策的正確性，就難以解釋建國初期文藝實踐何以全面「失敗」的原因。

胡風是這樣跳出兩難境地的，他在黨中央與基層文藝界之間找出了一堵牆，這便是周揚等打造的文藝界的「獨立王國」，並指責「它」封鎖了中央關於文藝的一系列指示，歪曲了毛澤東的文藝思想，蒙蔽了文藝界的幹部群眾。

於是，我們在胡風的「信」中讀到了這樣的含淚的控訴，他嚴厲地指責周揚等「公開地歪曲對他們的主觀主義不利的馬克思主義的原則，公開地反對證明了他的庸俗機械論的破產的蘇聯文學鬥爭的理論經驗」；他嚴厲地譴責周揚等「甚至竟暗暗地把文藝實踐的失敗責任歸過到黨中央和毛主席身上，敢於瓦解沒有直接接近過黨中央的高級幹部對於黨中央的信任。他的破壞團結的手段就由黨外到黨內，以至直接指向黨中央了。」

對於周揚等的後一個嚴重的「罪行」，胡風在「報告」中有著詳細的陳說。事情發生在1952年4月，周揚路經上海時與上海市委宣傳部負責人彭柏山有過一番私人談話，談到「現在文藝上的情形很困難，一時沒有什麼辦法，（他）是明白的，不過他很苦惱，重要的事情他都作不得主。他有許多很好的看法，但不敢提上去。」事後，彭柏山將談話內容轉告了胡風。不料，事過兩年之後，胡風竟把這私人談話寫進了呈送中央領導閱示的「報告」裏，而且進行了這樣的誅心的分析：「如果連他（周揚）有了意見都不敢向上提，那除了使聽到的人得到一個黨中央和毛主席至少在文藝問題上是絕對不依靠群眾，不相信真理的結論以外，除了使聽到的人得到一個黨中央和毛主席是看著整個文藝戰線衰弱下去下去也毫不關心這結論之外，是不能有別的。〔註10〕」

胡風把「私人談話」寫入「報告」，這做法是否恰當，似乎不必多加評說；但後來舒蕪以「私人信件」入文，卻曾是受到千夫所指的。只不過，胡風當年似乎比舒蕪走得更遠，請看下文：

> 為了他那個宗派主義的統治欲望，為了他那個小領袖主義的張皇失措的心虛，周揚同志居然忍心到暗暗地把文藝實踐的失敗責任轉嫁到經常感到身上負著泰山一樣重的責任的晝夜辛勞的黨中央和

〔註10〕《胡風全集》第6卷第395頁。

毛主席的身上。反而「苦惱」地把他自己說成了一個使人不勝同情
的「無可奈何」的「失敗的英雄」，甚至是做了黨中央和毛主席的犧
牲品的「贖罪的羔羊」。分析到這裡，我心裏湧了出來的悲憤強過了
憎惡，全身火燒一樣地實感到了我們的革命是不得不犧牲了多少寶
貴的東西才通過了曲折的道路爭取到了這個偉大的勝利的。〔註11〕

周揚當年的「苦惱」是否真實，只要重讀毛澤東《應當重視電影〈武訓傳〉
的討論》中對「一些號稱學得了馬克思主義的共產黨員」的批評就可以明瞭。
胡風當年的「悲憤」是否真實，從相關者的著述和回憶中卻找不到任何可資證
實的記錄，而他對「經常感到身上負著泰山一樣重的責任的晝夜辛勞的黨中央
和毛主席」的面諛，實在不像人們心目中的「鐵骨錚錚」的漢子所能為。

胡風為了摧毀（爭奪）周揚等「毛主席文藝思想的唯一的正確的解釋者和
執行者的統治威信」，為了向中央證實自己所具有的更高的「黨性要求」，走得
實在太遠了一點。

無論從哪個角度看，「信」都是解讀「報告」的鑰匙。譬如，文藝戰線應
如何增強「敵性」觀念，文藝戰線應如何「擔負起專門任務」，文藝工作應如
何體現黨的「道德力量」，以及如何認識周總理對他的「領導關係和思想影響」，
如何看待周揚等拜倒在「墮落的」、「積極反動的『老作家』」腳下的「以敵代
友」的思想動機，如何辨識和剔除文藝界中混雜著的「品質不好的黨員」和「叛
黨分子」，等等。

先仔細地看「信」，再認真地讀「報告」，所得必會更多。

2004/6/19
該文被選入《二十一世紀中國文學大系》之
「散文卷」，春風文藝出版社 2005 年 1 月出版

〔註11〕《胡風全集》第 6 卷第 395 頁。

2005 年

胡風為什麼提議召開
「胡風文藝思想討論會」[註1]

　　1952 年下半年，中宣部在北京主持召開了小範圍的「胡風文藝思想討論會」，中央宣傳、文藝各部門主要負責人周揚、馮雪峰、丁玲、胡繩、邵荃麟、何其芳、林默涵、張天翼等均參與其會，相關人員胡風、路翎、舒蕪等受邀出席。會議從蘊釀到結束歷時大半年，正式會議開了四次，討論會的結論見於翌年初公開見報的林默涵、何其芳的兩篇批判文章[註2]。

　　關於這場文藝思想鬥爭的起因，眾說紛紜。歷史的積垢畢竟太厚重了，它們是一寸一寸地積聚的，也須一寸一寸地刨開。

（一）第一次文代會後，胡風為了使本流派作品「站到讀者面前去」，採取了順應當時文藝政策的實用主義的態度，並稱之為「付代價」。為了流派的眼前利益而犧牲文藝思想原則，這是他當年不得已的選擇

　　第一次文代會閉幕後，胡風由於沒有在駐京的文藝機關中任職，於 8 月初返回上海。這一年是開國之年，政治大事頻繁。9 月將要召開全國政治協商會議，他已被全國文聯指派為代表；10 月將要舉行開國大典，他作為全國文學工作者協會常委，有望站在觀禮臺上見證這劃時代的盛事。因此，他最多只能在上海呆一個月。

[註1] 載《傳記文學》2005 年第 5 期。
[註2] 林默涵:《胡風的反馬克思主義的文藝思想》，載《人民日報》1953 年 1 月 31 日；何其芳:《現實主義的路，還是反現實主義的路？》，載《文藝報》1953 年第 3 期。

他在上海也是不得閒適的公眾人物，參加了不少的社會活動，如出席文管會的茶會、市政府的招待會、統戰部的座談會、上海文協的籌備會、中蘇文協的發起會等等。但更多的時間是坐在家裏，新知舊雨，樂在其中。當然，他聯繫得最多的還是他那個流派的文學青年。如何指導他們以適應新時代對於文學的新要求，是他一直在考慮的問題。

文代會召開之前，他曾有過這樣的設想：勸說他們暫時脫離文藝圈子，深入實際生活，體驗時代的豐富內涵，然後再進入創作狀態。1949 年 5 月 7 日，他在致方然、冀汸、朱谷懷、羅洛的信中懇切地說道：「我意，解放後你們應盡快地參加實際工作，不應浮在文化圈子裏面……這時代有著火熱的內容，只有到實際工作裏面去才能體驗得到。」他甚至鼓勵他們從軍，熱誠地把他們介紹給華東軍區二十四軍政治部主任彭柏山。當然，他並不認為這種「沉著」的方式適合所有人，譬如路翎，他倒是寄希望於這位文思敏捷的青年作家能更早地寫出堪為時代標杆的作品，以創作實績來證明本流派文藝理論的正確性，率先打破文壇上籠罩著的「絕大的苦悶」。他曾給路翎這樣的建議：「（一）要寫積極的性格，新的生命；（二）敘述性的文字，也要淺顯些，生活的文字；（三）不迴避政治的風貌，給以表現。〔註3〕」

文代會閉幕後，胡風卻因痛感於本流派被忽視的狀況，改變了既定的「沉著」的方式。回到上海的第 8 天，他在給冀汸的信中提出，「以後的鬥爭，應該組些散兵線，這才能和深入工作的方向配合。」過了幾天，他在致路翎的信中焦灼地催促，「要拿出東西去，從庸俗和虛偽中間來歌頌這個時代的真實的鬥爭。」

「拿出貨色來」，這是 30 年代右翼文人責難左翼文壇的名言，40 年代沈從文也曾以此要求抗戰文壇。胡風深知，沒有優秀作品的流派有如鏡花水月，無論理論上如何前進，也得不到文壇的尊重。於是，他親自為路翎的新作《人民萬歲》寫推薦信，並「請教」於著名導演黃佐臨，力爭在上海演出。他親自為妻子梅志修改童話長詩《小紅帽脫險記》，準備攜往北京，尋找發表的機會。他為冀汸看稿，《暗夜星輝》是冀汸創作的一部多幕劇，他慎重地提出修改意見。他接待了從杭州來滬的阿壟，傷心地發現「他的情緒很萎頓」；他還接待了青年朋友化鐵，交談過兩次，卻納悶於「摸不著他的情緒」。

9 月 6 日，胡風隨出席全國政協首屆會議的上海代表團啟程北上，他遲至

〔註3〕文中摘引胡風書信均見於《胡風全集》第 9 卷，下不另注。

日前才接到會議通知，心中不無懊惱，使他「更證明了這以前的看法」，即「文藝上的負責同志們對我的問題有意見」，同時，也更增加了他「拿出東西來」的緊迫感。此時，胡風已把推出本流派的作品視為作戰，並把目標鎖定在全國第一大報《人民日報》的副刊，副刊主編是李亞群，抗戰後期曾任廣西地下黨領導人，與胡風有過交往。抵達北京的當天，他便約見李亞群，「閒談了約四小時」，遞上梅志的童話長詩《小紅帽脫險記》，該長詩於開國大典前兩日（9月29日）順利面世。

第一炮轟然打響，胡風備受鼓舞，他在給朋友的信中寫道：「梅志的童話連載後，有些詩人頗為怏怏。」接著，他全力向李亞群推薦路翎的劇本《人民萬歲》。稿子送出後，他滿懷信心地告訴路翎：「這是一個熟人，看中了就有可能爭取發表。」李亞群審閱後，對劇本所表現的工人自發鬥爭提出意見，認為「黨的領導太弱」，最後一幕工人「到山上去」，也不符合當年黨提出的「潛伏、堅持」的政策，並提出相應的修改意見。

按照胡風當年已達到的理解：「政策加藝術」是周揚提倡的禍害社會主義文壇的有害理論，是應該堅決拋棄的東西。然而，為了能上《人民日報》，他卻婉轉地勸說路翎，「能否再斟酌一下，通過人物性格的鬥爭加強當時政策上的要求？如可能，望能盡快。」為了雙保險，他還向李亞群推薦了路翎的另一部為配合政治宣傳而寫的諷刺劇《反動派一團糟》，那是作者自認為「彆扭」的「趕任務」之作，演員黃宗江等也說過這是個「砸」劇團招牌的劇本。然而，為了能上《人民日報》，這一切都顧不上了。他寬慰路翎說，即使《人民萬歲》不能發表，「（這個劇本）那總可能發表的……現在是站在讀者面前去最要緊。」

胡風此前最憎惡的是藝術上的實用主義態度，抗戰時期他曾將其詆之為「市儈主義」，並不懈地進行過筆伐。如今，為了本流派能「站在讀者面前」，他卻不能不這樣做，其內心的不安是可以想見的。他不能不向路翎作出合理的解釋，於是，在寫好的信後補充道：「鬥爭，總是要付出代價的。在過去，我們付過，現在，還要付下去……看情形，文藝上的鬥爭還得經過長途，這中間，要受得住，要每一工作都更深沉一些。另外，也得做一些應急的工作，如這次的小劇本。」此時，急於求成的胡風並沒有意識到，為了流派的眼前利益而放棄長期堅持的藝術創作原則，這「代價」是不是太大了一點！幾年後，他在三十萬言書中批評周揚等以命令的方式逼迫文藝界「趕任務」，他是否想過當年推波助瀾的人群中也有他自己。李亞群最終沒有接受路翎的劇本，胡風於是將

《人民萬歲》交給北京的兩個劇團，還準備直接向周揚提出「實驗演出」的要求，後均因劇本先天不足而流產。

胡風當時並沒有過多地為此煩惱，他太忙了。9月他參加了第一次政治協商會議的所有活動，還出席了革命烈士紀念碑奠基禮，10月他參加了開國大典。有幸參與新生的人民政權的重大政治活動，他感受到了勝利者的喜悅，更增添了參與的積極性。10月26日，他「檢出各書三份」，寄贈毛澤東、劉少奇和周恩來，次日又給周總理去信，請求面談。

在愉快和焦慮交織的情緒中，胡風開始蘊釀長篇政治抒情詩《時間開始了》。他寫得很快，11月6日起筆，11日夜便完成第一樂章《歡樂頌》，20日順利地在《人民日報》發表。這是新中國誕生後的第一首頌歌體的長詩，詩歌發表後頗有影響。當年，便有一位「共產黨員詩人」（王亞平）表示祝賀，說「你第一個歌頌了毛澤東」！

然而，按照胡風的理論，作家與新時代驟然相遇時，是並不適合寫作的，因為此時的美學特徵是「主觀精神底高揚和客觀精神底泛濫分離地同時發展」。他曾這樣不無道理地分析道：「文藝家和這偉大的事件相碰，他底精神立刻興奮了起來，燃燒起來，感到擁抱了整個時代的沉醉。他想把自己的心情塗滿了外界事物，覺得一切在他底眼前變了形，於是狂熱地吐出他底感激，他底歡喜，他底希望，好像能夠使整個世界隨著他底欲求隨著他底欲求運轉。在主觀精神底這樣的高揚裏面，現實生活底具體內容就不容易走進，甚至連影子都無從找到。」《歡樂頌》作於政協會議後僅兩個月，對於既是理論家又是詩人的胡風，我們不知是應該讚揚他的理論，還是讚揚他的創作。理論與創作的錯位只能從作者其時的實用主義態度中探求答案，而這種態度不能不損害詩的主旨及形象表現，請看詩中最為有名的幾段：

> 海／沸騰著／它湧著一個最高峰／毛澤東／他屹然地站在那最高峰上／好像他微微俯著身軀／好像他右手握緊著拳頭／放在前面／好像他雙腳踩著一個／巨大的無形的舵盤／好像他在凝視著流到了這裡的／各種各樣的大小河流
>
> 讓從地層最深處衝出來的／流到這裡來／讓從連山最高處飛泄下來的／流到這裡來／讓從嵯峨崢嶸的岩石中搏鬥過的／流到這裡來／讓沾著樹木花草香氣的／流到這裡來／讓映著日光月色星光雲彩的／流到這裡來／讓千千萬萬的清流含笑地載歌載舞地

／流到這裡來

　　同時／也讓帶著泥沙的／流到這裡來／讓浮著血污的／流到這裡來／讓沾著屍臭的／流到這裡來／讓百百千千的濁流含羞地遲遲疑疑地／流到這裡來

　　直言之，這不是一部經得住時間考驗的作品，詩中對人民領袖的心態揣摩失當，「腳踩舵盤」的形象描摹脫離生活，而以「清流」、「濁流」這類用語來比附政協各階層的政治代表，則明顯有悖於黨的統戰政策。

　　儘管如此，胡風仍充滿了勝利的喜悅。他在給朋友的信中這樣寫道：「這首詩是一場熱病，等發完了詳談去。打動了神經中樞，派人來說了一些意外的話，在力量上給了最高的承認，但在『理論』上還有問題。這變化，我想是因那首詩促進的。」信中的「神經中樞」，指的是毛澤東；「派人來」，指的是 11 月 27 日胡喬木的來訪，他時任毛澤東的秘書並兼中宣部副部長。胡喬木此行或許對作詩說了一些溢美的話，但對詩人卻作了一番批評。據胡風日記所載，至少還談到「1，我對世界、歷史的看法和共產黨不同，2，要和整個共產黨做朋友」。然而，沉浸在喜悅中的胡風沒有太看重這些批評，只是從胡喬木的話語間聽出了毛澤東的讚賞，進而判斷中央對他的態度發生了「變化」，是否有所誤解，在此不論。

　　此期，值得一提的是，胡風還為本流派的崛起做成了一件事，他通過廖承志和金山的關係，把路翎從南京調到了北京的青年劇院。調動成功後，他頗有感慨，致信路翎道：「在外地，和小耗子們纏，實在吃力，倒不如到這裡來為好。到底理解多一些。」還自信地說，「我想我遲早得住北平的。這些話不必說出去。」

（二）中央領導看到了胡風的主觀努力，並準備將其安排在相當重要的位置上。然而，由於「小巨公」胡喬木並未考慮到應將胡風的「組織和工作問題」一攬子解決，致使他的堂堂正正「住北平」的自信受到挫折，因此，他徘徊再四，終不能決

　　胡風雖然自信「遲早得住北平」，但內心希望的是堂堂正正地來，即在「工作和組織問題」一攬子解決之後，而不是給個板凳就坐下來。在他看來，「工作和組織問題」是同一問題的兩個方面：解決了工作崗位，而沒有組織關係作保證，工作無法開展；解決了組織問題，而沒有適宜於「全面地研究」的工作崗位，也是不成的。

解放以後，建議或要求胡風趕快解決「工作和組織問題」的朋友很多，其中最有力者是彭柏山，彭柏山早在「左聯」時期與胡風結交，後來棄文從武，久經革命戰爭的考驗，具有豐富的鬥爭經驗。建國後魚雁往來，推誠相見，兩無疑忌。當彭柏山得知胡風的處境後，曾給予不少忠告，如「堅持真理，服從組織」，如「一切問題，只有到黨內來，才有是非，才有結果」，等等。胡風相信彭柏山，卻信不過周揚，他確信周揚一定會為此要他付出「代價」。彭柏山卻認為這只是胡風的「揣想」，承諾願與周揚斡旋，「直接負責地為你提出組織問題」，甚至自薦與歐陽山當他的入黨介紹人。然而，胡風卻自信能通過更加有效的上層路線解決問題，於是在致信彭柏山時並非無意地提到他與「周副主席」有聯繫。

1949 年 10 月 27 日，他致函周總理，請求面談，由於周總理太忙，苦等了兩個月未能如願。無奈之下，他便於翌年 1 月 8 日致信胡喬木，請他代「約（總理）談話」，並提出解決組織問題的要求。抗戰時期，胡喬木曾在重慶的一次座談會上尖銳地批判過胡風的「主觀戰鬥精神」，並由此引發了大後方批判「主觀論」的運動。胡風當然知道胡喬木對他的文藝思想的態度，但在此時仍不能不把他當作「最大的依靠」。胡喬木如約前來，卻說「周（總理）現在不能會談，但想談，等再來北京時。」至於「組織問題」，胡喬木認為完全取決於胡風個人的覺悟，他並無「奉勸」的責任。

胡風不相信總理會忙到連這點時間也沒有，疑心胡喬木在中間作梗。於是，在給朋友的信中將胡喬木改稱「小巨公」，並忿忿地寫道：「暫時無時間見面云，我想，還要迂迴的。」胡喬木的冷淡，給胡風初戰告捷的愉快心境中投下一片陰影，他決定返回上海，當周揚聞訊趕來挽留他在全國文聯任職時，被他一口拒絕。

接下來的 1950 年，胡風表現得相對的沉穩。上半年，他繼續寫作及修改政治抒情詩《時間開始了》，並尋求發表的機會；他耐心地指導路翎領會政策，繼續創作「宣傳劇」。雖然仍時有抱怨，如「住在外地小地方，簡直望不見文壇大風向了」，「一動筆就要挨罵」，「不動筆也要挨罵」，「我在這裡完全是二流子」等，但總的表現仍屬沉著。下半年，他接受《人民日報》邀請來北京採訪全國英模大會，創作熱情再次爆發，幾乎每個月都有新作誕生，其創作思路與文藝思想繼續相侔，所表現的英雄人物並不帶有「精神奴役的創傷」，而都是「單純的堅強」或「單純的天真」，與長詩《光榮贊》中對勞動人民「勤勞」、

「英勇」、「智慧」、「純潔」品質的歌頌如出一轍。他的這些新的表現，自然得到了有關人士的嘉許和肯定。

然而，他此時最希望的是胡喬木能踐約促成他與周總理的面談。1950 年底，他再次致信胡喬木，要求約見。翌年元旦，胡喬木約他面談，提出三個工作崗位：人民文學出版社總編輯，《文藝報》負責，中央文學研究所。並要求他「選擇一個，書面答覆」。不過，似未談及胡風的組織問題。儘管如此，也可見出，此時中央對胡風的器重遠遠超過了第一次文代會期間，《文藝報》主編固然是舊事重提，人民文學出版社總編輯卻非同等閒，這兩個崗位都能發揮他的特長，也能「全面地研究文藝情況和實踐問題」。然而，胡風卻感到了「失望」，後來他對這種情緒有過多種解釋，其中「非黨員怎樣工作」恐怕是最主要的擔憂。

三天後（元月三日），胡風得到周總理約見的通知。他準時地來到中南海，卻不料總理牙疼就醫，臨時改約。可以肯定，此次周總理的約見與胡風的「工作和組織問題」有關，如果約見實現，在總理的介入下這些問題都會迎刃而解。遺憾的是，歷史又一次出了偏差！他沒能見到總理，把握不定是否應該馬上「決定」。為慎重起見，三個月後他才給胡喬木「書面答覆」，但他並沒有「選擇一個」，而是要求先「就全面情況研究一下」。胡喬木當然不置可否，但留下了「胡風始終持不合作態度」的客觀印象。

1951 年 10 月，胡風完成四川土改任務後重返北京，再次致函胡喬木請求「談工作問題」。胡喬木正忙於它事，讓他與時任中宣部副秘書長的邵荃麟洽談。抗戰中期，邵荃麟曾高度評價路翎的小說《飢餓的郭素娥》，解放前夕主編《大眾文藝叢刊》時卻對胡風「主觀論」進行討伐。胡風心懷耿耿，面談兩次，自然不得要領。11 月 6 日，胡喬木再次接見胡風，要求他「立刻回答」是「要做工作還是要做作家」，他「衝動地產生了反撥情緒」，談話不歡而散。

組織委以重任，等待答覆的時間長達 9 個月。平心而論，在當年的政治氣候下，組織對他（非黨幹部）的安排不可謂不重視，不可謂不慎重，不可謂不耐心。從這個角度而言，胡風被指責為「不合作」並不算過分；然而，他卻從胡喬木的態度中得出這樣的結論：「文藝上的具體領導對我是基本不信任的，甚至抱有敵意。」這說法似乎有點過於自重了。

胡風沒有料到，這次不歡而散的談話竟引出了又一個轉彎命運的契機。胡喬木發現他無法說服胡風，只得請出周總理。1951 年 12 月 3 日，周恩來約請

胡風談話，從下午三時三刻直到八時三刻，整整談了 5 個小時。周總理在這次推心置腹的長談中提到同志們都反映他「不合作」，還婉轉地談到組織問題，說「（和共產黨）合起來力量大些」，等等。遺憾的是，這並沒有消除胡風的思想顧慮，反而使他產生了誤解，他這樣想道：「我，一個共產主義同情者或信仰者，只是從文藝上做了些追求，說是和共產黨『合起來力量大些』，作為鼓勵的話我也覺得太重了。」他還認為，「總理對我說的並不是簡單的鼓勵話，而是……期待我珍惜我自己和與我有關的作者們的勞動能量，把自己放在能夠被黨注視和『護理』的地位上面。」視批評為「鼓勵」，視團結為「護理」，這個不該有的誤解使胡風的自信心膨脹開來，致使他「既沒有無保留地談自己，也沒有無保留地談文藝上的實踐情況」。

（三）胡風的工作問題久拖未決，上層於是有把他安排在華東的想法。他擔心從此再不能「從全局研究問題」，著急起來，決心寧願到北京「坐冷板凳」，也不願坐擁華東「半壁江山」。他讓彭柏山向周揚提出「討論胡風文藝思想」的要求，並把與周揚等的分歧上告毛澤東和周總理，促使文藝思想的矛盾公開化。此舉雖然使周揚等暫時陷入被動地位，但也使得中央對胡風的信任降到了更低點

面見周總理後，胡風充滿了自信。他與邵荃麟等談妥，先返回上海，暑期搬家去北京。

1951 年年底，中宣部文藝工作會議決定開展「批判資產階級思想」的文藝整風運動，《文藝報》「內部通訊」上發表了幾位讀者「對胡風文藝理論的一些意見」。胡風得知後十分惱怒，他認為，這肯定是周揚等背著中央領導搞的小動作，也許暗藏著阻撓他北上的機心。而此時，彭柏山已由部隊轉到地方，擔任華東軍政委員會文化部副部長，正在替胡風在華東文藝界安排位子。是留上海，坐擁華東「半壁江山」；還是去北京，「全面地研究文藝問題」？胡風躊躇起來，他寫了許多信，廣泛徵求各地朋友的意見。

到了 1952 年 3 月間，朋友們的意見匯齊了，有一個建議幾乎是共同的，就是讓他致函周總理，請求再次面談，至於是談文藝「理論」問題，還是談文藝「整個」形勢的問題，意見並不統一。

就在胡風躊躇著給總理的信該如何措辭之時，彭柏山告之周揚即將路經上海的消息。兩人商量後，決定由彭柏山出面把周揚約到胡風家中，試探周揚對批判「胡風文藝思想」有何計劃和打算，然後寫信向周總理反映。此舉「預謀」在先，有胡風給路翎的信為證：「（3 月 27 日）提意見要求見面的問題。

我在躊躇。——子周從土改回來要過這裡。如見面，情形也麻煩，但同時也許可以看出一點什麼來。」（4 月 16 日）等子周過此時，周旋一下，再考慮給父周去信。」信中「子周」指的是周揚，「父周」指的是周總理。順便提一句，有人說，胡風把總理當成父親般來尊敬，通觀全文，這種詮釋殊為可笑。

4 月 23 日，不明底裏的周揚在彭柏山陪伴下來到胡風家裏，談了約兩個小時。據胡風 5 月 11 日給路翎信中所云：「周（揚）過此，提出了兩點：（一）反對改造；（二）反對文學傳統。我解釋了一點，但未多談，談也是無用的。最後，他『攤』出來了：過去，罵盡了黨的作家。某某某又罵了郭與茅云。至於討論，也可以不做，或在內部做一做，先工作起來，以後再說，云。他回去後當有討論，通知我去，云云。這內部討論，是柏君提議的。」

信中寫得很清楚：提出「內部討論」要求的是彭柏山，而不是周揚，此議當是胡風與彭柏山在事前商量決定的；周揚此時對於如何處理胡風問題尚心中無底，他還在力勸胡風工作，對於是否「內部討論」並未表態。過去，研究者一直以為 1953 年中宣部內部召開的「胡風文藝思想討論會」是周揚等為打擊胡風而精心籌謀的陰謀，由此可見完全是誤解。換言之，「內部討論」是胡風的主動進攻，而周揚當時實處於被動應付的處境。

摸清了周揚的底牌後，胡風便按原定計劃致函周恩來，信中彙報了與周揚的談話內容，並附上《文藝報》「內部通訊」的摘要。令人奇怪的是，他同時也給毛澤東寫了一封信。查其因由，卻起於一個「傳說」，見於上文胡風給路翎的同一封信，信中寫道：「還有一個傳說：主席看過《路》，說，提法對，結論也對，分析有錯誤云。根據這，我去了信，並把《通報》內容摘要寄去。要求見面，要求在領導下工作，並給主席信，要求直接得到指示。」《路》指的是他作於解放前的長篇論文《論現實主義的路》，毛澤東是否看過這篇文章，迄今尚無旁證。但，毫無疑問，這個「傳說」增添了胡風與周揚鬥爭的底氣，他當然也沒有忘記《歡樂頌》曾「第一個歌頌了毛澤東」的往事。

5 月 4 日，兩信寄出，胡風靜候佳音。等到 5 月 19 日，他沉不住氣了，焦灼之意溢於言表。他在給路翎的信中不停地抱怨，「信去了兩周，尚無消息。昆乙先生（周揚）說回京後或者來信約去『內部』談談，也無消息。」他給朋友謝韜去信，拜託他通過周總理辦公室工作人員於剛打聽消息，並讓謝韜故作無意地向於剛「吐露」，「一、幾年來胡（風）想工作，二、想搬來北京，得不到幫助。」他希望這些話能及時地傳遞到周總理耳裏。等到 5 月 29 日，胡風

簡直灰心了，他致信路翎，哀歎道：「這裡的情況是：沒有回信，當不會回信的。昆乙來消息說工作也可以在華東，云。……不得已，只好在華東弄一兩年再看。」

此時胡風猶如騎在虎背上，完全失去了素來的冷靜，對於自詡「神經粗得像鋼纜」般的他來說，這表現是異乎尋常的。直言之，他難以預測毛澤東、周恩來閱信後的反應，他對即將到來的與周揚等的理論鬥爭並無取勝把握，他對可能被撇在華東的前景甚為悲觀。

就在胡風焦慮的等待中，舊友舒蕪的《從頭學習〈在延安文藝座談會的講話〉》的文章突然在《長江日報》（5 月 25 日）發表，舒蕪在文章中檢討舊作《論主觀》的錯誤，並披露，「十年前，《講話》發表的時候，國民黨統治區內某些文藝工作者，認為這些原則對是對，但也不過是馬列主義 ABC 而已」。胡喬木發現了這篇文章，批准《人民日報》全文轉載，並親自撰寫「編者按」，按語中特別指出，發表《論主觀》的《希望》雜誌「是以胡風為首的一個文藝上的小集團辦的」。

舒蕪的這篇文章來得真不是時候，對正處於彎弓待發狀態的胡風而言，其打擊不啻晴天霹靂。從宏觀上考察，胡風與周揚的主動、被動地位頓時發生了逆轉；從微觀上考察，胡風自此喪失了超然的矜持。事態於是急轉而下，他於5 月 30 日開始撰寫《學習，為了實踐》，也對《講話》作政治表態，做出順應主流思潮的積極姿態；同時趁彭柏山去北京開會之便，委託他向周揚等正式提出「要求移京住」、「要求工作」和「要求討論」等要求。

此舉對於胡風來說，其意義更非同尋常：建國以來，胡風對組織安排的工作一向是貌似不屑一顧，1951 年初他對胡喬木提出的三個重要崗位游移不定，1951 年底他對周總理勸其住京的善意欲許還拒，如今舒蕪反戈，陣腳大亂，他一下子把底牌全交出去了！

7 月 6 日，已居於主動地位的周揚終於有了回音，他約胡風到北京去，答允「我們將討論你的文藝理論問題」。他且對彭柏山說：「中央認為胡風是個人才。」胡風聞訊後又興奮起來，他以為這是給毛澤東、周總理的信發生了作用，「因為重視我，所以要討論我的文藝理論問題」。7 月 19 日，他躊躇滿志地抵達北京。

然而，事物總有兩個方面。胡風自恃有通天的手段，周揚更有上達的捷徑。7 月 23 日，周揚通過正常途徑看到了胡風給毛主席和周總理的信，認為胡風

信中反映情況有誤，馬上致信周總理彙報上海談話詳情並請示處理方法。7月27日，周總理在周揚信上批覆：

> 同意你所提的對胡風文藝思想的檢討步驟，參加的人選可加上胡繩、何其芳，他們兩人都曾經對胡風進行過批評。不要指望一次就得到大的結果，但他既然能夠並且要求結束過去二十多年來的不安的思想生活，就必須認真地幫助他進行開始清算的工作，一次不行，再來一次。既然開始了，就要走向徹底。少數人不成功，就要引向讀者，和他進行批評鬥爭。空談無補，就要把他放在群眾生活和工作中去改造，一切都試了，總會有結果的。

周總理的這個批示直到 1989 年才公諸於世，其時胡風作古已逾一年。可歎的是，他終其生對周總理的安排毫不知情，以為都是周揚背著中央搞的私貨。

馬拉松式的「胡風文藝思想討論會」從 8 月斷斷續續地開到年底，這是一場未曾開始便已決定勝負的「準」政治鬥爭。翌年初，林默涵的《胡風的反馬克思主義的文藝思想》和何其芳的《現實主義的路，還是反現實主義的路》面世，解放後對胡風文藝思想的第一次公開批判就此拉開大幕。

1953 年 2 月 15 日，中宣部向黨中央報送《關於批判胡風文藝思想經過情況的報告》，其中提到對胡風的工作安排，認為他已不宜在《文藝報》中擔任職務，建議先把他安排在全國文協，將來再考慮是否讓他「參加文協的創作委員會或《人民文學》的編輯工作」。

3 月 5 日，周總理批示：「對胡風的方針和態度正確。」

2004/7/4

細讀胡風之「關於舒蕪問題」[註1]
——兼及「將私人通信用於公共事務」問題

提要：

上世紀 50 年代初，胡風與舒蕪在文藝思想上發生分歧，繼而互作政治指控。在這一過程中，兩人都曾不恰當地「將私人通信用於公共事務」，所加諸對方的「罪名」也頗為相似，而胡風的操作先於舒蕪整整一年。他們所以這樣做，在很大程度上來自於三、四十年代文化人的思維和行為慣性。因此，在討論胡風與舒蕪的恩怨時，不能糾纏在「私人通信」這個問題上，而應換個角度。

主題詞：胡風；舒蕪；私人通信

一、胡風「將私人通信用於公共事務」早於舒蕪一年整

「關於舒蕪問題」見於胡風《關於解放以來的文藝實踐情況的報告》（俗稱「三十萬言書」）的第三部分「事實舉例和關於黨性」的第四節[註2]。參照胡風日記，可知這節文字起筆時間不遲於 1954 年 5 月[註3]。

這節文字是他為《關於舒蕪和〈論主觀〉的報告》（1952 年）所作的補充，1954 年胡風撰寫「三十萬言書」時，認為 1952 年的報告言猶未盡：從時間來說「只簡單地說到解放以前的情況」，從內容來說只是「以能夠說明我的檢討為限」，沒有把舒蕪的政治品質問題說透；於是再「補充幾點，並說明那以後

[註1] 載《江漢論壇》2005 年第 12 期。
[註2] 胡風：《關於解放以來的文藝實踐情況的報告》，《胡風全集》第 6 卷，湖北人民出版社 1999 年版，第 324～331 頁。
[註3] 胡風：《胡風全集》第 10 卷，湖北人民出版社 1999 年版，第 489 頁。

的情況」。這補充的「幾點」共有十一則，約 5000 餘字。

細讀此節全文，最令人驚奇的發現是：胡風用以證實論敵舒蕪「氣質」和「品質」的十一則材料幾乎全是私人書信。順便提一句，舒蕪起筆撰寫《關於胡風的宗派主義》的時間是在「1955 年 4 月底或 5 月初」〔註4〕。換言之，胡風「將私人書信用於公共事務」早於舒蕪一年整。

二、胡風利用私人書信之例證

「關於舒蕪問題」所補充的十一則材料中，利用私人書信作為論據的共有七則，詳如下：

第一則材料提到兩封私人通信，說明 1945 年 11 月胡喬木與舒蕪討論《論主觀》事，用意在於澄清當年自己在此事件中所持的態度。胡風寫道：討論進行得很激烈，「出來了以後舒蕪很激動，說：『他（指胡喬木）設了許多陷阱，要我跳下去呀！』我聽了感到意外，覺得這個想法太不平常，證明了這個談話恐怕只有反效果。」於是，便「勸他（指舒蕪）給胡喬木同志寫一封信」，表明願意聽取意見的誠意；「後來胡喬木同志對我（胡風）說他自己對舒蕪的態度也不好，我也去信委婉地告訴了他（指舒蕪）」。胡風認為此舉安定了舒蕪情緒，避免了矛盾激化。

第二則材料摘引了舒蕪 1945 年 7 月 2 日給他的信。摘引部分如次：「觀看朋友們的反映，我，似乎已是逐漸走向市儈主義的了。……一定是，心理有不安有難堪時，倒成了顧影自憐，倒成了市儈主義。……二十世紀的個人主義，客觀上就是市儈主義。是不是？」胡風用以證實舒蕪那時已承認具有「市儈主義」的氣質。

第四則材料提到及摘引了三封私人書信，用以證實解放後舒蕪不安於位，總想到大城市工作。第一封是南寧解放後舒蕪託他找工作的信；第二封是他的回信，其中談到「就是被當作留用人員也得留下，好好向老幹部學習」；第三封是舒蕪的回信，摘引原信「在老幹部身上看到了『毛澤東思想的化身』」。

第六則材料提到及摘引了舒蕪的三封信，用以說明解放後舒蕪的「市儈主義」氣質越來越惡劣。1950 年 9 月舒蕪來北京出席全國中蘇友協工作會議，曾與多年未見面的胡風、路翎等朋友見面交談。胡風為證明此時已對他的「氣質」很不耐，提到「他走後來了三封信，且告訴我熊復黑丁同志請他吃飯，但

〔註4〕舒蕪：《〈回歸五四〉後序》，《新文學史料》1997 年第 2 期。

我都沒有回答」。熊復、於黑丁當年都是中南文協領導，而舒蕪當年在廣西省、南寧市兩級文聯都有任職，當時廣西文聯尚隸屬於中南文協。

第八則材料中摘引了舒蕪的一封信，用以揭露舒蕪的「虛偽」。1952 年中宣部召開「胡風文藝思想討論會」，舒蕪被邀請參加。胡風寫道：舒蕪「動身之前告訴人：『北京沒有辦法了，我這次去是當大夫，開刀！』」接著提到，舒蕪抵京後「來信要見面，裏面還說『兩年多來，不大清楚你的行蹤，事情又忙，故一直不曾寫信』。」

第九則材料中提到舒蕪的一封信，用以批駁舒蕪對他的誣陷。1952 年的「胡風文藝思想討論會」上曾將舒蕪的《向錯誤告別》印發給與會代表，舒蕪在此文中說他寫作《論主觀》時受到了胡風的《文藝工作的發展及其努力方向》的「啟示」。胡風為了證實並無其事，指出「他的《論主觀》是在一九四四年二月二十八寫定的，不但文章後注得明白，還有他第二天給我的信」。

第十則材料中摘引了舒蕪的一封信，仍是為了揭露舒蕪的「虛偽」。1952 年 12 月 27 日，舒蕪開完「胡風文藝思想討論會」返回南寧，行前給胡風寫了一封信。胡風寫到：「舒蕪完成了任務，離京之前還給了我一封信：『那篇文章（指《向錯誤告別》），回去後將重寫。因為大致是要發表的，將只檢查自己。那篇裏對你所提的意見，則想著是幾個人看看的性質，所以盡所能理解的寫出來，其中不對的地方當然一定有，僅提供參考。不知何時回滬？何時移家來京？』他安詳得很，這是轉過頭來用笑臉把我也當做小孩子看待了。」

綜上所述，胡風在這節文字中共提及和摘引私人書信 12 封，其中他自己的書信 2 封，舒蕪的書信 10 封。

應該指出，無論是為了揭露論敵的「氣質」，或是為了替自己辯誣，胡風都毫不猶豫地間接或直接引用私人書信。其中摘引不當的情況也有，譬如，為了揭露舒蕪的「市儈主義」氣質，胡風引用了舒蕪書信中的自我解剖，這種做法是不妥當的。須知，同期路翎在給胡風的信中也曾有過與舒蕪相似的自我解剖，如果有人根據其中的「我應該是很誠實的，然而我常常虛偽〔註5〕」這樣的字句來責備路翎，想必胡風也是不會同意的。

順便提一句，剩下的五則材料全是用來揭露舒蕪的政治「品質」的，而用以說明問題的論據則都是私人談話。如第三則材料揭露其對解放軍的態度，第五則材料揭露其「因被捕問題被清除出黨以後表現了強烈的反黨態度」，第七

〔註 5〕曉風：《胡風路翎文學書簡》，安徽文藝出版社 1994 年版，第 82 頁。

則和第十一則材料則揭露時任中宣部文藝處副處長的林默涵對舒蕪的包庇和縱容。

三、胡風和舒蕪互加罪名之解析

　　1954 年 5 月，胡風呈送中央的「關於舒蕪問題」，文中不當地提及和摘引了舒蕪給他的書信，甚至還直接或間接地引用無法驗證的私人談話。粗略地歸納一下文中提供的十一則補充材料，可以看出胡風給舒蕪戴了四頂政治帽子：

　　　　第一，舒蕪是市儈主義者、品質惡劣的欺騙者。

　　　　第二，舒蕪因被捕問題被清除出黨以後表現了強烈的反黨態度。

　　　　第三，舒蕪對解放軍和老幹部的態度引起了朋友們的強烈的不滿。

　　　　第四，舒蕪是打進黨的「破壞者」（內奸）

　　其實，這四頂政治帽子的要害只是一個：舒蕪是叛黨份子！

　　1955 年 5 月，舒蕪應《人民日報》編輯約稿，起筆撰寫《關於胡風的宗派主義》，文中也不當地大量摘引胡風書信。此文被《人民日報》編輯送到中宣部，引起了林默涵的嚴重關注，林指示將這些書信「進行摘錄、分類、注釋」〔註6〕，這便是《關於胡風反黨集團的一些材料》問世的背景。

　　後來的研究者一般認為，「材料」中的四個小標題就是舒蕪強加給胡風的四項罪名：

　　　　第一、從這一類的材料當中，可以看出十多年來胡風怎樣一貫反對和抵制中國共產黨對文藝運動的思想領導和組織領導。

　　　　第二、從這一類的材料當中，可以看出十多年來胡風怎樣一貫反對和抵制中國共產黨所領導的由黨和非黨進步作家所組成的革命文學隊伍。

　　　　第三、從這一類的材料當中，可以看出十多年來胡風為了反對中國共產黨對文藝運動的領導，為了反對中國共產黨所領導的革命文學隊伍，怎樣進行了一系列的宗派活動。

　　　　第四、從這一類的材料當中，可以看出胡風十多年來在文藝界所進行的這一切反共的宗派活動，究竟是以怎樣一種思想，怎樣一種世界觀作基礎。

〔註6〕舒蕪：《〈回歸五四〉後序》，《新文學史料》1997 年第 2 期。

其實,四項罪名可以合一,即:胡風反黨!

胡風撰寫「關於舒蕪問題」時,他與舒蕪的矛盾尚屬文藝思想鬥爭的範疇,還沒有轉化到政治鬥爭的程度。而他在「三十萬言書」其他部分及同時呈送的《給黨中央的信》中,已經明確地將舒蕪說成是「叛黨分子」〔註7〕,甚至多次指責周揚等「利用叛黨分子在黨和群眾面前公開地造謠侮蔑不向他屈服的作家」〔註8〕。

舒蕪撰寫《關於胡風的宗派主義》時,胡風問題已由上面基本定性,其要害已不在「宗派主義」。舒蕪的這篇文章與裝訂成冊的胡風信件被同時送往林默涵處,林默涵感興趣的並不是文章而是信件,他於是這樣對舒蕪說道:「你的文章和胡風的信,都看了。你的文章可以不必發了。現在大家不是要看舒蕪怎麼說,而是要看胡風怎麼說了。〔註9〕」

四、「將私人通信用於公共事務」問題

綜上所述,在上世紀 50 年代初期的政治環境和法制環境中,胡風與舒蕪互作政治指控時,都曾不當地「將私人通信用於公共事務」,所加諸對方的「罪名」也頗為相似。

剩下的問題是,舒蕪「存心」利用私人書信是否早於胡風撰寫「關於舒蕪問題」。曉風、曉谷、曉山整理輯注的《胡風致舒蕪書信選》的注文中,有如下一段:

> 應該指出,舒蕪要利用胡風這些信件,是存心已久的。據梅志回憶,1954 年夏天的一個晚上,聶紺弩和何劍熏曾帶著舒蕪來胡風家。出於對舒蕪所作所為的憤慨,胡風大聲喝斥說:「老聶,我這家裏可不是隨便什麼人可以來的!」弄得聶很尷尬地帶舒蕪離去了。過了幾天,聶紺弩夫人周穎來胡風家,告訴胡風和梅志,事後舒蕪曾悻悻地說:「他別厲害,我手裏還有他的信呢!」聶紺弩嚇了一跳,連忙勸解,試圖讓舒蕪打消此念。〔註10〕

〔註7〕 胡風:《關於解放以來的文藝實踐情況的報告》,《胡風全集》第 6 卷,湖北人民出版社 1999 年版,第 341 頁。

〔註8〕 胡風:《關於解放以來的文藝實踐情況的報告》,《胡風全集》第 6 卷,湖北人民出版社 1999 年版,第 99 頁。

〔註9〕 舒蕪:《〈回歸五四〉後序》,《新文學史料》1997 年第 2 期。

〔註10〕 曉風、曉谷、曉山:《胡風致舒蕪書信選》,《新文學史料》1998 年第 1 期。

引文中提到的舒蕪登門受辱的準確時間是 1954 年 7 月 7 日。查胡風當天日記，有「紺弩引無恥和何劍熏來；即罵出門去」的記載。舒蕪對此事另有說法，但登門拜訪受辱以致提及書信事並無多大差訛〔註 11〕。由此可以確定，胡風家屬認定舒蕪「存心」要利用胡風書信事始於此日；換言之，舒蕪起念的時間仍晚於胡風起筆 3 個月。

述及此處，便不能不涉及到學界曾討論過的「將私人通信用於公共事務」是否妥當的問題，或所謂「倫理底線」問題。筆者以為，任何歷史事件只能放在一定的歷史條件下考察，脫離了一定的政治環境和法制環境，便無從判斷其妥當與否。

譬如，魯迅在 30 年代也曾以私人書信入文，最為著名的兩例是《答徐懋庸並關於抗日統一戰線問題》和《答托洛斯基派的信》，這兩篇文章都未經對方同意而引用了對方的信件。此舉是否有悖法理呢？答案是肯定的。1912 年 3 月 11 日孫中山簽署頒布的《中華民國臨時約法》之第二章中有「人民享有通信秘密等自由權」的規定。值得注意的是，魯迅先生儘管這樣做了，但並不以為十分正當，因此在行文中婉轉地進行了辯解。他在《答徐懋庸並關於抗日統一戰線問題》中這樣寫道：「以上，是徐懋庸給我的一封信，我沒有得他同意就在這裡發表了，因為其中全是教訓我和攻擊別人的話，發表出來，並不損他的威嚴，而且也許正是他準備我將它發表的作品。」而在《答托洛斯基派的信》後也補充了一句：「要請你原諒，因為三日之期已過，你未必會再到那裡去取，這信就公開作答了。」

那麼，上世紀 50 年代初胡風和舒蕪以私人書信入文是否也有悖法理呢？答案也是肯定的。新中國的第一部憲法（草案）公布於 1954 年 6 月 14 日，正式頒布於 1954 年 9 月 20 日，第九十條明確規定中華人民共和國公民的「通信秘密受法律的保護」。舒蕪作於次年 5 月的《關於胡風的宗派主義》摘引他人書信之違法自不必說，即如胡風的「關於舒蕪問題」摘引他人書信也是違法的。身為全國人大代表的胡風自當年 4 月 27 日起就「參加了憲法座談會」〔註 12〕，6 月 28 日「為憲法草案寫《中國現代史的百科全書》」〔註 13〕，7 月 3 日下午曾「參加作協憲法討論會」〔註 14〕，他應該非常清楚憲法草案中關於「通信秘密」

〔註 11〕舒蕪：《〈回歸五四〉後序的附記又附記》，《新文學史料》1998 年第 3 期。
〔註 12〕《胡風全集》第 10 卷，湖北人民出版社 1999 年版，第 479 頁。
〔註 13〕《胡風全集》第 10 卷，第 496 頁。
〔註 14〕《胡風全集》第 10 卷，第 497 頁。

的相關規定。而「關於舒蕪問題」的起筆時間不早於 5 月 24 日〔註15〕，初稿完成時間不遲於 6 月 8 日〔註16〕，改定時間不遲於 6 月 28 日〔註17〕。

如此說來，當年胡風和舒蕪利用私人通信互加罪名，從法制的角度來看，他們都有點「盲」。當然，這裡還有一個文化人的思維、行為慣性問題，胡風和舒蕪都曾與魯迅同時代，胡風非常崇拜魯迅，這是世人皆知的；舒蕪「尤尊魯迅」，他自己也說得很分明。也許他們這樣想過：魯迅做得，我為什麼就做不得呢？

也許有人會說，我們討論的是「私人信件可不可以不經允許地用於公共事務」的問題，胡風的「三十萬言書」是提供給黨中央的報告，並不是為了公開發表的，與舒蕪的欲公開發表的文章不可同日而語！這個說法成立嗎？

請參看 1954 年 10 月 28 日胡風給張中曉的信：「……今天甚至聽說二十多萬字的東西（指『三十萬言書』）要出版了，如果真是這樣，大概是上面已經決定了要徹底考慮考慮。〔註18〕」由此可知，胡風並不反對「報告」公開出版，甚至是非常渴望能夠公開出版。當然，1955 年 1 月，當公開出版即將成為事實前，胡風也曾向周揚表示過不願意出版的意思，但那只是因時易事遷而作的另一種考慮罷了。

因此，在討論胡風與舒蕪恩怨時，不能泛泛地說「私人信件可不可以不經允許地用於公共事務」，關鍵問題並不在於誰摘引了誰的書信，也不必追究誰先摘引了誰的書信。或如胡風家屬所說，關鍵問題在於誰運用了「歪曲事實、移花接木的手法」。胡風摘引舒蕪書信，應該作如是觀；舒蕪摘引胡風書信，也只能從這個角度來判斷。

〔註15〕《胡風全集》第 10 卷，第 489 頁。
〔註16〕《胡風全集》第 10 卷，第 492 頁。
〔註17〕《胡風全集》第 10 卷，第 496 頁。
〔註18〕林默涵：《胡風事件的前前後後》，《新文學史料》1989 年第 3 期。

再談胡風的「位子」問題
——並向楊學武先生請教（未刊）

《文學自由談》2004 年第 6 期刊載了楊學武先生的一篇雜文，題為《幸好胡風沒有好「位子」》。楊先生對拙文《胡風與第一次文代會》（載 2004 年 7 月 1 日《南方周末》）提出批評，指責筆者「把胡風為『位子』問題而鬧情緒、發牢騷甚至消極怠會、辭職不幹等等言行，披露得『淋漓盡致』，描寫得『醜態百出』」。

本來，讀者對於任何一篇文章都可以也可能會有各種各樣的看法，然而，揚先生對拙文的理解大大地偏離了筆者原文的題旨，故不得不辯。

首先，筆者並沒有在文中描寫胡風的任何「醜態」，只是簡單地鋪述胡風在第一次文代會期間從籌備期到成立全國文聯、文協全過程中的社會行為，其中固然涉及到研究對象因境遇不順而產生的某些心理波動及情緒變化，卻並無捕風捉影妄自猜測之處。

以楊先生最為不滿的「位子」提法為例，筆者在充分陳述事實後寫到：「近年來，有些研究者為了維護胡風『思想鬥士』的形象，不願論及文代會籌委會的『位子』問題對他的情緒和命運的實際影響，這種善意的顧慮其實是沒有必要的。當年，胡風因『位子』鬧情緒之事盡人皆知……」這個結論並不是平空說出來的，筆者至少還知道以下幾件可資佐證的資料：

第一件資料，彭柏山給梅志信中寫到：「胡兄從北平來信，對於個人得失，還有不能坦然處之之處，精神上徒多受刺激。其實，『人生有限，事業無窮』，我們能做到那一步，就算那一步，盡到了個人的責任，歷史會為老實人說公道

話的，因此，也就不必計較了。〔註1〕」彭柏山的這封信寫於 1949 年 7 月 8 日，其中提到的「個人得失」，當是文代會籌委會的「位子」安排問題。

第二件資料，舒蕪在《最後一次和胡風友好告別》中提到，1952 年他應邀參加「胡風文藝思想討論會」時，丁玲曾對他說：「胡風啊，也真是的。第一次開文代會的時候，我同他到北海劃船，勸他不要想得太多。我說，官也得有人去做嘛！郭沫若、茅盾他們去做官，讓他們做去好了……」舒蕪認為丁玲話中的意思「好像是勸胡風不要跟人去爭官，認為沒多大味道」。舒蕪的回憶是否有根據呢？筆者查閱了《胡風全集》第 10 卷，在第 91 頁讀到「丁玲夫婦、馬加來，一道到北海公園。和丁玲夫婦喝茶談到十一時，由我談到文代會情況，談到我的態度問題，等。」這一天是 1949 年 7 月 27 日，正值第一次文代會閉幕後幾日，文協「全國委員會」召開的前一天。可見，舒蕪的回憶大體準確。

第三件資料，賈植芳《在這個複雜的世界裏》中提到，第一次文代會後「胡風那時正往來於京滬兩地，他的日子已經不好過了。在天津阿壟的理論受到陳湧、史篤的批判；在南京路翎的劇本無法上演，胡風本人的工作又沒有著落，這使他情緒變得憂鬱甚至煩躁。正如一本傳記著作所寫的：『此時，一位位和他一樣顯赫的作家，均委以重任，有了具體的工作崗位，而他（指胡風）懸掛於閒置的空中，在北京、上海兩地蕩來蕩去。』他這一次來蘇州，訴說了他的煩惱，我也為他甚抱不平，面對這種『冠蓋滿京華，斯人獨憔悴』的氣氛，我暗暗地為他擔心」。胡風是 1950 年 9 月 2 日到蘇州的，距第一次文代會已一年有餘，他對「位子」問題仍沒有釋懷。

今年又看到了一件可資佐證的新資料，是胡風寫給梅志的信。胡風在信中寫到：當初「我的錯誤是沒有考慮到要站住地位，這就讓人家堵死了生路，悶死了生機。〔註2〕」此信寫於 1952 年 8 月 6 日，當時胡風從上海來北京參加「胡風文藝思想討論會」，孤身一人住在文化部宿舍。信中所提到的「地位」，就是拙文提到的「位子」。

其次，筆者不同意楊先生文中的設想。他說：「倘若胡風當時受到了重視和重用，讓他進入了文代會籌委會的『決策圈』，如願以償地當上了主任副主任或主席副主席之類的領導成員，而且說不定在以後還可以有機會『更上一層

〔註1〕朱微明整理：《彭柏山書簡》，載《新文學史料》1989 年第 2 期。
〔註2〕《胡風致梅志家書選》，載《新文學史料》2005 年第 1 期。

樓』謀得更高的『位子』……這樣一來，雖然他的命運一定會改寫，但他在人們心目中的『思想鬥士』形象也一定會改寫。」拙文的基本觀點是，不管胡風的主觀願望如何，在當時的政治文化環境中絕不可能得到較為理想的「位子」；而楊文持論的基點卻完全不同，以為胡風沒有得到好「位子」是偶然的，而一旦得到後，其表現一定會有所不同。我以為，至少在人格操守及理論一貫性等問題上，楊先生小看了胡風。

楊先生小看胡風，最令人不堪的語句是——「倘若他（指胡風）九泉有知，一定會為自己當年在『位子』問題上表現出來的種種不滿（雖然不是有人所分析和想像的那樣壞），感到無地自容和不值一提。沒有好『位子』的胡風，才是我等後人們無比尊重和景仰的胡風！」——他把歷史及「組織」應該承擔的一部分責任全推在胡風的身上，這就離拙文的出發點太遠了。

2005/5/26

從「他若勝利，又會如何」談起
（未刊）

前年年初，研究者黃波曾發表一篇題為《「思想受難者」的曾經「施難」》[註1]的文章，文中對胡風解放初期的文藝批評實踐進行了一些具體分析，文末提出了一個發人深省的假設：

> 我們現在不能不重新回顧胡風和周揚之爭。儘管當時和後來的解讀者給這場爭論附麗了許多讓人眼花瞭亂的色彩，但從本質上說，雙方只是為一個正統的名分而爭，為以自己所代表的文藝理論取得話語霸權而爭。在這場爭論中，胡風失敗了，成了一個思想的受難者，但設問一下，他若勝利，又會如何？

對於研究者來說，研究「已然」的史實，預測「未然」的表現，分析「必然」的趨勢，本是通常的程序。有人甚至認為，人類之所以區別於其他動物，就在於「假設」能力的有無。出於思維本能或研究慣性，在胡風問題發生後的五十年來，人們探討「他若勝利，又會如何」的嘗試從來就沒有停止過，批判也罷，褒揚也罷，如果沒有對於「如何」及「會如何」的憂慮和遺憾，所有的文章都將無從措辭。因此，黃波所提出的假設，說到底，也只是一個歷久彌新的話題。

「他若勝利，又會如何？」假設的結果大概不外兩種：其一，「如果胡風勝了，上了臺，文學局面將別開生面，一片繁榮。」其二，「如果胡風勝了，上了臺，文學局面也一個樣，或許更壞。」提出這兩種假設的人當然各有各的依據。

[註1] 載《粵海風》2003 年第 1 期。

　　然而，近年學界中卻有人不許他人作此種假設。他們說：「既有體制下胡風決無可能上臺，也就無從進一步妄斷上了臺是好是壞。」進而斷言，「這種假設乃歪曲事情實質的無謂之談。」甚至指責說，「（這種）假設近年來很常見，而且總出現在社會根本體制受到審視和批評之時……問題本身就是虛假的，其唯一作用是把水攪渾以保護早已不合時宜的東西。」〔註2〕

　　這種貌似嚴正的思辨邏輯根本不值一駁，而隨意比附政治的態度更是要不得。乍看上去似乎是想維護「文學的」胡風，殊不知卻正好傷害了「體制下」的胡風；自以為瞭解胡風的人，卻在無意之間嚴重地誤解了胡風。

　　胡風當年上書中央，固然沒有明言自己「上臺」後會「如何如何」，但他明確地「假設」過周揚等「下臺」後會「如何如何」。請看他在隨「三十萬言書」遞交的「給黨中央的信」結尾的一段：

> 清算了宗派主義的統治以後，就有可能也完全有必要把在最大限度上加強黨的領導作用和在最大限度上發揮群眾的創作潛力結合起來，把在最大限度上保證作家的個性成長與作品競賽和在最大限度上在黨是有領導地、在群眾是有保證地進行批評與自我批評、進行提高政治藝術修養結合起來，把在最大限度上提高藝術質量與積累精神財富和在最大限度上滿足群眾當前的廣泛的要求結合起來……（刪節號是原有的——筆者注）

　　「……以後，就……」，這個天大的「假設」便是胡風當年給黨中央的承諾。「忠而見謗，信而見疑」，遂使胡風抱終天之恨，這是墨寫的事實，任何巧辯也改變不了。

　　況且，胡風本人向來是不憚於「假設」的，他在「三十萬言書」中還做過另一個天大的「假設」：「有些同志（包括丁玲同志）埋怨我不早些去延安，否則文藝工作的情況會要不同一些。〔註3〕」仔細體味一下行文的口吻，不知那些慣於責人以「無謂之談」的學者對胡風的這個「假設」作何感想。

　　如今，胡風及其相關的一切都已經成為歷史，後來的研究者有權利也有義務循著他的思路完成他的「假設」。從某種意義上說，「假設」及「做夢」都是人們應有的民主權利。不允許他人「假設」或「做夢」的人，其對於「根本體

〔註2〕轉引自肖雪慧《作為學問家的何滿子——讀〈何滿子學術論文集〉有感》。該文收進《公民社會的誕生》，上海三聯書店2004年出版。

〔註3〕《胡風全集》第6卷第106頁。

制」的態度才是應該受到「審視和批評」的。

今年適逢胡風罹難五十週年，重新回顧「胡風與周揚之爭」，實事求是地分析其「本質」，並不是一件沒有意義的事情。儘管有著充分的「假設」的理由，筆者仍不願在「已然」的研究尚未完成之時便奢談「假設」，因為這不是應該不應該而是有無必要的問題。

五十一年前，胡風通過習仲勳遞交中央的材料共有兩件，一件是「給中央的報告」，全名是《關於解放以來的文藝實際情況的報告》（以下簡稱「報告」）；另一件是「給黨中央的信」（以下簡稱「信」），信首注明「習仲勳同志轉中央政治局、毛主席、劉副主席、周總理」，此信是對「報告」動機、目的和要點的提綱挈領的說明。「報告」長達「三十萬言」，「信」卻只有短短的幾千字。日理萬機的政黨領導人也許很難看完這冗長的「報告」，但讀「信」的時間和耐心還是有的。當年，「被逼到絕路上」的胡風尚能慮及此，可見其心思的縝密。

客觀地說，「報告」裏有著太多歷史積怨和人事糾紛的鋪敘，讀後有令人墮入雲山霧海之感；而「信」卻沒有這些弊端，其措辭非常坦誠、準確和精警。「報告」所要揭示的中心問題是什麼？「信」說得十分清楚，「以周揚同志為中心的非黨傾向的宗派主義統治」。周揚等錯誤性質是什麼？「信」也說得十分明確，「我完全確定了以周揚同志為中心的領導傾向和黨的原則沒有任何相同之點。我完全確信：以周揚同志為中心的非黨傾向的宗派主義統治，無論從事實表現上或思想實質上看，是已經發展成了反黨性質的東西。」希望黨中央做什麼？「信」中也說得明明白白，「只有黨中央轉到主動地位上面，才能夠挽救人民的文藝事業脫離危境；只有黨的領導發揮了作用，才能夠使人民的文藝事業在空前的思想保證和鬥爭保證之下建立起來飛躍發展的實踐基礎。」

以「信」來對照「報告」，其「宗旨」幾乎不會有發生歧義和誤讀的可能性，簡言之，即：揭發「以周揚為中心」的文藝領導的「反黨性質」，提請中央「主動」地採取組織措施，以挽救「人民的文藝事業」。

1978 年，胡風回顧「報告」的寫作過程，再次明確地表述道：

> 我一直認為，毛主席黨中央深知文藝方面掌領導權的人事力量是最弱的一環，而且，由於文藝本身的特徵，更決不會把這個方面和掌握國家命運的實際權力連結在一起。至於對文藝領導本身，我當時已經認為，那並不是什麼作風上的官僚主義問題，而是一種在

　　　　具體工作路線上違反歷史運動規律的，以粗糙而且庸俗的形式主義
　　　　掩蓋著自己的宗派主義。……我後來在呈中央報告提的看法中，就
　　　　是以文藝領域上的建黨問題為中心或歸結的。〔註4〕

　　胡風是黨外人士，五十年前竟如此關注「文藝方面掌領導權的人事力量」
及「文藝領域上的建黨問題」，他的革命責任感令人驚詫！

　　從這個基點上進行「假設」，「胡風和周揚之爭」的「本質」不言自明，「他
若勝了」，其後果也不言自明。

　　可歎的是，後來的研究者們或多或少地忽略了這個關鍵處，甚至還有人一
廂情願地將胡風捧為「反體制的英雄」、「自由主義的鬥士」，他們想像中的胡
風是這樣的嗎？

　　　　　　　　　　　　　　　　　　　　　　　　2005/5/19 改寫舊稿

〔註4〕胡風：《從實際出發》，《胡風全集》第 6 卷第 727 頁。

胡風與第二次文代會（未刊）

　　1953 年 9 月 23 日至 10 月 6 日，中國文學藝術工作者第二次代表大會（以下簡稱第二次文代會）在北京召開。正式代表 560 人，列席代表 189 人。

　　第二次文代會是在我國國民經濟過渡時期總路線制定之際召開的，「總路線」通常被表述為：在一個相當長的歷史時期內，逐步實現國家的社會主義工業化，逐步實現對農業、手工業和資本主義工商業的社會主義改造。這標誌著我國進入大規模的經濟建設時期。

　　建國以來，共和國的文藝事業取得了一定的成績，也出現了一些不容忽視的問題，主要體現於：對「工農兵方向」和「文藝為政治服務」方針的庸俗的、機械的理解，以行政方式領導文藝創作，文藝批評的過度政治化，等等。這些問題在一定程度上造成「趕任務」型的概念化、公式化作品一度泛濫，簡單粗暴的文藝批評大行其道，嚴重挫傷了廣大文藝工作者的創作積極性，不利於文藝事業的健康發展。這就迫切需要總結四年來文藝運動的經驗教訓，肯定已經取得的成就，研究創作實踐和理論批評中出現的問題，繁榮創作，以滿足全國人民在新的歷史時期的文化需求。

　　第二次文代會就是為此而召開的。

（一）在第二次文代會的策劃階段，胡風正在按照周總理指示檢討「文藝思想和生活態度」，無緣於這件文藝大事

　　黨中央對第二次文代會相當重視，大會籌備工作早在一年前便提上議事日程。

　　1952 年 8 月 6 日，全國文協召開第五次擴大常委會，通過了《關於整頓

組織改進工作的方案》和《整頓會員工作的方案》（載《文藝報》1952 年第
17 號）。第一個「方案」提出要糾正近年來文學運動中存在著的「脫離政治、
脫離群眾」、「資產階級、小資產階級的文藝思想」及「公式化、概念化」的
傾向，要求組織文學作家參加「實際鬥爭」、「政治和藝術的學習」及「各種
社會活動」，並提議「建立專門的組織（即後來的『創作委員會』）」來指導文
藝創作。第二個「方案」則提出要糾正近年來文協組織混亂的狀況，成立了
茅盾、黃藥眠、嚴文井、宋之的、舒群等五人組成的「會員整理小組」，負責
文協會員的「調查、登記、整理、審定等工作」。這些都是第二次文代會的前
期準備工作。

這次會議召開時，胡風正在北京，他是文協常委，卻未被邀請參加。他後
來氣憤地說：「我 1952 年 7 月遵周揚同志之命來北京，8 月初文協開的一次常
委會討論籌備開文代會的時候，連通知都沒有通知我。」（「三十萬言書」）

應該指出，胡風的氣憤有其正當的理由，身為常委卻不能出席「常委擴
大會議」，顯然有悖於全國文協的組織規程。然而，從會議召集者的角度看
來，他們的做法也不無道理。當時胡風是應周揚的招呼來北京參加「胡風文
藝思想討論會」的〔註1〕，此時正在按照周總理的指示檢討「文藝思想和生
活態度」。周總理給胡風的信是由周揚轉交的，信上說得很清楚：「如能對你
的文藝思想和生活態度作一檢討，最好不過，並也可如你所說結束二十年來
的『不安』情況。」除此之外，周揚等的做法還有周總理的批示（7 月 27 日）
作保證：

> 他（指胡風）既然能夠並且要求結束過去二十多年來的不安的
> 思想生活，就必須認真地幫助他進行開始清算的工作，一次不行，
> 再來一次。既然開始了，就要走向徹底。少數人不成功，就要引向
> 讀者，和他進行批評鬥爭。空談無補，就要把他放在群眾生活和工
> 作中去改造，一切都試了，總會有結果的。

胡風 7 月 19 日抵京，7 月 28 日從周揚處讀到周總理的信，7 月 29 日開
始寫「關於生活態度的檢查」，8 月 12 日「交楊秘書轉送給周揚」。

他埋頭「檢討」之時，正是文協第五次擴大常委會召開之日。從胡喬木和
周揚的角度來看，與其讓胡風旁聽一個並非十分重要的會議，倒不如讓他靜心
寫「檢討」，這也許算是「認真地幫助他進行開始清算的工作」。

〔註1〕參看拙文《胡風文藝思想討論會與胡風》，載《傳記文學》2005 年第 5 期。

（二）在第二次文代會開始籌備時，胡風由於遲遲沒有兌現一個虛與透迤的承諾，被排斥在籌備工作之外

其實，胡風大可不必為未能參加這次文協常委會而耿耿於懷。儘管 1952 年就有籌備第二次文代會的動議，實際工作卻遲至 1953 年初才著手進行。

1953 年 1 月，文化部召開創作會議，周揚、林默涵、邵荃麟到會講話，正式提出把「中華全國文學工作者協會」改組為「中國作家協會」的問題。

1953 年 3 月 24 日，全國文協在北京召開第六次擴大常委會議，會議由文協主席茅盾主持，周揚、邵荃麟、馮雪峰等 20 餘人出席。會議通過了五項決議：前三項分別就設立「創作委員會」、「刊物委員會」和「文學基金管理委員會」宣布了人事安排。後兩項「（決定）年內召開全國會員代表大會，結合對社會主義現實主義創作方法的學習，討論當前文學創作思想等問題，並修改會章，改組全國文協」，並通過了由茅盾、周揚、丁玲、柯仲平、老舍、巴金等 21 人組成全國文協代表大會籌備委員會，茅盾、丁玲為籌委會正副主任。

胡風出席了這次會議，他在 3 月 24 日的日記中寫道：「參加文協擴大『常委』會」。「常委」上打引號，頗有意味。經查核，不是文協常委而出席了這次會議的有邵荃麟、馮雪峰、老舍、張天翼、宋之的、陳荒煤、嚴文井、王亞平、蔣牧良、柯藍等 10 人。不是常委的人能出席常委會，是常委的人卻不一定讓參加，而美其名為「擴大」，這便是他未說出來的話。

這次會議所作的諸項決議都沒有考慮到胡風的存在，四個委員會中都沒有他的名字。譬如「創作委員會」，按照 1953 年 2 月 15 日中宣部向黨中央報送《關於批判胡風文藝思想經過情況的報告》，本該有他的一個位子。「報告」明確寫到：「關於胡風的工作問題……現在決定先到全國文協，將來再考慮適當工作（參加文協的創作委員會或《人民文學》的編輯工作）。」此事曾向他通報過，時隔一個月卻突然變卦，叫他很難理解。又如「刊物委員會」，六位成員中誰也沒有他那樣的長期從事刊物編輯工作的實踐經驗，按常理來說，他應該在這個委員會中負點責任，然而也被排斥。至於「全國文協代表大會籌備委員會」，胡風是否名列其中，目前尚缺乏資料。仔細查閱胡風日記，從 3 月至 9 月間，沒有出席籌備會議的記載，這也許能證實他並不是籌委會成員。

胡風在第二次文代會籌備期間所遭受的冷遇，說穿了，也與閉幕不到半年的「胡風文藝思想討論會」有關。在 1952 年年底的最後一次會議上，周揚完全把握了胡風急於「搬到北京來」及「解決工作和組織問題」的心理弱點，明

確地宣布：你不是想解決這些問題嗎？那麼，就得先在「文藝理論上『脫褲子』，承認是反黨的路線」，而且「結論得你自己做」。胡風竟接受了這苛刻的條件，他說：「經過這一次，同志們坦白地說出了對我的意見，我感到愉快，但當然還要繼續檢查，作出結論，在工作中去認識並改正錯誤，請同志們相信我……」1953 年初，林默涵和何其芳的批判文章見報。發表前，林默涵致信胡風，希望他能把承諾的「結論」（公開檢查）「快些寫出來」。胡風見對方真要逼他「伏罪」，遂於 1 月 28 日到中南海拜訪中宣部副秘書長邵荃麟，承諾在「搬家以後兩個月內」寫出公開檢查，並鄭重地提出「申請解決組織問題」。誰知邵毫不含糊地指出，檢討文章事「他去商量一下看」，入黨事「等檢討了自然會有人」找他談。

全國文協第六次擴大常委會議召開之時（1953 年 3 月 24 日），胡風還沒有購到房子，搬家事無從談起，自然就無意兌現承諾。他此刻抱定的態度是：「理論問題，因為近二三月來，疲乏之至，考慮不來，而且倉促間也無從考慮的。總之，只有安定了以後，慢慢研究，慢慢檢查去。」（胡風 1953 年 2 月 6 日給梅志信）在這種情況下，周揚等對他的推諉固然無計可施，卻能在工作安排上還以顏色。

4 月下旬，就在胡風為購房裝修事忙碌時，第二次文代會籌備工作全面鋪開，全國文協創作委員會組織在京作家、批評家進行了為期兩個月的「社會主義現實主義理論」的學習，先行統一文藝界思想，以確保文代會開幕後順風順水地通過新的文藝方針。胡風很忙，沒有參加過討論會，但也抽空進行了學習。5 月 12 日，他的工作安排也確定了，全國文協秘書長嚴文井專程來通知他，讓他「加入《人民文學》做編委」。數天後，沙汀又通知他參加「歸俘作家訪問團」，並說是「周總理點名的」。

胡風在東北呆到 6 月底，剛有點創作情緒，忽接到邵荃麟的搬家通知，遂返回北京繼續裝修新居。他在庭院中栽花樹四棵，「蟠桃一、杏樹一、丁香一、梨樹一」，擬自號「四樹堂」，朋友提示有「四面樹敵」之嫌，於是撤銷此議。

一言以蔽之，由於一個虛與透迤的承諾遲遲沒有兌現，胡風完全無緣於第二次文代會的前期籌備工作。

（三）在第二次文代會籌備工作進入尾聲時，胡風提出了「建設性」的意見，可惜沒有得到任何反響

1953 年 8 月 2 日，胡風全家遷來北京。安頓後，即進入《人民文學》當

編委。8月7日《人民文學》發布編輯部改組消息，並公布了新的編輯方針，提倡：「更自由和更深刻地反映出我們這個時代豐富多彩的生活。首先提倡作品主題的廣闊性和文學題材、體裁和風格的多樣性，鼓勵各種不同的文學樣式和不同的文學風格在讀者中的自由競賽。」這些新的提法透露出中央已決定對建國以來的文藝方針進行調整，將繁榮創作提到空前注重的程度。然而，沉浸在歷史恩怨中的胡風並沒有意識到文學運動已有了新的轉機。

當時，第二次文代會的籌備工作已經進入尾聲，胡風雖然沒有參加前期的籌備工作，但出於「對黨未完的責任（心）」，仍然不能淡忘這件大事。概略地來說，他對第二次文代會的召開既抱有莫大的期望，也夾雜著隱隱的擔憂。

他的期望基於一個傳聞：搬家到北京後不久，便聽到了周恩來對路翎的評價，由此看到了本流派復振的機會。他在「三十萬言書」中回憶道：

文代大會開會之前，胡喬木同志向黨員作家們的講話中傳達了周總理的指示：應該把在創作上有成績的青年作家提到領導機構裏來；譬如路翎，在創作上有凸出的成績，應該被提到領導機構裏面。

這個傳聞使胡風倍感樂觀，他認為，「周總理當是從幾篇作品瞭解了這個作家的氣質和他的勞動成果所能有的意義，因而覺得有必要挽回路翎的工作條件的。這就開始在一些黨員作家中間澄清了是非不分或者是非不定的現象。」此時路翎雖已赴朝鮮，還未寫出《初雪》、《窪地裏的「戰役」》等頗有影響的小說。此外，他還對梅志的工作安排抱有期望，搬家前，周揚和邵荃麟都對他提過，「（梅志來北京後）可以參加文協的兒童文學組工作。」

他的擔憂基於一個揣測：他在「三十萬言書」中寫道：「這次文代會是不是能夠回答黨中央的關心？從當時的情況看，我覺得是不可能的。僅僅只舉一個小例子：文代會一再延期，說是因為報告沒有起草好。而這所謂沒有起草好，也似乎並不是正在檢查各部門的工作，在整理問題研究問題，而是負責的同志還沒有工夫去想去寫的意思……一年多以前就要召開大會，但一年多以後還沒有報告。我覺得這是難於想像的。」

胡風的樂觀，自有其充足的理由；但他的擔憂是否有一定的根據呢？答案是否定的。文代會「延期」的事情或許有，但原因並不是報告「沒有起草好」，而是沒有得到毛澤東的批准。1953 年初，毛主席嚴厲地批評周揚「政治上不開展」，沒讓他參與文代會的前期籌備工作，而指派中宣部副部長胡喬木負責。胡喬木組織林默涵、張光年、袁水拍等人很快寫成了大會報告，報告中主張按

蘇聯的文藝制度取消文聯,將當時的文學工作者協會、戲劇工作者協會等改成各行各業的專門家協會,還主張作家重新登記,多年來沒有作品的老作家概不予登記。據李輝《與張光年談周揚》一文所記:

> 快開會時,喬木向毛主席彙報,毛主席對其他沒說什麼,但對取消文聯發火了。他狠狠批評了喬木一頓。說:「有一個文聯,一年一度讓那些年紀大有貢獻的文藝家們坐在主席臺上,享受一點榮譽,礙你什麼事了?文聯虛就虛嘛!」就因為這件事觸怒了,大會報告也氣得不看了。他認為取消文聯,不利於團結老一輩文藝家。這樣一來,就不讓喬木管,趕快打電報要周揚回來重新籌備二次文代會。

周揚重掌文代會籌備大權的時間大約是在8月初,按此推算,第二次文代會原擬召開的時間應在7月底。胡風不瞭解其中的曲折,僅從文代會「延期」,便推斷出「報告沒有起草好」,又進而斷言籌委會負責人沒有「看清問題的基本性質和大概趨向」。他的想法與史實有不小的距離。

胡風搬家後,本應首先考慮馬上履行承諾,交出周揚等期盼已久的「公開檢討」;然而他卻不,而是思考著要為即將召開的第二次文代會提出「建設性」的意見,為黨的工作再盡綿薄之力。他回憶道:

> 我所耽心的是沒有從實踐經驗清理出中心問題,我覺得應該有一個為打下實踐基礎找出端緒的準備過程,我自信我的意見是建設性的。以蘇聯為例,第一次作家大會經過了兩年的緊張的準備,二十年後再開第二次大會,也用了大約一年多的時間在作家中間展開了廣泛的積極的討論。以蘇聯的條件尚且如此,何況我們。(「三十萬言書」)

於是,8月18日他給周總理寫信,20日寄出。當晚,又與梅志一起拜訪中宣部副部長邵荃麟,面陳上述「建設性」的意見。面談的結果令胡風覺得有所希冀,「意見提出了,邵荃麟同志回答我要找機會談一談。」兩天後,更令他感到意外的事情也發生了,他正在拜訪廖沫沙,「文協趕派人來抓去開了常委會。」第三天,他收到「胡喬木為文代會預備的報告草稿,要提意見」。

胡風收到「草稿」後,異常重視這個建言獻策的機會,連續4天與蘆甸、路翎、綠原等「討論報告草稿」,其間兩次致信胡喬木,28日「意見」寫成,又附上一信送交。他為何如此鄭重其事呢?據他自述,是經歷了一番思想鬥爭的。他這樣回憶道:

收到了胡喬木同志的報告草稿。如果從個人出發，我應該考慮到胡喬木同志對我的失望情緒和可能有的成見。但我不能這樣，最重要的是為工作，應關心胡喬木同志的威信和地位。不管對與不對，我把意見坦白地提去了。後來這個報告取消了不用，不管有多少是由於我的意見。（「三十萬言書」）

如前所述，毛澤東不看胡喬木主持起草的這份報告，只是氣憤於其中「取消文聯」的提法，據說當年「他不願事事模仿蘇聯。聽到說因為蘇聯不設文聯，我們也取消文聯，他就很惱火」（李輝《與張光年談周揚》）。至於胡風的意見是否也對該報告的取消「多少」起到了一定的作用，目前尚不敢斷言。惟一可以確定的是，胡風當年的思路與胡喬木並無多大差異，都是動輒「以蘇聯為例」，沒有更多地從本國的實際情況考慮問題，想必也不會得到「神經中樞」的青睞。

胡喬木的報告被否決後，周揚重打鑼鼓另開張。他走的是一條蹊徑：先與胡喬木通氣，問明瞭報告擱淺的原因；又直接請示毛主席，面聆最新精神。為了排除干擾，他索性把寫作班子拉到了天津，班底還是張光年、林默涵、劉白羽、袁水拍等人，「新報告」在「舊報告」的基礎上改寫，當然便捷得多。胡喬木也沒有閒著，他主持召開了各省市文藝負責人會議，傳達了毛主席對他的批評，並說：「希望二次文代會在周揚同志主持下開成團結的會議。」（李輝《與張光年談周揚》）

胡風不是「文藝負責人」，自然無緣出席這樣的會議。但他卻從曾卓處聽到了一些傳言。曾卓時任武漢市文聯的常務副主席，9 月初趕到北京參加了這次會議。在交談中，胡風聽曾卓談到：「胡喬木對文藝界情況很耽憂，希望大家努力，但不要做無益的事，弄到被動，搞不好中宣部要垮臺。」他於是猜測，「也許中央對文藝實踐情況已經很不滿意了。」過了幾天，更加意外的消息也傳來了。綠原告訴他，曾有某人談到他，說：「看到垮也不走攏來，以為垮了會請你領導。做夢！就是垮了也不會要你領導的！」綠原當時供職於中宣部國際處宣傳處，胡風於是又揣測，說這話的人「當然是中宣部的人，可能還是處於領導地位的人」。

周揚很快就拿出了新的「報告」。9 月中旬，新「報告」便送到了全國文聯、文協常委們手裏。9 月 19 日，胡風接到了這份報告，儘管「審閱」的時間很短，他還是克服了常人難以克服的心理障礙，認真地提出了意見。他回憶道：

收到了周揚同志的報告草稿。二十年前，周揚同志是把我看成政治敵人的，解放以來，尤其是在這兩年，周揚同志是直接判定我是文藝上的唯一的罪人或敵人的；如果從個人考慮出發，我只應該表示全部同意。但我不能這樣，最重要的是為工作和關心周揚同志的黨的工作地位。雖然收到報告草稿到要收回的時間只有四小時，我還是細心地讀了一遍，就原則問題提了幾點坦白的意見。（「三十萬言書」）

第二天（9月20日），他又收到了茅盾「為文協作的『報告』」。他與這位「清明先生」向來有嫌隙，「報告」讀了，卻沒有提意見。

平心而論，胡風當年對文代會籌備工作所知甚少。他畢竟長期疏離於共和國文藝領導核心，又未參與建國後的文藝理論建設和文藝批評工作，縱然十分關心文藝界的「實踐狀況」，目光也不能不被本流派的境遇得失所侷限，對自己能力和處境的估價也有點脫離實際。

文代會全部籌備工作已經完成，此後便是按部就班的程序。胡風於 9 月21 日「參加文聯、文協常委與籌委會聯席會」，於 9 月 22 日「參加文聯、文協全國委員會。」說實話，這些場面上的活動，對於他的境遇，並沒有任何特別的意義。

（四）胡風心情沉鬱地出席了第二次文代會，他在大會上的發言引起了部分代表的誤會

1953 年 9 月 23 日，中國文學藝術工作者第二次代表大會在北京懷仁堂隆重開幕。

胡風佩帶著紅條子，隨著代表們魚貫地進入會場，他的心情有點沉鬱。

該來的沒有來，這是他沉鬱的第一個理由。據他說，「第二次文代會，對於所謂胡風『小集團』有關的作者們，除了周總理親自在黨內提了名的路翎以外，一個也沒讓那些過去努力創作實踐、解放後也努力創作實踐而且是老文協會員的作家們來出席。」他在這裡說的是阿壟、綠原、方然和冀汸等人，阿壟和綠原是第一次文代會正式代表，方然和冀汸並不是〔註2〕。另外還有梅志，胡風寫到，「文代會的時候，丁玲、馮雪峰同志都向我問到她（指梅志）為什麼不去參加會。好像丁玲、馮雪峰同志並沒有參加文協黨組決定代表的會議似的，好像反而是我不要她參加文代會似的。」他認為，30 年代梅志是左聯成

〔註 2〕參看拙文《胡風與第一次文代會》，載 2004 年 7 月 1 日《南方周末》。

員，40 年代是抗戰文協會員，解放前後都曾發表過有影響的兒童文學作品，應該具備參加文代會的資格。

不該來的卻來了，這是他沉鬱的第二個理由。他抱怨說：「舒蕪不是文協會員，除了寫過雜文，從來也沒有從事文藝工作，解放後更什麼也沒有寫，僅僅因為反對了我就出席了文代大會。」這番話說得痛快，卻與史實不符。自抗戰後期始，舒蕪發表過不少文藝哲學論文和雜文，他的論文《論主觀》《論中庸》頗有影響，雜文更別具一格，據朱華陽《論舒蕪 1940 年代的雜文創作》中的統計，「《希望》合計出版 8 期，共刊載雜文 70 篇，其中舒蕪有 41 篇，約占 60%。」1947 年初，郭沫若在《新繆司九神禮讚》中將舒蕪與楊晦、黃藥眠並稱為有成就的「批評家」。解放後，舒蕪擔任過省文聯的研究部長，市文聯的常務副主席，除了寫過胡風深惡痛絕的《向錯誤告別》、《從頭學習〈在延安文藝座談會上的講話〉》和《致路翎的公開信》之外，還寫了《提高政策性才能夠提高藝術性》、《從政策角度認識英雄的人民》、《反對文藝思想上的自發論》和《批判羅曼羅蘭式的英雄主義》等文藝短論。認真考察起來，舒蕪也並非不夠「掛著代表的紅條子走進莊嚴的懷仁堂」的資格。

埋怨歸埋怨，第二次文代會仍按照預定程序有條不紊地進行著。這屆文代會與上屆文代會的程序有所不同，一頭一尾是全國文聯大會，中間則是各專門委員會的會議，如全國文協、全國美協、全國影協、全國音協、全國舞協、全國劇協等的代表大會。本文只涉及全國文聯和全國文協代表大會的進程及胡風的反應。

在這兩個代表大會上，比較重要的報告有：

郭沫若在全國文聯大會上的開幕詞

周總理在全國文聯大會上的政治報告《為總路線而奮鬥的文藝工作者的任務》

周揚在全國文聯大會上報告《為創造更多的優秀的文學藝術作品而奮鬥》

丁玲在全國文協大會上的開幕詞

茅盾在全國文協大會上的報告《新的現實和新的任務》

邵荃麟在全國文協大會上的總結報告《沿著社會主義現實主義的方向前進》

胡喬木在全國文聯大會閉幕式上所作的報告

現在要討論的問題是，以上諸多報告能否解答胡風在會前所擔憂的問題，

如：「大會的必要性和基本任務」、「從實踐經驗清理出中心問題」以及「問題的基本性質和大概趨向」，等等。

郭沫若的大會開幕詞應該能夠消解胡風的擔憂。郭在開幕詞指出：「為了適應新的歷史時期國家建設與人民的需要，本次文代大會的中心任務是總結四年來的工作經驗，進一步發展文學藝術的創作事業，鼓勵作家和藝術家創造出更多更好的作品，加強文學藝術界更緊密的團結，健全文藝工作者的組織機構，把任務明確化，改進工作，改進領導，使文學藝術的生產能夠蓬蓬勃勃地發展起來。」文中對「大會的必要性和基本任務」的解說，是大會開幕前毛主席主持的中央政治局會議所討論決定的。

周恩來總理的政治報告更能化解胡風的擔憂。他的報告分為三部分：（一）過渡時期總路線問題；（二）執行總路線中目前的國內外情況；（三）為總路線而奮鬥的文藝工作者的任務。第三部分緊緊圍繞著「以社會主義現實主義作為我們文藝界創作和批評的最高準則」問題展開，從歷史估價、為誰服務、深入實際生活、提高藝術修養努力藝術實踐、創作優秀的文藝作品、開展群眾文藝活動、文藝界的團結與改造，領導的責任等八個方面進行了全面闡述。他在報告中強調的「社會主義現實主義」，便是第二次文代會討論的「中心問題」。

周揚的報告應該也能消除胡風的一些擔憂。他在報告中不僅分析了現階段倡導社會主義現實主義創作方法的必要和可能，還進一步指出：「我們提倡各種不同的藝術形式的自由競賽。社會主義現實主義不但不束縛作家在選擇題材、在表現形式和個人風格上的完全自由，而且正是最大限度地保證這種自由，藉以發揮作家的創造性和積極性。毛澤東同志關於戲曲活動所指示的『百花齊放』的原則應當成為整個文學藝術事業發展的方針。」這些提法，在今天看來，也並未過時。

胡風認真聽取了以上幾個報告，惟對周恩來總理的政治報告評價極高。他特別讚賞周總理在報告中「又一次解釋了毛主席的原則，又一次肯定了五四傳統是社會主義現實主義的傳統，再一次地肯定了魯迅」。他甚至認為，「周總理再一次提出了毛主席的現實主義的原則，那實質上是對於以周揚同志為中心的幾年來的領導傾向和領導理論的原則性的批判。」為此，他激烈地批評周揚在報告中，「理也不理這個原則，不根據這個原則對幾年來的領導傾向和領導理論做一點檢查和批判，只是到後來做了一點虛偽的適應，反而把那變成了他依然是正確的進一步統治的『資本』。」

在此，我們不想討論將「社會主義現實主義」定為最高準則是否有助於克服建國後「文藝的工農兵方向」的偏頗以及對「文藝為政治服務」原則的簡單化理解，是否有利於我國文學創作的繁榮和風格的多樣化。現在要討論的問題只是，周揚的報告是否如胡風所說的那樣不堪。據龔育之《幾番風雨憶周揚》所述，周揚報告中關於社會主義現實主義的論述是「按照毛澤東主席的意見寫的」，「其中解決了一個重要理論問題，就是社會主義現實主義在中國從什麼時候開始的問題。」可見，胡風所謂「理也不理」的指責，是缺乏根據的。

平心而論，周揚在報告中對胡風所關心的「領導傾向和領導理論」也作過一些「檢查和批判」。譬如，他提出：「文學藝術創作上的概念化，公式化傾向之所以不容易克服，還由於一種把藝術服從政治的關係簡單化，庸俗化的思想作祟。」又如，他提出：「對於創作的行政式的領導方法正是無思想、無政治的領導的表現，同時也就助長了創作上概念化，公式化的錯誤傾向。」再如，他指出：「報刊上所發表的一些粗暴的，武斷的批評，以及在這種批評影響下所煽起的一部分讀者的偏激意見，再加上文藝界的領導方面對文學藝術創作事業缺少關心、幫助和支持，這就使不少作家在精神上感到了壓抑和苦惱。」這些頗為切中時蔽的提法，幾個月後都出現在胡風撰寫的「三十萬言書」中。

令人遺憾的是，茅盾的報告則被胡風完全忽視了。9 月 25 日下午茅盾剛開始作報告，胡風便以「退席」表示蔑視。茅盾的報告是否一無是處呢？恐怕不然。譬如，茅盾在談到英雄人物典型形象的塑造問題時，提出：「必須反對在創作上那種『無衝突論』或類似『無衝突論』的傾向，反對那種脫離生活去描寫生活的傾向；必須把從表現生活矛盾中去創造人物，作為現實主義的重要課題。」同樣，茅盾的這個具有「建設性」的意見，也出現在幾個月後胡風撰寫的「三十萬言書」中。

大會安排了四天半的小組討論，既讓代表們充分表述意見，也給了各報刊採訪約稿的機會。在這最為輕鬆的時刻，胡風仍然被沉鬱的情緒所籠罩。在小組會上，不知為了何事，他「與田間對爭」。在小組會下，他發現「各報刊請作家們敘會約稿，但沒有一次有我。我以為，被約請的作家名單，當是文藝上的負責同志們決定的。這就等於正式叫各報刊對我把門關上了」。

「文藝上的負責同志們」是否真叫各報刊對胡風關上大門，此事尚待查證；但他們並沒有對胡風關上所有的大門，這卻是事實。會議組織者安排有影響的文藝家於 9 月 30 日下午和 10 月 3 日上午作大會發言，其中便有胡風。

他事先接到了發言通知，9月28日和29日擬定了「發言提綱」，9月30日下午在文協大會上作了發言：

> 我說的是外國作家和古代作家的故事。他們對同道者的成績抱著無私的衷心的關切，這是從熱愛人民，把人民的命運當成自己的命運、把人民的痛苦和要求當作自己的痛苦和要求的感情來的。一方面，對於同道者的有價值的勞動能有純真的感激，甚至雖然客觀上看來那並不及他自己的作品，但他卻看得比自己的作品更高、更寶貴，對那樣的作家發生了深摯的友誼，甚至甘冒危險和犧牲去保衛他不受攻擊，不被埋沒；另一方面，對於同道者的走入反動的迷途又決不姑息，用赤誠或者憤怒來提出了自己的警告或抗議。對於一個真正的作家，自由主義是絕對不能容許的。這在我們今天社會主義改造時期中的作家，更是應該接受的寶貴的教訓。黨和毛主席希望於我們的，也應該是用這一種態度來對工作、對人、對己。

據胡風自己說：「這些故事感動了我自己，所以，聽清了我的話的同志們也說受了感動，陳白塵同志當時就這樣告訴了我。」然而，也有一些作家並未受到「感動」，而覺得是一種侮辱，其中就有華東代表團「領隊代表之一」的章靳以，他「馬上向華東代表團遞了條子，說胡風又在罵人」。

胡風發言中所說的「自由主義」，究竟有無所指，沒有穿鑿的必要。只是，在那時略顯寬鬆的文藝氣氛下，如此強調「是非」和「敵我」之分，雖然可以提高到「黨性」立場上加以肯定，卻無益於文藝界「百花齊放」的局面的到來。更何況，周揚等剛剛難能可貴地重申了列寧的「必須無條件地保證給個人的創造性，個人的愛好以廣大活動餘地，給思考和幻想，形式和內容以廣大活動餘地」的文藝原則，胡風卻在此大談「戰鬥道德」，這不能不令人聯想起他那頗多疑點的「主觀戰鬥精神」和「人格力量」。

會前所提的意見未被採納，會中的發言又受到嘲笑，於是，他的情緒變得有些偏激。據曾卓回憶：「全國第二次文代會期間，我和幾個朋友一道去看過他幾次……他對當時的文藝現狀是不滿的，對於那次文代會認為也難以解決問題，他也談到了幾年來自己的遭遇，我感到了他心情的苦悶、激動和焦躁。我後來和綠原談到，他要冷靜一點才好……綠原同意我的看法，並說路翎也有同感。」（曾卓《簡單的交往，幾乎影響了我一生》）儘管朋友們都看出了他的焦躁和偏激，但卻沒有一個人敢去勸他。

（五）胡風對第二次文代會的評價呈矛盾狀態，他把共和國文藝不振的主要原因歸咎於「宗派主義統治」。

如果胡風後來沒有聽到陳荒煤在電影局代表會議上的那番講話，那麼他對第二次文代會給他安排的位子也許不會有更多的想法。

在全國文聯代表大會的開幕式上，他被選為 76 人主席團成員之一；在全國文協代表大會的開幕式上，他也被選為 48 人主席團成員之一。換言之，他在會議期間所受到的禮遇，與第一次文代會時並無什麼不同。

在全國文聯代表大會的閉幕式上，他被選舉為全國委員會委員（共 103 人）；在全國文協代表大會的閉幕式上，他和路翎都被提名為全國理事會理事（共 88 人）。換言之，他和他的流派似乎比第一次文代會時更為風光。

不幸的是，他很快就聽到了傳言，情緒陡然低沉。他在「三十萬言書」中特別提到過這件事：「就在文代會剛開過，向電影局的代表們講話的時候，陳荒煤同志特別提出來說，胡風、路翎是反對派，我們還是給了他們一個位子。」

胡風一直以為，自己的位子是應得的，而路翎的這個新位子是周總理點名給的。文化部電影局局長陳荒煤卻另有說法，這使他感到惶惑。他覺得，也許是他前此提出的那些「對工作的意見」觸犯了某些要人，以致於「文藝上的負責同志們反而更加把我當作了唯一的罪人或敵人了」。

其實，如果冷靜地分析，胡風早就應該明白其時自己的真實處境了，不必借助他人的談話來捅破這層窗戶紙，也不必強調地把自己說成是周揚等人宦途上的「唯一的」障礙。

直言之，自 1952 年下半年的「胡風文藝思想討論會」，及結論性的意見（林默涵的《胡風的反馬克思主義的文藝思想》和何其芳《現實主義的路，還是反現實主義的路》）的公開發表，他便淪為「文藝思想和生活態度」都有問題的「反對派」，上面期望於他的只是盡快地寫出「公開檢查」，而不是其他。然而，他卻對此有另外的理解，他認為：「我自己從我二十多年的經歷看，從我和黨的接觸的經驗看，從周總理和文藝以外的一些老黨員同志對我的態度看，黨中央雖然沒有可能來檢查文藝上的具體情況和具體問題，可能耽心我犯有嚴重的理論錯誤，但基本上是信任我的。就是假定由於這兩年來的情況，對我感到失望，但我也要像一向的態度那樣，爭取黨中央能瞭解我，當作黨的事業的一個追隨者信任我。」希望能得到上層的「瞭解」，希望能通過「文藝以外」的政治途徑解決問題，這不能不說是胡風思路的窒礙處。

　　此外，如果胡風此時更多地留意到第二次文代會所進行的領導機制的改革，也就會發現自己的處境（位子）及中央對他的信任度比第一次文代會後又有所下降。

　　在這次的文代會上，各文藝團體進行了改組和重新定名：「中華全國文學藝術界聯合會」定名為「中國文學藝術界聯合會」（簡稱中國文聯），郭沫若仍任主席，茅盾、周揚仍任副主席。「中華全國文學工作者協會」改組為「中國作家協會」（簡稱中國作協），主席仍是茅盾，副主席卻增加到了七人，除丁玲、柯仲平之外，又增加了周揚、巴金、老舍、馮雪峰和邵荃麟。組織結構也進行了重大的改革，以充分體現黨的領導與社會化管理的統一：「中國文聯」仍實行委員會制，但取消了「常務委員會」，而在全國委員會的基礎上產生出 21 人組成的「全國委員會主席團」。「中國作協」採取了理事會制，取消了「常務委員會」，而在理事會的基礎上產生出 8 人組成的「主席團」。領導機制也相應進行了改革，各協會的「主席團」取代了過去的領導機構「常務委員會」。說得更明白一點，只有進入了各協會的「主席團」，才算是跨進了決策圈。第一次文代會後，胡風是全國文協的常務委員（共 21 人），算是決策圈中人；而在第二次文代會後，胡風在「中國作協」中僅為全國理事會理事，地位已經跌落。

　　對於第二次文代會的評價，胡風在「三十萬言書」中持一種相當矛盾的態度：一方面，他不能不肯定其時「中央已經關心到了文藝問題」；另一方面，又對中央「沒有可能來檢查文藝上的具體情況和具體問題」表示擔憂。對於第二次文代會後文藝運動前景的估價，胡風也持相當矛盾的態度：一方面，他高度評價周總理會前對路翎的鼓勵，讚揚「黨中央扭轉了空氣」，「開始在一些黨員作家中間澄清了是非不分或者是非不定的現象」，並認為「在文代會後一個時期內，陰森的氣氛是消退了一些的」。另一方面，他始終對「以長於『領導藝術』自豪的周揚同志」放心不下，認為周揚等遲早會調動「領導下的全部文藝機構」，「用秘密手段、用組織紀律」等來「悶死」所謂「『反對派』作家的幾乎全部作品」。

　　由於胡風始終把周揚等文藝領導放在與黨中央對立的位置上，把政策的執行者與政策的制定者放在對立的位置上，處處以宗派的眼光來看待別人及對待自己，他不能不對第二次文代會作出如下的總體評價：

　　　　第二次文代會是完全在宗派主義統治的基礎上召開了的，連改組成作家協會的這樣大事，也基本上是在宗派主義統治沒有經過任

何揭發的現狀上完成了的。我提了對文代會的意見，就是由於對這
個基本情況的耽心，但因為我沒有勇氣直接暴露問題的實質，更因
為從自由主義所產生的妥協思想，把周揚同志也當作能夠考慮我的
意見的對象，這就使中央沒有可能感覺到我的意見是從什麼根據提
出的了。

一言以蔽之，第二次文代會後，胡風更加確信：建國初期中國文藝不振的
關鍵並不在於文藝方針亟需調整，而在於周揚等的「宗派主義統治」，是他（們）
隔斷、歪曲或篡改了中央的文藝政策。而自己的錯誤全在於：較早地看出了這
個重要問題，但出於自由主義，沒有勇氣向中央揭發，反而向周揚等作了妥協。
幾個月後，他便在自以為合適的政治環境下起筆「三十萬言書」，斷然地與周
揚等「黨代表」決裂。

2005/6/6